新 潮 文 庫

隔 離 島

―フェーズ0―

仙 川 環 著

新 潮 社 版

10175

目次

隔離島　フェーズ0（ゼロ）

1章　ぴんぴんころりの島

ラジオ体操第一の音楽が、大音量で流れ始めた。通島小中学校の校庭に集まった老若男女が、一斉に音楽に合わせて踵の上げ下げを始める。色の抜け始めた芝生にずらりと並ぶその数は、ざっと数えて五十人といったところか。

「伸びの運動！」

朝礼台の上で、紺地に白ラインのジャージ上下を着た綿貫平三が叫ぶ。約百本の腕が勢いよく上った。

一ノ瀬希世も、最後列で腕を振り上げた。そのとたんに、あくびが出た。

昨夜、布団に入ったのは午前二時過ぎだ。都内にいる女友だちと、長電話をしてしまった。それでも、六時に起きて、眠い目をこすりながらやってきた。

「朝の体操」は、通島村役場が十五年ほど前に始めた「ぴんぴんころり運動」の一環だ。身体に良い食事をし、適度に体を動かすことで、お迎えが来る間際まで元気に過ごしてもらおうというのが運動の狙いである。診療所を預かる希世は、役場と協力して島民を指導する立場にある。体操に遅れるのは具合が悪い。サボるなんて、もってのほかだ。

「腕を回す運動！」

綿貫のかけ声に従って、何十本もの腕が、いっせいに弧を描き始める。間違えたり、タイミングがズレたりする者は、一人もいない。今年で九十になる東忠雄でさえ、リズムに乗って身体を動かしている。うまいものだ。継続は力なり、という言葉を思い出す。

最後にもう一度、「伸びの運動」をして、ラジオ体操は終了した。

次はダンベル体操だ。校庭の隅にある体育倉庫へ行き、棚に並べられたダンベルの中から、適切な重さのものを選ぶと校庭に戻り、綿貫の号令に従って、まずはスクワット。その後、背中の筋肉を刺激するローイングなど六種類のメニューを二十回ずつ。筋力をつければ、歩く力、立ち上がる力を維持できる。筋肉が増えると基礎代謝量も増えるから、肥満防止にも役立つ。

最後に軽くストレッチを行い、朝の体操は終了した。

「お疲れさん」

口々に言い、全員で拍手をする。

綿貫がポケットから禿(ち)びた鉛筆とメモ帳を取り出した。鉛筆の先を舐(な)めると、その場にいる人間を数え始めた。

「おとな四十五人に、子どもまぁ四人。ほいで、ペンション明戸(あけと)の藤尾(ふじお)さんは、夫婦ともに欠席、と」

メモ帳に鉛筆を走らせながら言うと、綿貫は飲み物当番に、ドリンクの準備をするように指示をした。

今日の当番は、立原多恵(たちはらたえ)のようだ。多恵は首にかけたタオルで顔をぬぐうと、六十を超えているとは思えぬ軽やかな足取りで、巨大なポットが置いてある朝礼台へ向かった。次々と紙コップにドリンクを注ぎ、朝礼台に並べてゆく。人々は、雑談をしながら、ぞろぞろと彼女のもとへ向かった。

希世もコップを一つ手に取った。沼を思わせる暗緑色の液体が入っている。ツシマ菜と呼ばれる島固有の野菜を使った特製ジュースだ。

臭(にお)いを嗅(か)がないように注意しながら一気に飲み干した。青臭い独特の味が口いっぱいに広がる。

ジュースは、島の北部で生産されており、体操の後に配られるほか、週に二度、全島民に無料で宅配されている。滋養強壮、血液さらさら、ダイエットなど、各人の希望に合わせて成分を調整してあるという。

宅配のほうは、思い切って断った。担当の若者が、「まあ、美味(おい)しいものじゃないから」と苦笑いしてくれたので、心底ほっとした。

「一ノ瀬先生よー」

紙コップをゴミ袋に捨てていると、多恵の夫、立原登(のぼる)が声をかけてきた。

登は方言がキツいので、つい身構えてしまう。

通島の方言は、伊豆(いず)大島と一部共通しているが、独自に発展した言い回しも多いそうで、聞き取りに苦労するのだ。

「藤尾さんら、十日連続欠席ど。一度、先生から、話してくんろ。奥さんと、仲いいずら」

「そうですねえ……」

順二(じゅんじ)と範子(のりこ)の夫妻は、島の西南にある明戸岬でペンションを経営している。朝食の準備があるから、この時間に家を空けるのは厳しいはずだ。操業日に体操を免除されている漁師たちと同じ扱いでいいと思うのだが……。

いつの間にか、綿貫がそばに来ていた。

「藤尾さん、先生んとこに診察受けに行ったな?」

「いえ……」

体調不良を理由に五日以上連続で体操を欠席したら、診療所を受診するのがルールだ。

登が顔をしかめた。

「かなぁねえ」

「まったくど。このままでは、大代南地区は、今期も出席率が最下位になるべえ。地区長として、なーしても、それは困る」

藤尾夫妻に電話をかけてみたのだが、仕事が忙しいと言われたのだと綿貫は言った。

「そんなはず、あんもんだな。船から下りてくる客の数を見てりゃ、分かんべー」

登は、腕を組むと、首を何度も横に振った。

「よそもんは、こんだけえ困る。あの二人は、島に来てもう二年になる。なして決まりを守らんな? よそもんを島に入れるのはやっぱり考えもんど」

そう言うと、登は慌てたように希世の顔を見た。

「よそもんちゅうても、先生は事情が違う。おっ母さんはこの島の生まれだし、爺さんと婆さんは、地の人間よ」

　綿貫もうなずく。

「先生は地の人間みたいなもんよ。まさか来てくれるとは思わなかっただ。先生には、本当に感謝してる」

　それは藤尾夫妻も同じだろうから、希世からひとこと言ってくれと、綿貫は頭を下げた。

　親子ほども年が違う綿貫に頭を下げられては、断れるものではなかった。

「機会があったら、言っときます」

　そう言うのが精一杯だった。面倒なことになったなと思いながら、希世は二人に軽く会釈をして、校門へ向かった。

　校門を出てすぐの植え込みに、高さ一メートルほどの角張った灰色の石が鎮座している。「御石」と呼ばれており、島の人たちの信仰の対象だ。似たような石が、島内各所に点在している。

　立ち止まると、頭を垂れて石に向かって手を合わせる。島の人たちがそうしているのを目にしているうちに、自然と希世も同じ事をするようになった。

顔を上げると、輝く海が目に入った。この辺りは高台になっていて、海を見下ろせる。

今朝は凪のようだ。どこまでも続くなめらかな青い海面の美しさに、思わず吐息が漏れる。

通島は伊豆半島の南端から、南西の方向、直線距離にしておよそ百キロの位置にある。

曲玉のような形をした島の全周は十四キロ。面積は十七平方キロ。大島の五分の一以下の小さな島だ。

北部に小盛山、南部に野木山がそれぞれ鎮座しており、三百八十八人の島民は、西海岸および二つの山に挟まれた盆地で暮らしている。

赴任してすぐ、島の人々の信仰の雑多さ、そして信仰の篤さに驚いた。全員が島の中心にある泉通寺の檀家であると同時に、小盛山の中腹にある明神様の氏子だ。そのうえ、道端の石にまで頭を下げている。

理由は、なんとなく察しがついた。

通島は、伊豆諸島の他の島々とも離れている文字通りの孤島だ。最も近い神津島までですら、五十キロはある。台風、疫病などの災厄に見舞われるたび、島の人々は身を寄せ合って、あらゆるものに祈っていただろう。

石に軽く頭を下げると、大代集落を南北に走る中通りを南に向かって歩き出す。左手に見える野木山から冷たい風が吹き下ろしてくる。標高六百三メートルの小さな山だが、椎（しい）や椨（たぶ）などの常緑樹が山肌をびっしりと覆（おお）っており、人を寄せ付けない雰囲気があった。

道の両側には、民家がまばらにある。その多くは黒っぽい玉石の石垣に囲まれていた。祖父、曾祖父（そうそふ）の代に、海岸から拾ってきて積み上げたものだという。石垣の内側にはたいてい複数の建物が並んでいる。母屋（おもや）と隠居家、そして農具や漁具を納める倉庫の三棟構成が一般的なようだ。

家と家の間は、椿（つばき）畑やビニールハウスや野菜畑だ。この大代集落南地区、通称「大代南」には、自宅周辺や小盛山で椿畑を維持しつつ、自家消費用、あるいは島内で売る野菜を作る農家が多い。

役場や商店など島の主要施設が集まっている集落の北地区と比べると、家と家との間隔が広かった。

五分ほど歩き、突き当たりのY字路を右に曲がるとすぐに、赤い屋根の洋風の平屋が見えてきた。希世の借りている家だ。数年前に東京都内から移住してきた熟年夫婦が建てたものだ。夫婦は一年余りで島での暮らしに見切りをつけ、都内に戻ったそうだ。

勝手口から中へ入り、シャワーを浴びると、ジーンズとシャツに着替える。

昨夜炊(た)いたご飯を電子レンジで温め、テレビを見ながら、昨夜の残り物の煮物とインスタントの味噌(みそ)汁で朝食にした。

食後にコーヒーを飲みながら、一日の予定を頭の中で確認する。朝は八時半から十二時まで外来。昼食を自宅で取り、午後一番に訪問診療が一件。午後三時半からは、北部の宮根集落で開かれる健康相談会に出向いて、健康指導をする。その後、診療所に戻り、五時からは、明日に備えて臨時の夜間診療だ。

明日、文化の日に、この島では神事が行われる。その関係で、午後から翌朝まで家を出られないそうで、体調が悪い人、薬を切らしそうな人は、本日中に診療所に来ることになっている。

とはいっても、おそらく開店休業状態だろう。赴任してまだ一月(ひとつき)だが、ぴんぴんころり運動は想像していた以上に効果がある。

この島に来てよかった。助言に耳を貸さない患者、そして経営者の無理解にカリカリしていた日々が、大昔のことのようだ。

——必要以上に薬に頼らない。

それが希世の理想とする医療だ。

研修終了後、勤めたのは横浜のビジネス街にある生活習慣病専門のクリニックだった。患者の大半は、食べ過ぎ、飲み過ぎ、運動不足、喫煙のいずれかの問題を抱えていた。

口を酸っぱくして健康指導をしたが、聞き流されるのはまだいいほうで、「時間がないんだから、さっさと薬を出せ」と逆ギレされることもしょっちゅうあった。

雇い主である院長にも、希世のやり方は不評だった。診察時間が長くなるうえ、薬の処方が減るのは経営上望ましくないというのだ。

そんなとき、通島村役場から実家に電話がかかってきた。母は島と絶縁していたので驚いたが、母の後、島を出た祖母が連絡先を知人に伝えていたらしい。

前任の老医師が急逝し、無医村になってしまったので、ぜひ来てほしいという。独身の若い女医になぜ声がかかったのか不思議に思ったが、担当者によると通島は、よそ者を極端に嫌う土地柄のため、島と無関係の医師を迎えることは難しいのだという。わずかでも所縁のある医者をと思って探したところ、希世にたどり着いたそうだ。

医師免許を取得したばかりの老医師の孫が、研修を終えて島に戻る二年後までで構わないと言われたが、いったんは断った。荷が重すぎると感じたからだ。診療設備が整った医療機関がある伊豆大島までは、高速ジェット船で一時間以上かかる。緊急時にはヘリコプターで患者を大島や本土に搬送できるというが、悪天候下ではヘリどころか船も役に立たない。

島で暮らすことにも不安があった。母は四十年前、中学卒業と同時に、家出同然で島を出た。祖母はその十五年後、祖父が亡くなったのを機に、母を頼って横浜に来た。近い親戚は残っていないらしく、希世が島を訪れたこともない。

それでも、話だけでも聞いてほしいと言うので、数日後、横浜で役場の医事課の越本という男と会った。その際に、ぴんぴんころり運動について教えてもらったのだ。

高齢化率が五十四％を超えているのに、完全に寝たきりの人は三人しかいないと聞いて、驚いた。有病率も、他の地域と比べて著しく低いそうだ。

食事、運動を始めとする生活習慣を全島一丸となって管理した成果だと言われて心が動いた。

——通島には、自分が理想とする医療環境があるかもしれない。

もしそうなら、この目でそれを見ておきたかった。

母は反対した。何もないうえ、閉鎖的なところだから、都会育ちにはとても耐えられないという。一人で食堂を切り盛りしている母を残して、家を出ていいものかという思いもあった。それでも、行ってみたいという気持ちには抗えず、こうして今、ここにいる。

これまでのところ、判断は正しかったと思う。本土に戻ったら、今度は自信を持って健康指導に取り組めるだろう。

テレビの時報が八時を告げた。そろそろ家を出る時間だ。コーヒーカップを流しで洗うと、勝手口から外に出た。

鍵はかけない。それが、この島の常識だ。

午前中に診療所を訪れた患者は、三人だった。

最初の患者は、草刈り鎌で過ってすねを切りつけた農家の男だった。簡単な傷の縫合なら内科医の希世にもできる。といっても、ぱっくり開いた傷口を前にすると、緊張で手が震えた。

次に来院したのは、白内障の目薬の処方を受けに来た郵便局の隠居だ。何年にもわたって、点眼剤でごまかし続けてきたが、そろそろ手術に踏み切るべきと思われた。本人は嫌がったが、手術を手がけている大島の医療センターに紹介状を書いた。

三人目は、風邪を引き込んだ小学生。母親に連れられてやってきたので、薬を処方して渡した。医薬分業が世の中の流れだが、この島ではそうもいかない。

午前の診察を終えると自宅に戻り、看護師の東信子（のぶこ）と二人で、焼きそばを作り、テレビを見ながら食べた。

信子は寡婦（かふ）だった。息子が高校進学のために島を出た六年前から、宮根集落の家で一人暮らしをしている。

昼食を希世の家でとりたいと言われたときは戸惑った。プライベートな空間に、他人を入れたくない。信子は、お団子頭のせいか、洋館にでもいそうな女執事みたいで、取っつきにくそうでもある。昼休みぐらい、のんびりしたい。

しかし、弁当を作るのも、自宅に食べに帰るのも面倒だから、前院長時代もそうしていたと言われると、了承せざるを得なかった。

二人での昼食は、今のところ、特に問題はない。信子は口数が少なく、仕事の話のほかは、滅多にしない。島の人間としては珍しく、詮索（せんさく）がましいところもなかった。

その日も、食後のお茶を飲みながら、信子は仕事の話を切り出した。

「今日の午後は、町子（まちこ）さんの家に訪問診療。その後、健康相談会は、宮根でしたよね」

念押しするように、眼鏡の奥から、希世の目をのぞき込む。

「ええ」

湊町子は二週間ほど前に、姪だという中年女に伴われて診療所にやってきた。狭心症の疑いがあったので、大島か本土で専門医を受診することを勧めた。しかし、本人が頑なに拒否するので、訪問診療で様子を見ることにしたのだ。

「その後の臨時外来は、たいして人も来ないと思う。信子さんは『夕日の家』から、直帰してください」

島に唯一軒の老人ホームだ。といっても、大きな民家を改造したもので、宅老所と言ったほうが、実態に近い。週に二度、信子が訪れ、五人の入所者の健康チェックを行っている。

信子はお団子にまとめた髪にピンを刺し直しながらうなずいた。

「そうさしてもらいます。それはそうと、町子さんの家の前は道が狭いですよ。漁協の駐車場に駐めたほうがいいかもしれませんねえ。ちょっと歩きますけど」

「ありがとう。そうします。あと、『夕日の家』のことだけど……。私も、たまには様子を見に行ったほうがよくないですか？」

信子は、首を横に振った。

「前にも言いましたけど、お医者様があそこに顔を出すと、入所している誰かが、もう長くないっていう噂が流れるんです。何かあったら、私から報告しますよ」

言葉を継ごうとしていると、信子が苦笑した。

「ここでは娯楽なんて、他人の噂ぐらいなもんですから」

映画館やパチンコ店どころか、食堂もない島では、誰かの結婚、出産や病気が娯楽なのだと信子は言った。

「ただ、人の死を娯楽にするのは、さすがにどうかと思いますよね。だから、前の院長と村長が話し合って、今のやり方にしたんです。そういう経緯ですから、任せてください」

有無を言わせぬ口調だった。

食器をまとめ始めた信子を手伝いながら、心の中でため息を吐いた。

ベテラン看護師とぺーぺーの医者では、後者が圧倒的に分が悪い。赴任直後に、波風を立てるのも考えものだ。しばらく様子を見るのが賢明かもしれない。

そのとき、玄関のドアが開く音がした。廊下に出ると、レジ袋を下げた藤尾範子が上がり口に立っていた。フード付きのダウンジャケットに、ぴったりとしたジーンズを履き、茶色い髪をポニーテールにしている範子は、二十代に見えるが、希世と同い年だ。

「こんにちは！　これ、差し入れ。お客さん用に東京から取り寄せた焼き菓子なんだけど、余りそうだから食べて」

レジ袋を突き出しながら、言う。

「いつも、ありがとう」

受け取って中を見ると、手作り風のマドレーヌが十個ほど入っていた。無農薬栽培された国産小麦を使用しているらしい。

「雑誌に載ってた有名店のだから、美味しいと思う。あたしが焼いてることになってるから、美味しすぎるのも考えものなんだけどね」

あっけらかんと言われ、苦笑するほかなかった。

範子は、ダウンジャケットのポケットに両手を突っ込むと、真顔になった。

「そういえば、綿貫のおやじに何か言われてない？」

「体操のこと？」

「やっぱり、文句言ってるんだ。ウチに何度も電話がかかってきてさ。くっだらないよねー。年寄りが健康作りに励むのはいいんだけど、なんであたしらまで付き合わなきゃいけないのか。だいたい、こっちは商売やってるんだよ。仕事で行けないのに、ネチネチ文句を言われるぐらいなら、二度と参加しないことにしようって、旦那と決めたんだ」

「そう……」

「ってか、よく二年も我慢したもんだわ。だいたい、不公平なのよ。全員参加なんて、そもそも嘘だし」

　鼻に皺を寄せながら言う。

「漁師さんは、仕事中だから仕方ないでしょう」

「そうじゃなくて。御三家の当主とその奥方は、どこの集落でも体操に出てないわ」

「あ、そうなんだ……」

　御三家の存在は、この島に来て初めて知った。約四百年前、無人だったこの島に、入植した大家で、元は六家だったらしいが、島を出て行ったり、血筋が絶えたりで、現存するのは三家のみらしい。

　村長と住職を父子でやっている泉沢、島北部の椿農家を束ねている東、そして漁協を始めとする水産関係の仕事を仕切る湊。その三つの家系の本家が「御三家」と呼ばれ、何かにつけて特別扱いされているそうだ。

　御三家は、それぞれの住居がある地区のまとめ役でもある。泉沢は島の中心部の大代北、東は北部の宮根、湊は港付近の浦辺。

希世の住む大代南だけは、御家（おいえ）がないので、校長の綿貫がまとめ役をしている。

「第一、あたしたちは、ダイビングで身体を動かしてるから、わざわざ体操なんてする必要ないのよ。東の本家の家長なんて、どう見てもメタボでしょ。ああいう人にこそ、体操が必要なんじゃないの？」

「まあ、ねえ……」

台所にいる信子の耳が気になった。

信子は、東家の分家の一つに嫁ぎ、現在もそこに籍を置いている。親戚があからさまに批判されるのは、面白くないはずだ。

「今度、綿貫のおやじに言っておいて。希世先生の目から見ても、あたしたちには、体操なんか必要ないって」

それどころか、綿貫からは、藤尾夫妻に釘（くぎ）を刺すように言われているのだが……。

困惑しつつ黙っていると、範子は明るく手を振った。

「じゃあ、そういうことで、よろしくね」

来たときと同様、勢いよくドアを開けて出て行く。

菓子の入った袋を持ってダイニングキッチンに戻ると、信子がテーブルを布巾（ふきん）で拭（ふ）

いていた。

「信子さん、半分どうですか？　東京の有名店のお菓子だって」

「ありがとうございます。それより、藤尾さんのことですけど」

「聞こえてましたか」

「ええ。私も藤尾さんたちは、参加しなくてもいいような気がしますねえ。綿貫さんが、聞く耳を持たないなら、私から泉沢に話してみましょうか」

「村長に？」

村長の泉沢昭洋(しょうよう)には、赴任後に役場で挨拶(あいさつ)をしたが、ソファにふんぞり返っているような尊大な老人だ。

信子が昭洋と気軽に話ができる関係というのは、驚きだ。しかし、そういうこともあるかもしれないと思い直す。

この島の血縁関係は複雑だ。信子は嫁ぎ先の東姓を名乗っているものの、泉沢の血縁なのかもしれない。

しかし、信子は首を横に振った。

「村長じゃなく、息子で住職の昭圭(しょうけい)さん。私、あの人とひとっとしだったんですよ」

同級生ということか。言われてみれば、二人は同じような年格好だ。

昭圭とは、道ですれ違ったときに軽く挨拶をしたことしかないが、患者たちの噂話から察するに、檀家の信頼は篤い。昭圭から、綿貫に話をしてもらえれば、穏便に事が進みそうだ。

「そういうことなら、お願いしていいですか？」

肩から荷が下りたような気がした。

何でもないことだというように、信子はうなずくと、流しで布巾を洗い始めた。

そういえば一つ、気になることがあった。

「あの、信子さん。ちょっと聞いていいですか？」

「なんでしょう」

「昭圭さんと、ひとっとしとおっしゃってましたけど、ウチの母のことも知ってますよね。子どもの頃、どんなかんじだったんですか？」

母のほうが二つ、三つ年上だが、狭い島のことだ。知り合いでないはずがない。

「そうですねえ。学校で顔は合わせていましたけど、あまり話したことはないです。藤世(ふじよ)さんは、制服のスカートが長かったりして、ちょっと怖いところがあったから」

昔で言うところの不良少女だったのだろうか。なんとなく想像がつく。

「もう一つ気になってるんですけど、川元前院長のお孫さんのご両親、つまり前院長の息子さんは、島を出ちゃったんですか？」

「前院長にはお嬢さんがいらっしゃいました。お婿さんを迎えたんですよ。お嬢さんは、勇一さんを産んでから間もなく亡くなりました」

布巾をぎゅっと絞ると、信子はそれを流し台に広げた。そうやって乾燥させるのが彼女の流儀らしかった。

「婿さんはこの島の人で、やっぱりお医者様なんです。前院長が三顧の礼で跡取りとして婿さんに迎えられたんですよ。若先生って呼ばれていました。ただ、こんな島に収まる器ではなかったみたいで、単身赴任であちこちを渡り歩いて、難しい研究をされていました。奥様が亡くなると、島を完全に引き払いました。勇一さんを連れて行きたかったらしいけど、前の院長と当時存命だった大奥様が許さなかったんです。でも、若先生の話は、この島であまりしないほうがいいですよ」

「どうして？」

「島を捨てた人間は何人もいますけど、お医者様が出て行くというのは、他の人間が出て行くのとは、わけが違います。若先生は、少々アクが強かったし、前院長が金銭的な支援もされていたようなんです。あんな恩知らず、思い出すだけで腹が立つという人もたくさんいます」

「なるほどねえ」

狭い島なのに、いろいろな事情ある。確かに人は娯楽だ。

大代湾を左手に見ながら、緩やかなカーブを曲がると、通島港が見えてきた。

青と白のツートンカラーの大型船が停泊している。下田港と大島、新島などの伊豆諸島を結ぶ貨客船だ。週に三度の定期便のうち、一便が通島まで足を伸ばしてくれる。通島には、東京の竹芝埠頭発の高速ジェット船も週に二度、やってくる。移動手段としてはこちらを利用する人が多いが、生活物資の運搬は貨客船が頼りだった。文字通り、この島の生命線である。

荷物の積み卸しはすでに終わったようだ。埠頭にいる数人の男たちは、タラップを片付けていた。

軽自動車を漁協の駐車場に駐める。外に出ると、潮の香りが強くした。魚の臭いがかすかに混ざっている。

通島の漁師は、伊勢エビや大サザエなど値の張る魚介類を下田港で水揚げする一方で、アジ、サバなどの大衆魚は、島内で干物や練り物に加工する。こうした水産関連事業全般を取り仕切るのが、湊一族だ。

祖母の美世（みよ）は、湊一族の出で、野木家に嫁いだ後も、湊一族が暮らす浦辺集落に住んでいたらしい。野木家は、祖父の死とともに途絶えたから、希世にとってもっとも近い血筋は、湊になるそうだ。

ただ、湊一族のほうに、その意識はあまりないようだ。赴任してから最初の週末、湊の本家に挨拶に行ってみたが、裏口から出てきた使用人らしき老婆（ろうば）が門の前で手土産を受け取ってくれただけで、当主は顔さえ見せてくれなかった。

環状道路を横断して、浦辺の集落に入る。

本家は一番奥まったところにあり、そこまでは緩やかな上り坂になっている。通り過ぎる家の庭先には干物台が並んでおり、背開きにしたアジやサバが貼（は）り付けてある。空気が乾いているせいか、臭いはほとんど感じなかった。

こうして作られる干物は、島に二軒ある商店や、藤尾夫妻のペンションなどに卸しているそうだ。何度か買ったが、素材が新鮮なせいか、干す前に漬ける汁に秘伝があるのか、めっぽう美味しい。ぴんぴんころり運動の一環として、本土に出荷するものと比べて、塩分を抑えてあるそうだ。

道を歩いている者はいなかった。各戸の庭にも人影は見当たらない。

にも拘わらず、時折、視線を感じた。

何度目かに振り返ったとき、ぎょっとした。割烹着姿の老婆が、物置の陰に潜むようにたたずんでいたのだ。陽によく焼けた皺深い女で、腰が大きく曲がっている。

会釈をすると、老婆は表情を全く変えずに、目だけを瞬いた。

「こんにちは。診療所に赴任してきた一ノ瀬です」

「美世の孫ど」

「はい。どうぞよろしくお願いします」

老婆は、かぶっていた手ぬぐいの位置を直すと、かすかにうなずいた。そして、思いの外、しっかりとした足取りで、家の中に入っていった。

この一月の間に、島内の四地区で一度ずつ、健康相談会を開いた。他の地区は、歓迎ムードにあふれていたのに、浦辺ではよそよそしく応対された。

母も祖母も島を捨てた人間だ。そのことを湊一族や浦辺の人たちは、快く思っていないのだろう。

ひときわ大きな石を積んだ玉石垣が見えてきた。その先に、大きなかんぬきがついた白い石造りの門がある。湊本家だ。門といっても、物置小屋と一体化されているようで、まるで要塞の入口だ。

その前を通り過ぎると、道幅が急に狭くなった。

湊町子の家は、本家とは打って変わって、粗末なたたずまいだった。郵便受けに張り出されたシールは、文字がにじんでいて、住人の名が読み取れない。本家の二軒先と聞いていなかったら、ところどころがささくれ立っている木のドアをノックするのをためらっただろう。

ノックをすると、ドア越しに声をかけた。

「診療所の一ノ瀬です。往診に来ました。入りますね」

声をかけながら。ドアを開くと、饐(す)えたような臭いが鼻をついた。

ドアを開けると、床が打ちっ放しの台所になっていた。コンクリートの流し台の中に、魚のアラが入ったバケツが置いてある。世話をしている姪が、下処理をしたまま、放っていったのだろう。

古びた食器棚の前に、くすんだ色合いのビニールクロスがかかったテーブルがあったが、食事をする場所というより、物置になっていた。

その向こう側に襖(ふすま)が見えた。床が三十センチほど高くなっている。

「上がりますよ」

もう一度、声をかけると、襖を開いた。

薄暗い八畳の和室の真ん中に、薄い布団が敷かれていた。それに横たわっている町子が、首だけ動かして、希世を見た。

雑然とした部屋だった。足を折りたたんだ丸いちゃぶ台が壁に立てかけてあるところをみると、寝室でもあり、食事をしてくつろぐ部屋でもあるのだろう。

靴を脱ぎ、部屋に上がると、照明器具からぶら下がっている長いビニール紐を引っ張って照明をつけた。町子はまぶしいのか、目を瞬いた。

「具合はどうですか」

腰を下ろしながら言うと、町子は口元をもごもごと動かした。

「みじゅ……」

かすれた声で言う。水のことらしい。

「起きられますか?」

うなずいたので、くたっとした浴衣の背を抱え上げるようにして、上半身を起こす。枕を腰のあたりにあてがって身体を安定させると、台所に戻りコップに水を汲んで手渡した。

町子は骨の浮き出た手でコップを受け取り、背中を丸めたまま、首だけ上に動かして水を飲んだ。

その様子を見ながら、内心、首をひねった。

この一週間で、ずいぶん衰弱したように見える。軽い狭心症という診断は、間違っていたのだろうか。

脈を取り、血圧を測る。血圧降下剤を処方しているのに結構高い。浴衣の前をはだけて聴診器を当てると、はっきりとした心雑音が聞き取れた。

続いて問診に入る。体調や食事のことを聞いたが、どの質問に対しても、町子はうつろな目でうなずくばかりだった。

意識の混濁が起きているように見える。先週、診たとき、元気はなかったものの、受け答えはしっかりとできていたのに。眼球の表面に、膜のようなものがかかっているのも気になる。

やはり、大きな病院で精密検査を受けさせたほうがいい。

「今後について相談をしたいんですが、姪御さんは？」

その目に怯えの色が走ったのを見て、はっとした。

触診するふりをして、さりげなく身体を調べてみた。背中や尻もチェックしてみたが、痣のようなものは見当たらない。

虐待されているというのは、思い過ごしだったようだ。ほっとしたが、ともかく、大きな病院に行かせたかった。

「では、また明日、様子を見に来ます。後で和江さんに、電話をしてみますね」

町子は目を瞬いた。何かを訴えたがっているようにも見える。座ったまま身を乗り出したが、次の瞬間、目を閉じてしまった。

診察に使った道具を手早く鞄に収める。

立ち上がったとき、神棚が目に入った。部屋に似合わぬ立派なものだ。榊立てに別の植物、たぶん椎が立ててあるのは、この島の風習なのだろうか。

家を出ると、その場で姪の和江の携帯電話に電話をしてみた。水産加工場でパートをしていると言っていたから、つながらないかと思ったら、案の定だった。留守番電話にメッセージを残す。

歩き出そうとしたとき、また、ぎょっとした。

本家の前に、和服の上にエプロンをかけた老女が立っていたのだ。その姿に見覚えがあった。この前本家に行ったとき、手土産を渡した女だ。漁師町の女だというのに、色が白く、どこか病的な雰囲気がある。

どんな顔をしていいか分からず、困惑していると、老女は希世に向かって深々と頭を下げた。

近づくと、女は希世の顔をまっすぐに見て言った。

「寄ってくんろ。周蔵様のご指示ど」

時計を見た。宮根集落の健康相談会までには、多少時間がある。それにしても、いったい何の用事だろう。

断る理由はなかった。「分かりました」と言うと、女は軽くうなずき、ついてくるようにと言った。

開け放たれた門から敷地の中に入るなり、希世は目を見張った。

門は要塞のようだったのに、中は純和風だ。

正面の二階建ての母屋は、古びてはいるが堂々とした造りで、ちょっとした旅館のようだ。右手に立つ松の木が、黒々とした影を投げかけているのも、趣がある。

門から母屋の玄関までは、玉砂利を敷き詰めた小道が続いており、その両脇に石灯籠が等間隔で三つ並んでいた。母屋の左側に白壁の蔵、右側に離れがあった。離れは木の香が漂ってきそうな新築だ。

老女の後に着いて、母屋へと向かう。希世が足を踏み下ろすたびに、玉砂利が大きな音を立てるのに、老女の足音はかすかだった。身の置き所がないように感じられる。

母屋の玄関に入ると、ますます気持ちが萎縮した。黒光りする上がり框は、年代を感じさせるものの磨き抜かれており、漆喰の壁はまるで濡れているかのような光沢を放っている。

玄関を上がってすぐのところにある襖の前で立ち止まると、老女は中に向かって声をかけた。

「先生をお連れしました」

短い返事があり、女が襖を開く。

そこは洋室になっていた。

レースのカバーを背にかけた古めかしいソファセットが中央に据えられており、猫足のガラステーブルには、クリスタルの巨大な灰皿が鎮座している。

藍色の和服に身を包んだ男が、ソファに身体を沈めたまま、軽くうなずいた。

「まあ、座りさい」

湊周蔵だ。年は七十近いはずだが、大柄な身体は見事に引き締まっている。漁を生業とする一族の長にふさわしく、顔は赤銅色だった。

いつの間にか、女は姿を消していた。

落ち着かない気分でソファに腰をかけると、予想していた以上に腰が沈み込んだ。体勢を立て直すのに苦労しながら、「初めまして。診療所に赴任して参りました、一ノ瀬希世です」と挨拶をする。

周蔵は、茶色く潮焼けした目で希世を眺め回すと、「美世の若い頃に似ていな」と言った。

戸惑っていると、周蔵は軽く頭を下げた。

「いつぞやは、失礼。来客中でよ。改めてと思うたが、つい延び延びになっただ」

周蔵は島の印象を尋ねた。

「健康に対する意識が高い人が多くて、やり甲斐があります。二年間の予定ですが、どうぞよろしくお願いします」

周蔵の分厚い唇に、皮肉な笑みが浮かんだ。

「いつまで続くか分からんが、ま、そんときはそんときよ。湊一族は博打好きで、辛抱が足りないところがあん」

複雑な気持ちがこみ上げてくる。

前回、門前払い同様の扱いを受けたときには、腹を立てた。しかし、お前呼ばわりされ、一族だと言われるのも不愉快だ。

「そんで、町子の具合はどうよ。世話は和江に任せてるども、和江はまどろっこい。ワレから聞いときたい」

呼ばれたのは、このためだったとようやく気づく。

「あ、はい。狭心症の初期にしては、衰弱ぶりが激しいのが気になります。大島か本土の医療機関で精密検査を受けることをお勧めします」

周蔵は、かすかに眉(まゆ)を寄せた。

「年寄りに船旅させて、かえって悪くなることはないな?」

「健診データを見ましたが、心臓以外は特に問題はないようです。専門医に診てもらって適切な治療を受ければ、まだまだ大丈夫ではないでしょうか」

「なるほど」

そう言うと、周蔵は腕組みをした。

「絶対に快復するちゅう見通し持ってるわけではないけんど、チャンスはあるちゅうことな」

顔を上げると、念を押すように言う。

「精密検査を受けなければ、正確なところは分かりませんが」

「分かった。和江とも相談して、善処すんべ」

「できれば早めにお願いします。受け入れ側の病院の準備もあるでしょうから」

「明日は『御見回り』ど。明後日(あさって)の朝一番に和江に電話させるべえよ」

周蔵の言葉は、頼もしく響いた。

島外の医療機関を受診するとなると、日帰りでは難しいだろう。手術が必要になる可能性も高い。

町子の暮らしぶりを見て、費用の点が気がかりだったのだが、この様子なら周蔵が面倒を見てくれる。

「にしても、よく島に来る気になったもんよ。藤世や美世婆さんから、ここの暮らしについては？」

「ほとんど聞いてません」

母の藤世は、子ども時代のことを話さなかった。中学卒業と同時に、家出同然で上京し、実家とは音信不通になり、一度も島に戻っていない。

祖母は祖父が死んだ半年後、突然、母を頼って横浜に出てきた。母が連絡を取り合っていた島出身の女性から、住所を聞いたらしい。

母は驚くやら怒るやらで、大変だった。それでも最終的には、祖母を受け入れた。

それから亡くなるまで十年以上、祖母は空き屋になっていた店の二階で暮らし、希世の実家にもしょっちゅう出入りしていた。

しかし、母と祖母が島での思い出話をしているのを聞いたことはない。二人とも、この島が心底嫌いだったのだろう。

「そいじゃ、せいぜい気張ってくんろ。ただし、地には地のやり方があん。都会の人間には、理解できないこともあんだろうども、地のやり方を尊重しさい。下手に口を挟むんは、ふうが悪い」

具合が悪いということだろうか。

「夕日の家」のことが、頭を過ぎった。

とりあえずは、大人しくしていたほうがよさそうだ。

「気をつけます」

希世が言うと、周蔵は「うむ」と言ってうなずいた。

午後、宮根集落の空き屋で行われた健康相談会には、十二人が参加した。

そのうち三人は、自宅で毎日測定する血圧や体脂肪量が、正常範囲からはずれていたり、前回の健診で問題がみつかったりした人たちだ。彼らには相談会への参加が義務づけられている。

あとの九人は、健康について相談事がある人たちだった。世間話をしに来ているようなお年寄りもいるが、それでいいと思う。用を足すために、外に出て人と話すことも、健康維持の秘訣の一つだ。

診療所から持参したノートパソコンを立ち上げると、画面を参照しながら相談者に助言を与えていく。測定数値や過去の健診結果を検索しつつ話ができるので、非常にスムーズだ。

血圧計と体脂肪計は、各戸に無償で配布されている。測定データを自動的にネット送信するタイプの最新型で、朝晩二回の測定結果は、役場のデータベースに送られる。データベースには、定期健診の結果、健康相談会での相談内容や血液検査の結果、朝の体操への参加状況も登録されている。

このデータベースを診療所にある電子カルテシステムと付き合わせることで、島民の健康状況を完璧に把握できる。

自宅で寝付いている人は町子を含めて三人。夕日の家に入所している人は五人。それ以外の人たちは、至って健康だった。

ぴんぴんころり運動、恐るべし、である。

一連のシステムは、総合医療企業のキタムラメディカルが無償で提供している。キタムラはこの他にもダンベルやツシマ菜ジュースの費用も負担しているのだという。

無償提供の見返りは、データベースの情報だ。同社では、運動や食事指導と健康状態についての長期的な解析を進めていた。自治体や従業員を多数抱える大企業に自社のシステムを売り込むには、その利用により有病率が減るという証拠が必要だ。このため、通島でデータを継続的に取ることにしたのだという。通島は、同社にとって実証試験の場になっている。

ウィン・ウィンの関係だと役場の越本は言っており、なるほどそうだと希世も思う。データは匿名化されて提供されるため、島民の間で反対の声も出なかったそうだ。

それにしても、思い切ったことをする会社だと感心する。この手のシステムには、巨額の投資が必要なので、自治体や企業は導入に二の足を踏みがちだ。証拠をそろえて自社製品を売り込んでやるという社長の挑戦的な姿勢に好感が持てた。

同社は約五十年前の創業当初は、心電計などの医療機関向け機器を細々と作っていた。現在の社長が就任した二十年ほど前から、他社の買収や合併を繰り返して体脂肪計、血圧計など家庭向けの機器や、電子カルテなどの事業に相次いで参入。アジア市場にいち早く進出したことから、業績を急激に伸ばしてきた。

ただ、強気の経営姿勢は、裏目に出ることもあるようだ。十五年ほど前、遺伝子解析を利用した創薬が世界的に流行した際、その分野に進出した。目立った成果が出なかったのに焦ったのか、五年前には世界的に著名な遺伝子研究者を顧問に迎えた。そのとき開いた派手な記者会見は、その研究者が曲者として知られていたこともあり、医療関係者の間でちょっとした話題になった。しかし、創薬事業は依然として鳴かず飛ばずのようだ。同じ医療分野といっても、創薬と機器開発とでは性格が異なる。同社が取り組むには、無理があったのだろう。

すべての参加者への対応を終え、引き上げようとしていると、レジ袋を下げた老婆が近づいてきた。

「先生、ツシマ菜を少し持っていってくんろ。天ぷらで食ったらうまいだよー」

レジ袋を突き出しながら言う。

宮根は農家が多く、大半は椿とツシマ菜を栽培している。早速今晩にでも作ってみようと思いながら、受け取った。

五時からの外来は、思った通り、開店休業状態だった。

八時ちょうどに診療所を閉め、自宅で夕食を作った。ツシマ菜の天ぷらは、なかなか美味しかった。ジュースは苦くて飲めたものではないが、熱を加えたせいか、ほのかな甘みがあった。といっても、天ぷらを揚げたのは実は初めてで、衣がぼってりしてしまった。

風呂上がりに、冷蔵庫を開けて少し迷ったが、水のボトルを取り出した。

通島では全島を挙げて禁煙に取り組み、現在、喫煙者はゼロだそうだ。その一方で、アルコール摂取には比較的寛容だ。尿酸値が高めの人は、日本酒やビールではなく、焼酎に替えるよう指導する程度だ。

ただし、希世はあまり飲む気になれない。医者が自分一人というのは、それなりにプレッシャーがある。

水を持って居間に行くと、テレビのニュースを聞きながら、タブレット端末でメールソフトを立ち上げた。

新着が三通あった。注文した雑貨や本の発送完了のお知らせだ。

ソフトを閉じようとしたとき、新たなメールの着信を告げる音がした。差出人を見て、首をかしげる。

本宮春美。高校時代の友だちだ。現在、三大紙の一つに数えられる大手新聞社で記者をしている。

背が高く、ハキハキと物を言う春美は、小柄でのんびり者の希世とは、見かけも性格も対照的だったが、不思議と気があった。しかし、仲が良かったのは高校三年生の秋までだ。当時、春美の同い年のいとこ、和也と付き合っていたのだが、見事に振られ、春美とも気まずくなった。

もっとも、あちらはそうは思っていなかったようで、卒業してからも、ちょくちょく連絡してきた。そのたび、和也の話をされるのが嫌だった。自分を振った相手の消息など知りたくもない。

大学二年のときに同級生の彼氏ができたが、それでも和也の話は聞きたくなかった。未練があったわけではない。むしろ、消し去りたい過去だった。

何の用だろうと思いながら、メールを読み始める。

「あー、そういうことか」

独り言が漏れた。

通島の地域医療を取材したいというのが、春美の希望だった。

先週開かれた同窓会で、希世が通島の診療所に赴任したことを共通の友人から聞いて、連絡してきたそうだ。その友人には、ぴんぴんころり運動について、面白おかしく電話で話したことがある。

〈効果絶大と聞いたので、是非、記事にしたいと考えています〉

取材に来るのだったら、たぶん、泊まりだ。友だちとの会話に飢えているので、こっちとしては大歓迎だ。

しかし、弾んでいた気持ちはすぐにしぼんだ。

——なんなんだろう、この態度。

企画の取材を任されているそうだから、それなりに優秀な記者なのだろう。多忙だというのも分かる。

それにしたところで、村長、役場の医事課、そして何人かの高齢者のアポイントを取ってくれと頼んでくるとは……。しかも、ほとんど命令口調だ。

困惑しながら、返信を書き始める。

〈連絡ありがとう。取材を受けさせてもらいます。ただ、村長はじめ他の人の取材は、役場に頼んでアポイントを設定してもらってください。東京から日帰りはできないし、船は週三便しかないので、最低でも二泊することになると思います。なので、夜に会うということでも構いません。それでは、久しぶりに会えるのを楽しみにしています〉

連絡先として携帯電話の番号を書き、送信ボタンを押した。

戸締まりをしていると、携帯が鳴った。

もしかしてと思いながら出ると、予想通りだった。

「希世？　私、春美」

「こっちに取材に来るんだって？」

「そう。それで、メールにも書いたように、村長たちにアポイントを取ってほしいのよ。島に一つしかない診療所の院長なら、それぐらいの力、あるんでしょ」

「力なんてないよ。村営の診療所だから、村に雇われてる立場だもの。村長たちの取材は、役場に頼んでみて。総務課か医事課が対応してくれるんじゃないかな」

少しの間の後、春美は言った。

「断られちゃったのよ。取材には応じられないって。企画書をまとめてファクスしたけど、それも無視された。都内なら直接行って交渉するけど、アポなしで離島に出張はできない。希世だけが頼りなの。なんとか、お願いできないかな」

「そうだったんだ……。でも、なんで取材を受けないんだろう」

この島のぴんぴんころり運動のプログラムは、よくできている。新聞に載ったら、他の自治体の参考にもなるはずだ。記事が出ることにどんな不都合があるというのか。

「ともかく、助けてよ。ぴんぴんころり運動の話を聞いて絶対に記事になるって思った。これまでマスコミに紹介されたことがないのが、不思議なぐらい。デスクに話をしたら、飛びついてきてね。キタムラメディカルもネームバリューがある会社だから企画の初っぱなで使うから早く取材してこいって。なのに、ぜんぜんアポが取れなくて、正直、困り果てる」

そう言われると、断り切れなかった。

「力になれるかどうか分からないけど、医事課の人と話をしてみるね」

越本竜夫（たつお）の顔を思い浮かべる。細面でやや神経質なところがあり、取っつきにくい印象だが、仕事熱心な男だ。彼が取材を嫌がるのは解（げ）せなかった。

「ありがとう！　希世に頼まれたら、断れないはずよ。希世は実質的に島民の命綱だもん」

弾んだ声で春美は言った。

医者の立場を利用して無理を通すつもりはないのだが……。

「じゃあ、明日の夜にでも電話して。明後日（あさって）の午前中に会議があって、それまでにだいたいの取材日程をまとめたいんで、よろしくね」

そこで電話は切れた。

ますます困惑する。明日は文化の日で、役場は休みだ。春美はそのことを忘れているのだろうか。

しかも島にとって、特別な日でもあった。島の北にある「明神様」で神事があるのだ。神社の正式名称は、長くて何度聞いても覚えられないが、この島の氏神らしい。

選ばれた何人かの氏子は、今夜から神社拝殿でお籠もりをしており、夜が明ける前に小盛山の中腹にある奥の院に参拝。戻ってから、日の出とともに、明神様に詣でるのだという。

他の氏子たちはこの段階で合流する。参拝後はまっすぐに帰宅し、翌朝まで外出しない決まりになっているとか。

働くのも御法度だった。食事は前日に用意していたものを温める程度にして、家族、あるいは一人で静かに過ごすのだという。テレビを見たり、大声で話したりするのも禁止だというから、徹底している。

明日、動けないとなると……。

時計を見た。すでに十時半を回っている。電話をかけるには、遅すぎる。

越本に連絡をするのは、休み明け、明後日の朝にしよう。

——地には地のやり方がある。

希世は戸締まりのため、玄関に向かった。

明日は朝がいつも以上に早い。そろそろ寝たほうがいい。

窓の外は真っ暗だった。熱いコーヒーをいれて飲んだが、目が覚めきらない。起床モードになるには、日光が必要なのだろう。

家の前でクラクションが鳴った。

希世は財布をポケットに入れると、勝手口から家を出た。漆黒の闇をヘッドライトがまぶしく照らす。

ワゴン車の運転席の窓から、立原登が小柄な身体を乗り出すようにした。

「おはようさん。眠そうな顔ばしてる。さあ、乗った。さっさと行ぐべえよ」

後部座席に乗り込むと、登はすぐに車を発進させた。

明神様は島の北側、島を周回する環状道路沿いにある。そのあたりは道が細く、駐車スペースが限られていた。このため、近所で誘い合わせて行くのが慣例となっているそうだ。出発が日の出前と聞いて怯んだが、地元に溶け込むチャンスだと考え、頑張って早起きをした。

助手席の多恵が振り返った。早朝だというのに、きちんと化粧をしている。

「食事は用意してあん？　この前おせーたけど、今日一日は、台所でガタガタやらないようにしさい」

「あ、はい。レンジでチンするぐらいは構わないんですよね。レトルトのカレーにでもしようかなって」

「はい。でも、『御見回りの日』って、いったいどういう日なんですか？」

「ま、厄除け（やくよ）みたいなもんよ」

登が言うと、多恵が噴き出した。

「あいや、そんなことあんもんだな」

海から明神様が上がってきて、島を見回る日なのだと多恵は言った。島の様子をくまなく見て回り、島民が慎（つつ）ましく暮らしているのを確認すると、翌朝、海へ帰るのだという。

「気難しい神様って言われちゅう。日の出とともにおいでなさるのを、そろってお迎えしたら、後は家にこもって、お気に障（さわ）らんように静かにしている決まりど。明神様を怒らせると、魂を抜かれるいう言い伝えがあん。外を歩いていいのは、お世話をする白装束だけ」

「でも、定期船が来てますよね」

「御見回りの日が、定期船の運航日に当たんだら、欠航よ」

「それは大変ですね」

「みんな慣れてるから。この島では一年に四回、そういう日があん。次は一月の海難（かいなん）

法師の日。この日は、外出禁止は夜だけだから、船の運航は通常通りよ」

「どういう意味がある日なんですか？」

「海難法師なら、オイが詳しい」

登が話し始める。

その昔、暴政を行っていた島守が大島にいた。ある日、義憤に駆られた若者が島守を殺し、他の島へ逃げようとしたところ、どの島でも上陸を許されず、行方知れずになってしまったのだという。

「気の毒な若者の霊を祀り、夜は外出せずに静粛に過ごすんよ。御見回りの日は通島だけだけんど、海難法師の日は伊豆諸島の他の島にもあんど」

その他にも、五月と八月に似たような行事があるのだという。

五月は御見回りの日と同様、午後から翌朝まで外出できないので、学校は午前のみで、午後からは教諭含めて全員が早退するのだという。

民間信仰が今でも徹底して守られているというのが、驚きだった。

登が言い訳をするように言った。

「ま、迷信よ。年寄り連中はともかく、俺らぐらいの世代になっと、外に出たからちゅうて、祟りがあるとは思わん。ただ、たまたま何かあんだら嫌な気分になるべえ。

信心深い年寄りに睨まれるのも面倒ど。大人しくしているのが、無難ちゅうことだべ」

「移住してきた人とか、たまたま観光や仕事で島に来ている人も、外出禁止を守るんですか？」

「日中も外出禁止の日は、民宿は客を取るのを控えてんよ。よそもんも、外には出ない。ちゅうても、店は閉まってるし、人もほとんどいん。たまーに見かける人間は、どいつもこいつも白装束ときたら、出かける気にもならんずら」

藤尾夫妻のペンションだけは営業しているのだと、登は言った。

「体操に出んのとは、ワケが違うじぇ。地のもんとしては、納得いかね」

そのあたりのことについては、ペンションを開設した当初、役場と話し合いが持たれたのだと、多恵は言った。

「お客は取るけど、ペンションを下ったところにある船着き場から、船でイルカを見に行くだけ。集落には入らんちゅうことで、話がついたちゅうよ」

「そいただ話、俺は納得できん。罰があたんだら、あのよそもんのせいよ」

迷信だと言いつつ、まったく信じていないわけでもないらしい。

空が白々と明るんできた。腕時計を見ると、五時四十分。日の出は六時頃の予定だ。

浦辺集落を通り過ぎる際、沿道に鎮座している御石に、しめ縄が掛けられている。今日のために、施されたものだろう。

「そろそろ宮根に入る。この先、話すんは構わんけど、笑わんようにしさい」

神妙な声で言うと、登は背筋を伸ばした。

明神様は宮根集落を抜けるとすぐだった。海沿いの小高い崖(がけ)の上にあり、海をまっすぐに見下ろすことができる。

参拝者は、白装束の男たちの指示に従い、東の方向を向いて整然と列を作った。ざっと見て、島民の八割近くが集まっている印象だ。村長を始め羽織袴(はおりはかま)を着けている男が何人かいるが、大半は平服だった。

東の海岸線は、薄紅色に染まっている。波の音が耳に心地よい。時折、海鳥が鳴いた。

空がいよいよ赤くなったかと思うと、光り輝く太陽の縁が水平線に姿を現した。それは息を飲むほどの美しさだった。

もっと見ていたかったが、その場にいた全員がいっせいに頭を下げた。希世もそれに倣(なら)った。

一度、二度。そして、ゆっくりと柏手(かしわで)を二度打つ。しばらくの間、手を合わせた状態で静止する。周りの人たちは、目を閉じているようだったが、希世は、海から生まれたみたいな太陽から目が離せなかった。もう、三分の一ほどが顔を出しており、色合いは朱から黄金へと変わろうとしている。

――なんて美しい。

気づくと、皆が頭を下げていた。慌てて、希世も腰を折った。

「明神様は、つつがなく上陸されたど。ベタ凪でよかった。この後、本殿にお参りして帰るべえ」

厳かな声で登が言う。

「はい」

うなずきながら、来て良かったと思った。この島には、都会では当たり前のものこそないけれど、脈々と受け継がれてきた伝統がある。母はともかく、祖父母、そしてその上の代の祖先が守ってきたものだ。それに触れることで、自分という存在がこれまでとは違ったものに感じられた。人の存在は点ではなく、太古の昔から続く線の一部なのだと感覚的に分かる。それだけでも、この島に来た意味があった。

本殿での参拝を終えて明神様の敷地を出ると、湊周蔵の姿が目に入った。羽織袴を見事に着こなし、大型のワゴン車に乗り込もうとしている。挨拶をしようと思ったが、その前に車のドアが閉まった。

立原夫妻と一緒に、車に向かって歩いていると、背後から声をかけられた。

「一ノ瀬先生」

振り向くと、医事課の越本竜夫が立っていた。この季節にしては薄いジャケットを羽織り、肩をすぼめている。刈り上げたばかりと見られる襟足が、寒々しい。

「先生は、自分の車ですか?」

越本は東京の大学に通っていたため、綺麗な標準語をしゃべる。もっとも、四十代以下の大半は、方言は使ってもおおむね語尾程度だ。

「いえ、立原さんに乗せてきてもらいました」

「帰りは、僕が送りましょう。お話があるんです。家内と娘は、親父が面倒を見てくれる」

すかさず登が口を挟む。

「竜夫、今日は御見回りの日ど。仕事の話なんぞすべきでねえ」

越本は、黒縁眼鏡のツルの位置を直すと、薄く笑った。

「ウチの親父もそう言いますが、そこまで厳密に考える必要はないでしょう。今は平成だ」

　登は不満そうに頬を膨らませたが、希世は越本に向かってうなずいた。今日中に越本と話ができるなら、願ったり叶ったりだ。

「立原さん、今日はありがとうございました」

　登はそっぽを向いていたが、多恵は気にするなというように、微笑んだ。

　越本は車のキーをポケットから取り出すと、軽く上に投げた。それをキャッチしながら、「行きましょう」と言った。

　助手席に乗り込むと、芳香剤の臭いが強くした。ルームミラーからは、猫のキャラクターのマスコットがぶら下がっている。

　車を出すなり、越本は言った。

「先生のところに、本宮とかいう記者から連絡、ありましたか？　高校の同級生でらっしゃるそうで」

「はい。昨日の夜。通島の健康プログラムの取材をしたいから、私から越本さんにアポの設定を頼んでほしいと言ってきました」

　越本は、ため息を吐いた。

「なんなんですか、あの人」

昨日の昼前、突然電話があったのだと越本は言った。

「これまでにも、何度か取材依頼はありましたが、全て断っています。そういう事情を説明して電話を切ったのに、十分後に企画書がファクスで送りつけられてきました。それからまたすぐに電話です。本宮記者は、先生のことをよく知っていると強調していました。だからと言って、取材を受けなければならない理由はないと思うんですが」

困惑気味に言う。

「それはそうですが、なぜ、取材を受けられないんですか？　この島の取り組みは、他の自治体にも大いに参考になると思いますよ」

「企画書にもそんなことが書いてありました。でも、参考になんかなりませんよ」

プログラムの内容ではなく、参加する者の意識が大事なのだと越本は言った。

「島の人たちは、自分たちの健康に、強い関心を持っています。重い病気にかかってしまったら、治療のために島を出なければならない。金銭的な負担が大きいし、家族が見舞いにも来られないところで、一人で入院生活を送るなんて、誰だって嫌でしょう」

だから、皆、本気なのだと越本は言った。

「東京では百メートルも歩けば、病院やクリニックがみつかる。田舎だって、車で三十分飛ばせば病院に着く。本土とは環境が、まったく違うんですよ。本土の人は、冗談半分で『ぴんぴんころりと死にたい』とか言いますが、島の人間にとっては切実な問題なんです。だからこそ、成果が上がっているんです」

「それはそうかもしれないけど……。でも、そもそもなぜ取材を拒否されるんですか？」

越本は、ハンドルを握ったまま、横目で希世を見た。「そんなことも分からないのか」と顔に書いてある。

「最初にお目にかかったときに申し上げた通り、ここの人たちは、よそもんを嫌うから」

伊豆諸島の他の島と比べて、移住者が極端に少ないのは、そのためだと越本は言った。古より、他の島との行き来さえ少なかったのだという。周辺の潮流は複雑で、現在のような埠頭が整備されるまでは、船を着けるのさえ一苦労だった。そのうえ、この島は伊豆諸島の中でもひときわ貧しかった。食糧事情が悪すぎるため、流人の受け入れすら免除されていたような島をわざわざ訪れる者はいなかった。

「そういえば、計画が始まった当初、国から援助してもらえないかということで、厚労省の役人に視察に来てもらいました。先方は乗り気だったのに、村民の理解が得られなかった。次官候補の早川って人で、もったいなかったんですけどね」

やり手として知られるその役人の名は希世も知っていた。確かにもったいない。数千万の予算なら、すぐにつけてくれただろう。

「そんな島ですから、観光客が来ることだって、快く思わない人たちが大勢います。全国紙に通島のことが載るなんてことになったら、年寄りたちは卒倒してしまいますよ」

島内の人口減や、高齢化を考えると、移住者や観光客を増やす必要があるが、慎重に進めたほうがいいし、時間もかかるだろうと越本は言った。

「少なくとも、村長が代替わりするまでは、現状維持が無難だと思っています。昭洋村長は、川元先生が亡くなったとき、島と無関係な医者を呼ぶぐらいなら、無医村になっても構わないとおっしゃったぐらいですから。それでは、小さな子どもがいる家庭が不安だろうし、誰もが村長のように、大島の医者に特別往診を頼めるわけじゃない。だから、僕が一生懸命動いて、一ノ瀬先生を見つけたんです」

「村長のお家(うち)って、病人がいるんですか？」

越本ははっとしたように眉を動かしたが、すぐにうなずいた。

「奥様が、リウマチで寝付かれています。リウマチは専門の先生でないと難しいんだそうですね。村長は、川元院長の頃から、大島の医者に往診を頼まれていました」

車は学校を通り過ぎた。ここまで来れば、自宅まで数分だ。

「話がそれてしまいましたが、そういうわけで、先生から取材をきっぱり断ってもらえないでしょうか。明日以降も、昨日のような調子で取材を依頼してきたら、業務に差し支えます」

「分かりました。伝えておきます」

そう答えるほかなかったが、それで春美が簡単に引き下がるとは思えない。これ以上、面倒なことにならなければいいのだが……。

「それはそうと、今日がどういう日なのか聞いてますか？」

「明日の朝まで外出禁止なんですよね。静かに過ごせと言われたので、読書でもします。ご飯は、レンチンです」

「不自由でしょうが、よろしくお願いします。出歩いているのを誰かに見られたら、あっという間に噂が広がってしまいます。先生が、藤尾夫妻のように島の人たちから白眼視されたら、連れてきた僕の立場もなくなる」

冗談とも本気ともつかない口調で、越本は言った。

いつの間にか、家の目の前だった。越本が車を駐める。

「送っていただいて、ありがとうございました」

「こちらこそ。今後とも、よろしくお願いします」

越本は、厄介事が片付いたとばかりに晴々と笑いながら、軽く右手を挙げた。


翌朝、希世はいつもより十分ほど早く、学校に到着した。昨夜、暇を持てあまして早く寝たせいか、目覚めるのが早かったのだ。芝生に人はまだまばらだった。今日も海が青い。

前屈運動をしていた綿貫が、希世に気づいたらしく、近づいてきた。

「おはようさん。この前、藤尾さんに、ひとこと言ってくれっちゅうたけど、あれはもうええよ」

住職の泉沢昭圭と、話したのだと綿貫は言った。

「あの二人は免除しようちゅうことになった。無理に参加させてもしょうがねえべ」

東信子が、早速、昭圭に話をしてくれたらしい。

「そうですか。他の人も、それで納得してくれればいいんですけどね」

立原登のことを念頭に置いて言うと、綿貫は苦笑した。

「登あたりが、うるさいか。でも、昭圭さんの話をば聞いたら、もっともでよー」

ペンションは、島の一部ではなく、独立した場所と考えてはどうかと、昭圭は言ったのだという。

「あのペンションは、どの集落からも離れてる。藤尾さんは地の人間でもない。地理的にも人間関係的にも、地域社会から切り離されているちゅうことよ。なのに、島に同化させるのは、無理だったんよ。話が分からん人たちでもない。昨日も集落に近づかないちゅう約束を守ってくれた。距離取って、お互いを尊重しながら、共存するのが現実的ど」

希世はうなずいた。

藤尾夫妻もたぶん、それを望んでいる。

綿貫は続けた。

「今後のモデルケースにもなる」

「どういう意味ですか？」

「よそもんに来てもらわないと、人が減るばかりど。オイらが、よそもんに慣れていかないと、駄目ちゅうことよ。昭圭さんの考えは深い」

綿貫のほうが五つか六つ、年上のはずだが、昭圭には一目置いているようだった。

綿貫は校舎の壁に掛かっている時計を見上げると、「そろそろ時間だ」と言いながら、朝礼台のほうに歩いて行った。

スニーカーの紐を結び直しておこうとしゃがんだところで、携帯電話が鳴った。緊張しながら出ると、男が咳払いをした。

「希世か？」

周蔵だ。

「あ、おはようございます」

「町子が昨晩、亡くなった」

乾いた声で周蔵は言った。希世は言葉を失う。

一昨日、往診したとき、症状は悪化していたが、一刻を争うような事態には見えなかった。

判断が甘すぎたということだろうか。すぐに、大島の医療センターに送っておけば、もしかして……。

「すぐに来さい。死亡診断書を書いてもらうべえよ」

「分かりました。すぐ向かいます」

大音量で、ラジオ体操第一の音楽が流れ始めた。

希世は自宅に向かって走り出した。

2章　野木の御山（おやま）

日曜の朝、希世は、中通りを北に向かって車を走らせていた。

通島は本土と比べると気候が温暖だが、十二月に入ってめっきり冷え込んだ。今年初めて、ヒーターのスイッチを入れる。

寒くなったことと関係があるのだろうか。昨日、大代南地区で一人の老人がひっそり旅立った。

東忠雄、享年（きょうねん）九十。先月中旬まで、朝の体操で毎日のように顔を合わせていた。一昨日（おととい）の金曜日、忠雄の一人娘で、宮根に住む内藤豊美（ないとうとよみ）が、布団（ふとん）の中で冷たくなっている忠雄を発見した。

豊美から電話を受けて駆けつけた希世が、忠雄の死亡を確認した。正確な死因は分からないが、事件性はないと判断し、死亡診断書には心不全と記載した。

九十と言えば、大往生だろう。しかも、死の半月ほど前まで、体操に出てくるぐらい元気だった。まさに、ぴんぴんころりだ。

これでよかったのかもしれないと思う。忠雄は、認知症を患っていた。

忠雄の様子がおかしいことに気付いたのは、十一月の初旬だった。体操の後、天候などについて言葉を交わすうちに、彼の物忘れが病的なことを知った。

九十歳にもなれば、誰でも物覚えが悪くなるものだが、忠雄の場合は、度を超していた。そうなると、一人暮らしなのが気がかりだ。

そこで、先週、豊美に連絡し、忠雄を連れて診療所に来てもらった。

その場で簡単なテストをしてみたところ、認知症であることは間違いなかった。おそらく、アルツハイマー型。初期と中期の間ぐらいだろう。

告知はせず、専門医がいる病院で診断を受けるよう、本人に勧めた。アルツハイマー型なら、投薬治療により、進行を遅らせられる可能性がある。

しかし、忠雄は島を離れたくないの一点張りだった。物忘れが多いことも自覚しているが、老化現象の一つだから、放っておいてくれと言う。

気持ちは分からないでもないが、一人暮らしなので、火の始末などが心配だった。治療を受けないにしても、身内の誰かの介護を受けるか、夕日の家に入所したほうがいい。

豊美に見立てを伝え、縁戚に当たる看護師の信子も交えて、忠雄の今後をどうするか、家族会議を開いてもらった。

その結果、これまで通り一人暮らしを続け、豊美が朝と夕方の二度、様子を見に行くことになった。

希世にとっては、納得しがたい結論だった。

しかし、忠雄は夕日の家に入るのは絶対に嫌だと言い張ったそうだ。豊美の自宅は手狭なうえ、豊美の夫の両親と同居しているため、忠雄を受け入れる余裕はないという。

アルツハイマー型は、治療を行わないとどんどん症状が重くなる。しかも、忠雄は身体のほうは九十とは思えぬ頑健さだ。この先、五年、十年と生きる可能性がある。

少なくとも信子にはそれが分かっているはずなのに、治療を勧めなかったということは、希世が考えていた以上に島を出ることへの抵抗が強いのだろう。

それはしかたないにせよ、夕日の家への入所は譲れないところだ。火事でも出したなら、近くに住む人たちだって、困るはずだ。

こうなったら、東の当主を担ぎ出し、忠雄や豊美を説得してもらおうと画策していた矢先に、突然、忠雄は逝ってしまった。

意気込んでいただけに、がっくりくる。

車は、宮根集落に入った。

宮根は製塩を手がける「釜百姓」の集落として始まったそうだ。江戸時代の初期、伊豆諸島は塩を年貢として幕府に納めていた。島の北西部にあるわずかな砂浜で、海水を炊いて塩を造っていたのだという。

これを取り仕切っていたのが、東家だ。年貢が金納になったのを機に、養蚕に手を出してみたり、牛を飼ってみたりしたが、うまく行かず、明治の中頃から大島や利島に倣って椿栽培に取り組み始め、現在に至るという。

同じ御三家でも泉沢本家は、入島以来、寺を継いできた。湊は変わらず網元だ。生業を次々と変えてきた東家は、他の二家と比べて考え方が柔軟で結束が比較的緩いようだ。宮根ばかりでなく、大代のあちこちに東姓の家がある。

東本家は、集落の中心部にあった。広々とした敷地は、やはり玉垣で囲まれているが、今日は鯨幕が張り巡らされており、美しい石の配列は見えない。

玉垣に沿って何台もの車が駐められていた。なんとかスペースをみつけると、四苦八苦しながら縦列駐車をした。ずっとペーパードライバーだったので、縦列駐車をするのは、学生時代に通った教習所以来だ。

車から出ると、防虫剤臭いコートを羽織る。吐く息が白い。

開け放たれた門から敷地の中に入ると、白い砂を敷き詰めた中庭にパイプ椅子がずらりと並んでいた。

縁側に面した座敷の障子が開け放たれており、白布がかかった三段の葬儀壇が見える。背後の壁には、「南無阿弥陀仏」と墨で大書きされた名号が飾られている。ご本尊だ。遺影はご本尊をはばかるように、少し左に寄せてあった。壇の両脇には、贈り主の名を記したいくつもの花輪が並んでいる。

泉通寺は浄土真宗の寺のようだが、他所とほとんど行き来がない時代が長かったせいか、どの派の流れを汲むのかが不明確だった。そのあたりについて尋ねると、島民は皆首をかしげるから、本山から認められた寺ではないのだろう。島民はそのことにたいして興味がないようだった。島に寺は一つしかない。正統であろうと、異端であろうと、檀家になることは、生まれる前から決まっているようなものだ。

親族は座敷に、その他は中庭で待機するようだ。コートを衣装ケースから引っ張り出してきてよかった。

受付には、信子が座っていた。

「先生、わざわざありがとうございます」

御紋付きの喪服を着ているせいか、普段より色白で美しく見えた。といっても、髪は相変わらずのお団子だ。

お悔やみを述べ、袱紗から香典を出して渡すと、空いているパイプ椅子に腰を下ろす。

座面がひやっとしていた。風も冷たい。身体に力を入れていないと震えてしまいそうだ。

バッグの中から、念珠を取り出す。この海域で産出する白珊瑚を使ったもので、大学に入学したとき、祖母から譲り受けた。結構いい品らしく、母が横取りしようとしたところ、祖母が「これは希世に」と言い張った。

口に出さないものの、祖母には島と親を捨てて本土に渡った娘への蟠りもあったのだろう。

周りを見回すと、島の女性は皆、同じような念珠を持っていた。ただ、希世のものは房元にある親玉が鮮やかな桃色だった。祖母にとっても自慢の品だったのかもしれない。そういえば祖母は、知り合いの通夜や葬儀に行く前に、いつもこの念珠を取りだし、玉をたぐっていた。

今日は、かけ方を間違えないようにしよう。親玉を上に向けるのが、ここでの流儀だそうだ。湊町子の葬儀の際、下に垂らしていたところ、近くにいたお年寄りに注意された。

そのとき、門の辺りがざわめいた。振り返ると、紫の法衣にきらびやかな刺繍(ししゅう)のほどこされた袈裟(けさ)をかけた泉沢昭圭が、ゆったりとした足取りで入ってくるところだった。

実父で村長の泉沢昭洋は小柄で痩(や)せているが、昭圭は大柄でやや太っている。そして、柔和な顔つきをしていた。

弔問客は一人、また一人と立ち上がり、昭圭に向かって頭を下げた。「ナムアミダ」と口の中で唱える者もいた。希世もそれに倣う。

昭圭が通り過ぎると、近くにいた老婆(ろうば)二人がひそひそ話を始めた。

「今日は昭洋さんは、来んの」

そういえば、湊町子の葬儀のときには、昭洋も一緒にやってきた。住職を息子に譲った後も、僧籍は保持しているそうだ。

「東ちゅうても、忠雄さんは分かれど」

「それを言うなら、湊の町子もそうよ」

「そいでも、しめ縄が張られてたちゅうど」

何の話だろう。

耳をそばだてていると、もう一方の老婆が咳払いをした。

それきり、会話は止んだ。希世の耳を意識したのかもしれない。

開式が告げられるとすぐに読経が始まった。周りの人たちを横目で見ながら念珠を親指にかけ、手を合わせる。

町子の葬式のときにも思ったが、昭圭はいい声をしている。声質というより、発声が上手なのだと思う。朗々と響く声は、死者への哀悼の意にあふれているように感じられた。昭圭は、たいまつを模した二本の仏具を取り上げ、そのうちの一本で円を描くと、何事かを述べた。引導を渡す儀式のようなものらしい。その後、全員で南無阿弥陀仏を十回唱和した。

これがこの宗派のやり方なのか、それともこの島独自のものなのかは分からない。

そもそも、泉通寺の位置づけ自体が不明だった。

その後は、焼香の時間となった。縁側に設けられた焼香台に順番に向かう。

遺族席では、喪主で東家当主の宗忠の隣に、内藤豊美が座っていた。二人とも和装だ。豊美は、焼香をする人たちに頭を下げつつ、時折、白いハンカチで目元を押さえた。

　ぴんぴんころりであっても、肉親を亡くした人の悲しみが軽くなるわけではない。そのことを忘れないように胸に刻もうと思いながら、焼香台の前に立った。祭壇に飾られた写真の中の忠雄は、厳めしい表情を浮かべていたものの、口元がわずかにほころんでいた。

　頑なに希世の言葉を拒絶したけれど、本来は茶目っ気のある人だったのかもしれない。

　焼香台を離れると、すっかり身体が冷えていることに気付いた。車に乗り込む前にトイレを借りようと思い、受付の信子に場所を尋ねたところ、母屋ではなく、隠居家のそれを使うように言われた。隠居家の玄関は開いているので、勝手に上がって廊下の奥に進めばすぐ分かるという。

　早速、隠居家に向かい、引き戸を開ける。誰もいないのか、空気は冷え切り、しんとしていた。

　靴を脱ぎ、黒光りする廊下を進むと、すぐにトイレはみつかった。用を足し、隣接する洗面所で手を洗う。バッグからハンカチを出そうとしていると、人の声が聞こえた。窓のすぐ下に誰かがいるらしい。

「忠雄あにぃは、うまいこといんだ。九十まで生きれば十分よ」

男二人のようだった。耳でも遠いのか、やたらと声が大きい。

「ほんに。この先、いがないことになると思うただ。あにぃは惚けとったちゅうど」

「そんで、野木の孫娘が、夕日の家に入れようとした」

いきなり自分の話が出てはっとする。

「はばっけどなー。事情も知らんとふんばらかすのは、困りもんよ。忠雄あにぃは、分かれとはいえ、れっきとした東の人間ど。夕日の家なんぞに入れるわけねえ」

方言がきつくて、よく分からないけれど、最後の部分ははっきりと聞き取れた。

ハンカチで手を拭きながら、続きを待った。

「こんで宗忠さんは、万々歳よ。そんにしても、いい具合にいくもんよ。ぴんぴんころりなんて、どうかと思うたが」

突然、もう一人の男が声をひそめた。

「ワレ、ほんとうにぴんぴんころりと思うな？　忠雄のあにぃはともかく、湊の町子のときは……」

「湊の大将が、景気のええとこ見せたかったんだべえ。あの大将は、とかくオイら東と張り合いたがる。そいだけのことよ」

「そいならええども……」

中庭のほうから、誰かの呼び声が聞こえた。

「通夜振る舞いが始まっど。行くべえ」

砂利を踏みしめるような足音がした。それはすぐに遠ざかっていた。

希世は、しばらくその場に立っていた。

会話自体は、はっきり聞き取れたけど、内容がよく分からない。

なぜ、東の人間は、老人ホームに入れないのだろう。

何がなんだか、さっぱり分からない。ただ一つだけ分かったことがある。この島には、確実に、自分の知らない決まり事がある。

息を吐くと、鏡を見る。

鏡の中から見返してきた目は、不安のせいか、瞳孔(どうこう)が異様に大きくなっていた。

月曜の朝、診療所に着くと、信子が更衣室から出てくるところだった。

「今日は、休んでもらってよかったのに。留守電のメッセージ、聞きませんでしたか?」

通夜と葬式が土日にかかったため、休みをとってもらうおうと考え、連絡を入れておいたのだった。

信子は、少し疲れた顔をしていたが、首を横に振った。

「大丈夫です。本家筋の人たちは、大変だったでしょうけど、私は分かれだから。しかも、私の代で分かれも終わりですから、正直なところ、東家の行事にはほとんど関わらずにすんでいるんですよ」

本家筋というのは、本家の当主と、当主の男兄弟の家のことを指すそうだ。それ以外の東姓の家は「分かれ」、すなわち分家だ。

そこまでは知っていたが、「分かれも終わり」がどういう意味なのか分からなかった。

そう口にすると、信子はうなずいた。

「この島、独特の仕組みみたいですねえ」

本家が代替わりすると、本家筋は分かれに降格する。そして、分かれの三代目は、本家の姓を名乗らず、結婚する際、妻方の姓を選択するのが慣例だという。

「だから、ウチの息子が将来、島で暮らすなら、妻方の姓を名乗ることになります」

信子はそう言うと、受付カウンターに行き、端末を立ち上げた。

希世も診察の準備にかかる。白衣を羽織り、手指を消毒して、デスクの前に座る。

そのとき、葬式でのことを思い出した。

昨夜、母に電話して、「はばっけ」と「ふんばらかす」の意味を尋ねた。まったく見当がつかないそうだ。

夕日の家についても知らなかった。考えてみれば、あの施設ができたのは、二十年ほど前のことだ。母はとっくに島を出ている。

「あの、信子さん、教えてください。はばっけ、ふんばらかすって、どういう意味ですか？　島の方言みたいなんだけど」

診察室の入り口から顔を出して言う。

信子は、振り向くと少し笑った。

「はばっけは、バカ者。ふんばらかすは、一生懸命やる、ってところですね。おじいちゃんや、おばあちゃんは、たまに使いますねえ」

「ああ、そうなんだ。方言って、難しいですね」

「全部とは言わないけれど、徐々に覚えてくださいよ。患者さんが、何を言っているのか分からないのでは、困ります」

「頑張ります。あ、いや、ふんばらかします」

そう言いながら、頭の中で、一昨日聞いた会話を思い出す。

――はばっけどなー。事情も知らんと、ふんばらかすのは、困りもんよ。

忠雄は東の人間だから、夕日の家に入ることはできない。なのに、事情を知らないバカ者の希世が、一生懸命そこに入れようとしたのは、困りものだ。

そういう意味に取れる。だとしたら、聞き捨てならない。親を施設に入れることは、恥でもなんでもない。そういう偏見が、家庭を守る女性を生きづらくしているのだ。

「そういえば……。忠雄さんのことですけど、夕日の家に入らなかった理由って何かあるんですか?」

パソコンを操作していた信子の手が止まった。

「特にありませんよ。本人が嫌だと言っていただけで」

「東の人は入れないって、小耳に挟んだんですが」

信子が振り返った。

「誰がそんなことを?」

軽く眉(まゆ)をひそめながら言う。

「いえ、誰ってわけでなく、たまたま立ち聞きしてしまったというか」

「それこそ、方言を聞き間違えられたんじゃないですか」

突き放すような言い方だった。

そんなことはないと思う。でも、それ以上の追求はよしておく。考えてみれば、信子も東の人間だ。尋ねたのが間違いだった。

それにしても、夕日の家の件には、引っかかりを覚える。そもそも、希世の訪問を敬遠していることに、違和感があった。

医事課の越本は、御三家とは表向きは無関係だけど、泉沢の遠縁らしい。だとすると、東家だけでなく、島全体に共通するタブーなのだろうか。

夕日の家には、一度だけ、越本に連れられて挨拶に行った。

野木山の裾に建つ古い建物は、どこにでもありそうな田舎屋だった。だが、中に入って目を見張った。昔の姿を想像するのが難しいほど、徹底的に改装されていた。

入居者用の個室は大小併せて七つ。一人部屋が三つに、二人部屋が四つ。計十一人が定員だという。風呂もトイレも、車椅子で入れるよう、バリアフリーになっている。

一方、水屋は土間を板張りに変えたほかは、昔の間取りのままのようだった。水屋と続きになっている六畳間には、十人ほどが同時に食事できる大きなテーブルがあった。

入所者の世話に当たる職員は五名。二人が住み込みの寡婦で、あとの三人は自宅からの通いだ。通いの職員も、交代制で泊まり勤務に就くという。

完璧とまでは言わないが、それなりに快適そうだった。「あんなところに親を入れて」と、後ろ指をさされるような施設ではない。

そのとき、診療所のドアが開いた。

「おはようございます」

信子が、明るい声で患者を迎えた。


午後は定例の健康相談会だった。今日は、大代南の番である。

午前の外来を終えると、家で食事をとり、書類仕事をいくつか片付けた後、徒歩で会場となる学校に向かった。

信子は、用事があるからといって、昼食を共にせず、いったん家に戻ってから、夕日の家へ向かうと言っていた。

昼食の場で、夕日の家について、あれこれ尋ねられたくなかったのかもしれない。取っつきにくくはあるけれど、信頼はしているので、そんなふうに壁を作られると、少しショックだ。

夕日の家の件には、立ち入らないのが賢明なのだろう。

そうは言っても、老人ホームが看護師任せになっていることが、そもそもおかしい。

あり得ないほど健康への関心が高いこの島の中で、あの施設だけが異質なのだ。

こういうとき、誰に相談すればいいのだろう。

役場の医事課も看護師も駄目となると、あとは村長ぐらいか。しかし、傲岸不遜な田舎紳士とまともな会話になるものかどうか。だったら、校長の綿貫のほうが、まだしも話が分かるのではないか。

そんなことを考えながら歩いていると、学校はすぐ目の前だった。立ち止まって御石様に頭を下げた後、眼下の海を見やる。

灰色で白い波頭が一面に立っていた。今夜から天気が崩れ、週半ばに荒れ模様になるらしい。

月曜の貨客船は多少海が荒れていても接岸できるそうだが、水曜の高速ジェット船は欠航するかもしれない。

数日とはいえ、完全に閉ざされる場所が日本にあるなんて、考えてもみなかった。

しかも、この島は小さい。北端から南端まで歩いたって、三時間ぐらいだろう。島の大部分は、小盛山と野木山が占めており、人はわずかな土地に身を寄せ合うように暮らしている。

ふいに息苦しさを覚えた。眼下の海が、自分のほうに迫ってくるような気がして、めまいまでしてきた。ＭＲＩによる画像診断の際に、被検者はトンネルのような細い空間に身を横たえる。あのときと同じ感覚だ。

大きく息を吐くと、再び歩き出した。

いずれ、この閉塞感にも慣れるだろう。慣れなかったとしても、二年後にはここを出ている。

二階建ての校舎に入り、一階にある多目的教室に向かう。健康相談会の会場だ。今日の参加者は十八人だ。特に問題を抱えている人はいなかったので、血圧や体脂肪率などのデータを見ながら軽く雑談をして、相談会を終えた。

参加者が帰った後、校長室に向かった。

ノックをして部屋に入ると、綿貫はツシマ菜ジュースを飲みながら、くつろいでいた。朝の体操のときと同じジャージを着ている。

「おお、一ノ瀬先生。相談会、終わったな。まあ、座ってくんろ」

スプリングがへたり切っている年代物のソファに腰を下ろす。

綿貫は、ポットから急須にお湯を注ぐと、器用な手つきで湯飲みに注いだ。

「ツシマ菜を乾燥して作ったお茶ど」

自慢げに言いながら、手渡してくれる。

コーヒーにしてもらえばよかったと思いながら、口に含んで、目を見張った。意外なことに、美味しい。強いて言えばドクダミ茶に似ている。口の中がすっとして、脂っこい食事の後などによさそうだ。

「美味しいですね」

素直に感想を言うと、綿貫が満面に笑みを浮かべた。

「ジュースのほうが、身体にはいいちゅうけど、オイも、こっちが好きよ」

そう言うと、綿貫は笑みを消した。

「忠雄さんこたあ残念ど。ぴんぴんころりとはいえ、突然のことでよ」

まだ実感が湧いてこないと綿貫は言った。

「今朝も、体操ば来てるかと思って、探しただ」

「綿貫さんは、忠雄さんの近所でしたよね」

確か、二軒隣だ。

「おおよ。子どもの頃から、可愛がってもらっただ。釣りを教えてくれたのも、忠雄さんよ」

「親戚ではないんですか？」

「いや、オイゲーは、東とは縁がねえ。御三家で言えば、近いのは泉沢よ」

二代前まで、泉沢の分かれだったのだと、綿貫は言った。

「さらに何代か遡れば、おそらく東にもたどり着く。ただ、御家の話は、あまりするもんでねえ」

たしなめるように言う。

「御三家のことをよく思ってねえ人間もいん。海のことは湊、畑のことは東、寺のことは泉沢。寺だけじゃ一族が食えんで、泉沢の筋は役場や学校なんかにもいん。そのぐらい知っとけば、十分ど」

「私の祖父は野木なんですが、野木はどこかとつながりがあるんでしょうか」

そんなことも知らないのか、というように綿貫は顔をしかめた。

「野木は、御六家の一つど」

明治の頃までは、御家は六つだったのだという。そのうち、残っているのが御三家だと言った。

「美世さんの連れ合いのタケオさんが最後の当主ど。タケオさんが、亡くなるまでは、御四家だっただ」

「そうだったんですか。ちなみに、野木はどういう家だったんですか？　海とか、山とかでいうと」

綿貫が目を瞬いた。

「羽ぶりが良かったのは、今残っている御三家で、あとの三家は、そうでもなかっただ。それより、先生、お茶のお替わりどうな?」

この話はもうお終いだ、というように綿貫は言った。

「すみません、もう一つだけ。もし知っていたら教えてください。東の家の人が夕日の家に入れない事情って、何かあるんですか?」

綿貫の表情が動いた。

「誰かがそうだちゅうな?」

探るような目つきだった。

葬式のとき、たまたまそんな話を耳にしたのだというと、綿貫は考え込むように腕を組んだ。

「地の年寄りは迷信を信じてる。ワケの分からんことを言うから、オイの世代でも、戸惑うことがあるだ」

「迷信、ですか」

「御見回りの日には、外に出たらダメだとか、そういうことよ。年寄りは、理屈に合わんことを大まじめに語る。オイは、そういうのには耳を貸さんことにしてる。過去なんぞにこだわっている暇はねえ。どうやったら、この島を子どもらの代に渡せるかを考えて、人材を育てるのが、オイの役目よ」

はぐらかされているような気がしてならなかったが、希世が言葉を継ぐ前に、綿貫は腰を上げた。

「悪いが、そろそろ、テストの採点があん」

長居してしまったことを詫びて、席を立つ。

「先生、ツシマ菜のお茶、少し持ってくな？　よかったら、ペンションに持ってってくんろ。この島の名物として、お客さんに出してもらうべえ」

藤尾夫妻に対してあんなに腹を立てていたのに、どういう風の吹き回しだろう。

困惑していると、綿貫は鼻の下を指でこすった。

「よそもんと、うまくやっていがないと、この島に未来はないべえさ」

そう言うと、いそいそと戸棚のほうに向かった。

その夜、診療所で夕日の家に入所している五人の健診の結果やカルテを整理した。

信子による毎週の健康チェックのデータにも目を通す。

問題はみつからない。五人の入所者はいずれも、足腰が弱ったり、認知症があったりで、独居は難しいが、年の割に健康だった。今年に入ってから、八月に亡くなるまでの間に、川元が何度が呼ばれて往診しているが、いずれも夏風邪やウイルス性の胃腸炎で、簡単な投薬治療で快復している。

入所者の中に、東の姓を持つ人間はいない。泉沢も湊もいなかった。島の三分の一ぐらいは、この三つの姓のうちどれかであることを考えると、不自然な気がしないでもない。

しかし、御三家には財力がある。当主が一族の面倒を見る習慣もあるようだ。一族の誰かが一人暮らしができなくなったら、誰かが面倒を見る仕組みが出来上がっているのかもしれない。

そんな習慣を知らず、入所を勧めたことが余計なお世話だというのだろうか。

そのとき、玄関のドアが開く音がした。

「こんばんは、一ノ瀬先生、いらっしゃいますか」

よく響く声で男が言う。

急患だろうかと思いながら、控え室から出て行くと、住職の泉沢昭圭が立っていた。今日は、法衣を着ておらず、ジャンパーにスラックスという軽装だ。青々とそり上げた頭のせいか、寒そうに見える。

「どこか具合でも？」

「いえ、ちょっと先生とお話がしたいと思ったものですから」

自宅に行ったら、誰もいなかったので、こっちに来てみたのだと昭圭は言った。

「どうぞ、お上がりください。といっても、話ができる場所と言えば、この待合室ぐらいしかありませんが」

落としてあった照明をつけながら言うと、昭圭は軽く頭を下げて、靴をスリッパに履き替えた。

L字になっている長椅子に座ると、昭圭はまず頭を下げた。

「もっと早く、ご挨拶に来るべきでした。こんな辺鄙な島に、よくぞおいでくださった。ようやってくださってると、父も感謝しておりました」

「いえ……。手探りで、なんとかやってます」

「手探りだなんて、そんなことはないでしょう。檀家の人たちの噂話がよく耳に入りますが、若いのにしっかりした先生だと評判のようです。ただ、ちょっとお願いがありまして……。檀家の何人かに乞われて、こうしてやってきました」

昭圭はそう言うと、表情を引き締めた。

「先生がこっちに来られて、二カ月ちょっとですか……。その間に、五人に島外の病院ですぐに受診するように勧めたそうですね。実際に島を出たのは、白内障の手術をした郵便局のご隠居と、胃癌の疑いがあったガソリンスタンドの大将の二人だけだそうですが」

「ええ」

そんな細かな情報まで寺には入るのか。

「先生が善意でおっしゃってくださっていることは分かります。ただ、この島の人たちは、島を出たがらないんです。島から出なければならないとしても、せめて考える時間が必要です」

「でも……。精密検査を受けて、適切な治療を受けないと手遅れになる場合がありますから」

「それはそうなんでしょうが、紹介状を書くから、次の定期船で行ってくれというのは、この島の人間にとっては、あまりに酷です。特に、年寄りにとっては。島から出るぐらいなら、後は天に任せようという人たちも大勢います。そういう人の気持ちに、配慮をしていただけないでしょうか」

前任の川元はそういう方針だったのだと、昭圭は言った。

「本人と家族が十分に話し合えるよう、一月でも二月でも、時間をくださいました。

皆をせかさないでいただきたいんです。島の時間は、都会とは違う早さで流れています」

昭圭の言うことは、分からないでもなかった。そして、思った。

横浜にいたときとは真逆だ。

あの頃は、さっさと薬を出せと患者に責められた。今は、急ぎすぎるなと、文句を言われている。

そんな日がくるなんて、思わなかった。気がせいているのかもしれない。

他に医者はおらず、万一のときの救急搬送態勢も心許(こころもと)ない。だから、患者を他の医療機関に送り込もうと、焦(あせ)ってしまうのではないだろうか。

昭圭の言うように、もう少し、落ち着いて対処したほうがいい。

「そうですね。私が性急すぎたのかもしれません。今後、注意するようにします」

昭圭は、軽く頭を下げた。

「ご理解いただけて、よかった。どうぞよろしくお願いします。あと、もう一つ。夕日の家のことですが……」

希世は背筋を伸ばした。

「こちらについても、入所を強く勧めないでいただきたいんです」

「忠雄さんのことが、お耳に入りましたか？」

「ええ」

「忠雄さんは、認知症でしたので、一人暮らしは危険だと思いました。もし、火事でも起こしてしまったら本人の問題だけではすみません。身内の方が引き取って介護できれば、それが一番いいのかもしれませんけど、事情が許さないこともあります」

豊美の自宅は手狭で、敷地内にある、やはり小さな隠居家には、夫の両親が住んでいる。どちらにも忠雄を受け入れるスペースはなかった。

だから、入所がベストな選択だったと言うと、昭圭はうなずいた。

「おっしゃることは分かりますが、この島には、他人の世話になることを、極端に恥じる風潮があるんです。特に東、湊の両家の人間はそうです。ホームに入るなんて、一族の恥だと考えている」

「誰だって、年を取れば動けなくなります。在宅介護が難しい場合もあるでしょう」

昭圭はうなずくと、これは泉沢の問題でもあると言った。現場で働いているのは、職員五人だが、経理等の事務は、泉沢家の分かれの人間が担当しているそうだ。

「東、湊にとっては、泉沢の世話になるのは、一族の名折れといったところなんでしょう。本家はもちろん、分家の人間もホームに入ろうとはしません」

そういうことだったのかと思いながらうなずく。

「なんだか、正直、面倒くさいですね……」

つい本音が漏れた。昭圭は、うっすらと微笑(ほほえ)んだ。

「外の人にとっては、バカバカしく聞こえるでしょうが、古くから続いている家には、それぞれ難しい問題がありましてね」

江戸時代の頃、島内の取りまとめをする地頭(じがしら)は、御三家が順番に務めていた。それがいつの間にか、泉沢家の世襲になったことを、東、湊の両家は今でも根に持っているのだという。

「でも、今は選挙がありますよね？　世襲というわけでもないような」

「ええ。ただ、泉沢は寺で、檀家を持っていますから」

両家の本家、分家以外の人たちは、東にも湊にも義理はない。むしろ、同じ血を引く一族なのに、暮らし向きに大きな差があることを不満に思う者も多いのだという。一方で、寺には世話になっている。だから、選挙で東や湊が勝つ可能性はまずなく、実質的には世襲と変わらない。

「そういえば、先生はホームに出向いて、診療をされたいという希望をお持ちだとか？」

信子あたりに聞いたのだろうと思いながら、うなずく。

「それを遠慮願っているのも、東、湊のことがあるからです」

川元は、戦後間もなく移住してきた医者の家系なのだと昭圭は言った。前院長の父親が奇特な人間で、無医村だったこの島に進んでやってきたのだという。

「そのとき、一悶着起きましてね」

医者は大歓迎だが、どの家の傘下となるかで、揉めたのだそうだ。結局、どの家とも無関係な家とし、病人を公平に見ることが取り決められたのだという。

「そういう経緯ですので、診療所は関わらないほうが、無難なんです。看護師が定期的に訪問するぐらいなら見逃そう。でも、院長自らが出向くのは約束違反だというのが、東と湊の言い分です」

つい苦笑が漏れた。

「約束と言ったって、七十年ぐらい前の話ですよね。因襲にとらわれないようにと、島民を説得するのが、村長あるいはご住職のお役目なんじゃないですか?」

家同士がいがみ合うのは勝手だ。でも、現代の医療現場にそんなものを持ち込まれたら、たまったものではない。

昭圭はうなずくと、ゆっくりと口を開いた。

「そう簡単にはいかないのですよ。話を元に戻しますと……。最近、檀家の間で、こんな話が出ています。診療所に行くと、島外の病院に送り込まれるか、ホームに入れられてしまう。だったら、具合が悪くても受診なんてしないで、うちで静かに最期を迎えたほうがええって」

思わず言葉を失った。

「それは、あまりにも……」

「私も、そんなことになったら困ると思って、こうして足を運んだ次第です。あと十年もたてば、状況は変わるでしょう。でも、今はまだ……。そのあたりを、是非、先生には理解していただきたいんです。村長も、そう申しております」

昭圭は、檀家のみならず、村長の名代でもあるらしい。

「考えてみます」

そう返答するのが、精一杯だった。

その翌日、朝の体操に行くと、初めて見る顔がいた。年は三十代半ばぐらいだろうか。有名スポーツメーカーのトレーニングウェアに身を包んでいる。背がすらりと高く、色白で見るからに育ちが良さそうだ。島を出て暮らしている誰かだろうか。

ラジオ体操、ダンベル体操、ストレッチというものメニューを皆と一緒にこなすと、男は率先してジュースを配り始めた。希世以外の参加者とは顔見知りのようで、笑顔で挨拶を交わしている。

「初めまして。一ノ瀬先生ですよね」

男は、希世にジュースを手渡すと、気さくに話しかけてきた。

「ご挨拶が遅れ、申し訳ありませんでした。キタムラメディカルの田之倉博伸と申します。島の健康プログラムを担当させて頂いておりまして」

「あっ、どうも。お噂はかねがね」

年頃の娘を持つ親の間では、田之倉がこの島に移住して、婿になってくれることを望む声が多いのだという。この島の人たちのよそ者嫌いのことを思うと、田之倉への好意は奇異に映った。

しかし、会ってみると、確かにかんじがいい。溌剌としているのに、暑苦しくはない。

田之倉は、昨日、下田からの貨客船でこの島に入り、ペンション明戸に泊まったのだという。

「わざわざ、体操に？」

「ペンションの奥さんが車で送ってくれました。朝の体操は、ぴんぴんころり運動のキモですからね。担当者としては、絶対にはずせません。島に来るときは、いつもウエアとシューズ持参ですよ」

田之倉は、照れたような笑みを浮かべた。口元から八重歯が覗き、愛嬌のある顔つきになる。

いつの間にかそばに来ていた立原登が、田之倉の背中を叩いた。

「田之倉君、なーして、もっと早く来なかったな」

「そうよー。みんな、田之倉君と飲むのを楽しみにしてただ」

登の隣で、多恵も言う。

「九月にも来ましたよ。そのときは、北岬の民宿に泊まったものだから、大代南のほうには顔を出せなくて」

「ほいだら、宮根のほうの連中と飯くったな？　東の連中は気詰まりど。こっちに泊まって正解よ。まあ、よいわ。そんで、いつまで島にいんな？」

「残念ながら、今回は簡単なシステムのチェックに来ただけなので、明日のジェット船で戻ります」

「おお、ならば今夜は、オイゲー、来さい。あんなよそもんがやってるペンションじゃ、島の料理をよう出さんど。ウチのに、ちゃんとした飯を作らせる。近所の人間にも声をかけるで、この前みたいに、みんなで酒飲むべえ」

田之倉は笑顔で首を横に振った。

「お誘いは嬉しいんですが、村長さんが一席設けるとおっしゃってくれているんです。その代わり、年末のお祭りのときに、休暇がてら参りますよ。多恵さんのお寿司を食べるのが楽しみです」

多恵が、顔をほころばせる。

「あいや、それはこっちこそ楽しみよー。キタムラメディカルも去年みたく、何か屋台を出すな？」

「ええ。何を出すかは、そのときのお楽しみということで」

そう言うと田之倉は、診療所に行くのかと希世に尋ねた。もしそうなら、途中まで一緒に行きたいという。

希世も田之倉と話をしてみたかったので、微笑んで了承する。

「こうして見ると、二人はお似合いよ」

多恵が言い、登も大きくうなずいた。

「先生と田之倉君なら、地の人間みたいなもんだからな。歓迎するだよ。この島で所帯を持つというのは、どうな？」

　田之倉は苦笑しながら、手をひらひらと振った。

「先生は立派なお医者様。僕はしがない会社員ですから、釣り合いが取れませんよ。そんなことより、立原さん、運動に精を出して、ずっとお元気でいてくださいよ。そういえば立原さんは血液検査組でしたよね？」

　登が、顔をしかめる。

「先生、これだけ運動真面目にやっとるし、体調が悪い気も、ちっともせんよ。そろそろ血液検査は止めてええのと違うな？」

「まあ、それほど心配することはないけど、登さんは尿酸値がちょっと高いから。お酒は蒸留酒中心にほどほどならば、問題ありませんが、一応、検査だけは続けてください」

「ああ、そうか。醸造酒はダメなんだな。じゃあ、次に来るときは、とっておきの焼酎をお持ちしますよ」

「あいや、それは楽しみど」

　登が嬉しそうに笑った。

　田之倉は一礼すると、校門に向かって歩き出した。

御石様の前で立ち止まると、二人で並んで頭を下げた。田之倉も、この島の人たちの習慣を尊重しているらしい。

「田之倉さんは、この島に来るようになって、長いんですか?」

歩き出しながら言う。

「そうですねえ。四年前から年に五、六回、出入りさせてもらってます。システムのメンテナンスをしたり、改善点について意見を求めたり。最初は、よそ者扱いされて、役場の人以外、ろくに口を利いてくれなかったんですが、体操に出たり、夏祭りやお祭りで屋台をやったりしているうちに、皆さん、親しくしてくれるようになりました」

そう言うと、田之倉は海のほうに目をやった。

「不便だけど、いいところですよね。素朴で観光地化されてなくて。先生はこっちにいらっしゃって二カ月ほどだそうですが、いかがですか」

「いいところだとは思いますが……。正直なところ、当たり前のことが通用しないもどかしさを感じています」

会ったばかりの人間に、気持ちをストレートに開示しすぎたかと思ったが、田之倉は真剣な顔つきでうなずいてくれた。

「たとえば?」

島外の病院で受診したがらない人が多いのだと言うと、田之倉は「自分も、そのことは、残念に思っている」と言った。

「内地の病院でちょちょっと手術を受ければ、クオリティー・オブ・ライフがぐんとよくなるのに」

「そうなんですよ。それどころか、老人ホームへ入所することも、タブーみたいで」

「まあでも、そういう方々だからこそ、ウチの会社が提唱するプログラムに真剣に取り組んでくれるわけですよ。なんとしてでも、病気になりたくないという気持ちが強いんでしょう。そして、実績も上がっている。この島の有病率の低さには、目を見張るべきものがあります」

「ええ。そのことには私も感心していますが、病気になってしまったら、しょうがないと思うんですけど」

「そうですよねえ」

「あと、よく分からない家の問題があって」

「ああ、僕も戸惑っています。いったい何なんでしょうね? 泉沢さんだ、東さんだ、湊さんだと言われてもねえ。こんな狭い島なんだから、みんなで仲良くやればいいのに」

「ホントに」

そろってため息をついてしまい、顔を見合わせて笑った。

田之倉とこうして話ができてよかったと思った。

「そういえば、先生はジュースの宅配を断わられたとか」

「健康にいいのかもしれませんけど、私はあの味はちょっと。朝の体操で、一杯飲み干すのが、精一杯です」

「もったいないなあ。体重や血圧の心配をされる必要はなさそうですが、ビタミンCを配合したものなんか、美容にもいいんですよ。味も順次、改良していきますので、是非、お試しになってみてくださいよ。三十代女性のご感想も伺いたいので」

「……もしかして、あのジュースも商品化しようとしているんですか？」

「まだ決定はしていませんが、社内で検討中です。宮根の東さんに是非にって言われていましてね。村長も椿油に次ぐ島の特産品にしたいと張り切られています。ツシマ菜を乾燥して粉末化するところまでを、島内の工場で手がけるようにすれば、雇用創出にもつながりますから」

ぴんぴんころりの島で皆が飲んでいるジュースだと言って売り出せば、人気を集められる可能性があるという。

　どこまで本気か分からないけど、無理だろう。綿貫が自作したというお茶のほうがマシではないか。言葉を選びながらそう伝えると、田之倉はつるんとした顎を撫でた。

「なるほど、それは是非、飲んでみないといけませんね。でも、やるなあ。綿貫さんに、そんな趣味があったんだ」

　田之倉があまりに素直なので、少し意地悪を言ってみたくなった。

「ジュースなんか販売しなくても、もっと儲かりそうなものがたくさんあるんじゃないですか。十年ほど前に御社が始められた創薬事業はその後、どうなりました？　大物研究者を迎えて、かなり予算を投じていましたよね」

　田之倉は、あくまでも爽やかにうなずいた。

「長島研一先生のプロジェクトのことですね。長島先生によると、遺伝子研究が創薬に結びつくまでには、十年、二十年単位の時間が必要だそうですよ。あのプロジェクトに関しては、じっくり、焦らず取り組めばいいと社長は考えているようです」

「ずいぶんお金があるんですね」

「そういうわけでもないんですが、しばらくは続けるんじゃないでしょうか。ウチの社長は、面子にこだわるタイプですからね。それに、長島先生のおかげで会社のイメージも向上しましたし」

　キタムラメディカルは町工場が前身で、買収や合併を繰り返しながら成長したため、同業者や医療機関から、軽く見られがちだったが、長島が来てから周囲の目が明らかに変わったという。

　希世はくすっと笑った。

「長島先生が睨(にら)みを利かしていれば、御社のことを悪くは言いにくいでしょうね」

「先生は、長島先生にお会いになったことがあるんですか?」

「学生時代、研究室の教授に無理矢理連れて行かれた学会で、講演を聞いただけですけど」

　彼に睨まれたら面倒なことになると、一度会えば誰でも分かるはずだ。絶対に敵に回したくないと希世も思った。

　海外の研究機関を渡り歩いて来たという長島は、日本人離れした浅黒い肌と鋭い眼光を持ち、傲岸(ごうがん)なもの言いをする人間だった。講演後、質問をした年長の大物教授を勉強不足と決めつけ、「あんたのような人間が国家予算を牛耳っている限り、日本に未来はない」と言い放った。医学者には珍しく、穏やかな性格で知られるその教授は、上品な顔を引きつらせながら反論を試みたが、長島は鼻で笑っただけだった。相手が憤慨しながら退出すると、凍り付いた会場に向かって、肩をすくめながら笑って見せた。あのときの彼の不遜な笑みは、十年近く経った今も忘れられない。

日本の医学会では鼻つまみもので、現在勤務しているのも、都内の私立医大だ。しかし、病気に関係する遺伝子を次々と突き止め、「遺伝子ハンター」の異名を持つ彼の実績は無視できるものではなく、国や企業の研究予算が彼の元に流れ込んでいた。中でも最大のスポンサーが、キタムラメディカルというわけだ。

希世の自宅は、もう目の前だった。

「ウチはここです。この道をまっすぐ行くと、環状道路に突き当たります。そこを左に曲がって、まっすぐ進んでください。しばらく行くと、Y字路になります。そこにペンションの看板が出ていますから、分かると思います」

田之倉は、白い歯を見せて笑った。

「ありがとうございます。そうだ。携帯の番号、交換させていただいていいですか? 何かご相談したいことが出てくるかもしれないから。先生からも、システムに対する要望などあれば、お気軽にご連絡ください」

そう言いながら、ポケットから携帯を取り出す。

特に問題はないと思い、業務用の携帯の番号を教えると、田之倉は携帯にそれを登録した。

「これでよし。せっかくだから、ここからはランニングで帰ろう。では、またいずれ、ゆっくりお話しさせて下さい」

田之倉は手を振ると、軽快な足取りで走り始めた。


帰宅して朝食を取ったあと、少し時間があったので、メールチェックをした。

着信を見て気が重くなった。また春美からだ。送信時刻は三時二十分。

取材のアポイント設定を断って以来、春美はメールを頻繁に送りつけてくるようになった。

最初の頃は、「なんとかしてもらえないか」と懇願するような内容だった。それが二週間ほど前から、嫌みや罵倒(ばとう)に変わった。「無能」だとか「役人に頭が上がらない」などと書き連ねてある。

最初に読んだときには腹が立ったが、二度、三度とそれが続くと、心配になった。

精神状態がよくないのではないか。

昔から、はっきりとものを言う人間だったけれど、ここまで失礼なことを言われた覚えはないし、文面からは、感情が不安定なことが読み取れた。

そこで、春美にメールアドレスを教えたという共通の友だちに、電話で探りを入れてみた。

　彼女はため息とともに言った。

「ごめんね。もしかしたら、そういうことになるかと思ったけど、しつこくて断り切れなかったの」

　先日の同窓会に現れた春美は、げっそりとやつれており、落ち着きがなかったという。おしゃれにうるさかったのに、髪の手入れさえろくにされていなかったそうだ。

「仕事がうまくいってないんだと思う。もともとプライドが高かったから、そんな自分を受け入れられなくて、苦しんでいるんじゃないかな」

　たぶん、そんなところだろうと希世も思った。

　異様なメールが送られてくる理由は分かったものの、対処法はなかった。

　仕事について、それとなく本人に尋ねてみたことはある。よければ、相談に乗ろうと思ったのだ。

　しかし、返ってきたのは、支離滅裂なメールだった。

「田舎の医者なんかに、新聞記者の苦労が分かるはずがない」と罵倒したかと思えば、「上から目線でものを言うな」と説教してくる。

これ以上刺激しないほうがいいと考え、以来、返信はやめた。

こんな調子で、新聞社でやっていけているのだろうか。上司が心療内科の受診や休職を勧めるべきではないか。

そう思ったが、案外、会社では普通にやっているのかもしれない。歯を食いしばって働き、結果が出ない鬱憤を旧友にぶつけている可能性があった。

春美は家族と同居している。家族が異変に気付き、しかるべき医療機関を受診させることを祈るほかない。

メールを一応、開いてみる。

読み始めて、いつもと違う調子なのに戸惑った。

〈――ぴんぴんころりのカラクリが解けました！　東京で取材してる私が気付いたのに、そっちにいる希世が気付かないなんてね。鈍すぎるんじゃないの？

まあ、医者になるような人は、歴史とかに興味ないし、ねじが一本、抜けてることも多いから、しょうがないかもね。

ともかく、特ダネ間違いなし。希世も聞いたら、びっくりすると思う。

近いうちに取材に乗り込むから、そのときはよろしくね。日程が決まったら、連絡します〉

読み終えるなり、考え込む。

やたらとテンションが高く、はしゃいでいる様子が読み取れる。でも、何が言いたいのか、さっぱり分からない。

ぴんぴんころりのカラクリとは、何のことだろう。

考え始めてすぐに、はっとした。

ぴんぴんころり、すなわち、死ぬ間際まで元気に過ごし、ぽっくり逝くことにカラクリがあるならば、考えられることは一つしかない。

長患いになりそうな病気にかかった人を殺してしまうのだ。バカバカしいと思いつつも、笑い飛ばせなかった。

希世が島に赴任してから、二人が亡くなった。

湊町子は、島の外の病院の受診を勧めた直後。東忠雄は認知症で施設に入ることを勧めた直後に死んでいる。

偶然にしては、出来すぎているような気がしてくる。そもそも、この島には寝付いている年寄りが、不思議なほど少ない。

でも——あり得ない。

百年、二百年前ならともかく、平成だ。「姥捨て山」伝説に描かれている棄老よりさらに踏み込み、手にかけてしまうなんて、馬鹿げた想像だ。

そもそも、ぴんぴんころりの前提は、長生きすることだ。重い病気が発覚した人を片っ端から殺していったら、この島の平均寿命は短くなるはずだが、そのようなデータはない。そして、毎日の身体測定や健診の結果によると、この島の人たちの健康状態は、極めてよい。

それでも、春美の言葉が気になった。彼女は一体、誰に何を聞いたのだろう。「歴史に興味がない」という部分に引っかかりを覚えた。この島の過去に、何かあるのだろうか。

現在の暮らしは、質素ではあるが、貧しくはない。しかし、椿産業が軌道に乗ったのは昭和に入ってからであり、それまでの間、ここでの暮らしは厳しかったと聞いている。江戸時代にはあまりに貧しかったため、伊豆諸島の他の島のように、流刑になった罪人が送り込まれることもなかったそうだ。しかも、交通の便は、今よりはるかに悪かったはずである。いったん病に伏したら、快復の見込みなど、なきに等しかったのではないか。

そういう時代なら、棄老という習慣があっても不思議ではないような気がする。

ただ、仮にそうであったとしても、現代まで引き継がれているとは考えにくいし、湊町子も東忠雄も自宅で息を引き取っている。となると、棄てられたのではなく、殺されたことになるが——。

やっぱりあり得ない。だったら、カラクリとは何なのか。そのとき、ふと思った。

夕日の家。あの老人ホームに、何か秘密があるのかもしれない。

彼女がやってくれば、すべてが明らかになるはずだが……。

電話が鳴った。

出ると、信子からだった。

「先生、まだ家でしたか。あと三分で外来が始まりますが」

壁の時計を見て、慌てて立ち上がる。

「すみません、すぐ行きます」

「患者さん、もう待ってますから、急いでください」

信子は、少し尖った声で言った。

その週の日曜、希世はガソリンスタンドの隠居、平野虎雄を訪ねた。

虎雄は、隠居家の広々とした座敷で、背中を丸めてこたつにあたっていた。ちんまりとした身体は、まるで置物のようだ。

「これはこれは、先生。なーんもないけんど、座ってくんろ」

　虎雄は今年八十八になるが、至って健康だ。

「大将」と呼ばれている息子のほうに、胃癌がみつかり、本土の病院で手術を受けた。幸い、癌はごく初期のもので手術も成功した。再発の可能性は低いだろう。

しかし、虎雄は息子が病を得たということで、相当な剣幕でしかりつけたらしい。大将は、この島で最後まで喫煙を続けた人物だった。煙草をやめられずに癌になるなんてみっともなさすぎるというのが、虎雄の言い分で、大将は親父の言葉のほうが病気よりよっぽどこたえたとぼやいていた。

「オイに話を聞きたいちゅうことだったけんど、いったい何よ」

「島の歴史です。興味があるので、資料館に行ってみたんですが、昔の資料はほとんど保存されていませんでした」

「おおよ。昭和の半ばに、ひどい台風があってよ。たいがいの書物は水につかって駄目になっただ。オイのオヤジがまとめたもんだったんで、残念なことよ」

「ええ。それで資料館の人に話を聞くなら誰がいいか尋ねたら、虎雄さんがいいって」

「オイが得意なんは、御六家が島に来た頃の話だけんどよ。そんな話を聞いてもしょうがねえべ。それに、家の話は、あんまりしたくね。うるさがる人間が多いでよ。資料館でも、家のことについては触れないことになってるだ」

「そこをなんとか、お願いできませんか」

頭を下げると、虎雄は困った顔をした。

気安く話ができる綿貫や立原登に、島の歴史について知りたいと持ちかけたが、二人とも言葉を濁しながら断った。

彼らの顔には明らかに迷惑だと書いてあった。

そうなると、やはり何か秘密があるような気がしてくる。

春美と会えば、カラクリとやらについてのヒントは得られるのだろうが、自分でも調べておきたかった。

彼女が精神的に不安定な状態にあるといっても、あそこまで言われっぱなしでは悔しいし、日曜にはもともとやることもない。

まずは、正攻法で攻めてみることにして、郷土資料館に行ってみた。訪れる者などほとんどいないのだが、一応、観光客向けの施設なので、日曜は開館している。

学校の教室ほどの狭い展示室をぐるりと回ってみたが、明治頃から現代までの島の産業の展示がメインで、参考になりそうな情報はなかった。

帰り際、事務室で漫画を読んでいた二十代の若い職員に声をかけてみた。島の歴史に詳しい人を紹介してくれと頼んだところ、虎雄を推薦してくれたというわけだ。

平野家は、泉沢家について島にやってきた使用人の一人を祖先としているそうだ。泉沢家の記録係のような仕事をやっていたらしい。

そういう経緯から、虎雄の父の代までは、平野は島の歴史を記録する役割を担っていたとか。しかし、それだけで生計を立てられるわけもなく、戦後、虎雄は平野燃料店を設立。以来、そちらが本業となり、島史の編纂からは離れたそうだ。

それでも、資料館を作る際には、いろいろと助力をしたらしい。

「資料館の人は、歴史の話を聞くなら虎雄さんのほかいないって、力説されてました」

「そう言われてもなあ。オイが知ってることは、ぜんぶ資料館で展示してあん。付け加えることなどなんもねえ。島の産業の話なら、オイより東の当主のほうが詳しいど。産業史は、東家の歴史みたいなもんよ」

そういう話を聞きたいわけではない。こちらから質問を振ってみることにする。

「あの……。この島に昔、姥捨て山みたいな風習があったという話を聞いたことありませんか？」

単刀直入に尋ねると、虎雄は目をむくようにしながら、乾いて白くなっている唇を舐めた。

「はっ、誰がそっだらくだらねえ話を」

怒ったような口調で言う。

「誰ということはなくて。昔は貧しかったというから、どうかなと思っただけです。そういう地域って、全国にありましたよね？」

「この島に限って、あるわけねえ。ここは年寄りを大事にするところど。年寄りもできる限りのことをする。そいは、今も昔も変わらねえ。姥捨て山なんぞ、あるわけねえべえ」

嚙みつくように言うと、虎雄は話題を変えた。

「それより先生、ウチの息子はどんな具合な？　手術ですっかりよくなったちゅうが、そいは本当な？」

「ええ。定期的に検査はしますけれど、まず大丈夫でしょう。早期発見できて、大将は命拾いをされました。きっと長生きできますよ」

だから、大将をこれ以上、責めないでやってほしいと言ったつもりだったが、虎雄には伝わらなかったようだ。

「あいつも、もう六十を超えただ。ぽっくりいくならしょうがないが、寝付いたりしたらたまらねえ。ぴんぴんころり運動が始まってから、そんただ人間、何年もいんど。そいが、オイの息子ちゅうこんになったら、みっともねえ」

「昔は、結構、寝付く人もいたんですよね」

「おおよ。島には、病人を抱える余裕はねえ。どうしたもんかって頭抱えてたときに、川元先生が運動を考えなさってよ。すばらしい先生ど。おかげで、みんなが救われただ」

そう言うと、虎雄は希世の顔をまじまじと見た。

「そういえば、先生は野木のタケオの孫だよな」

「ええ。祖父です。もしかして虎雄さん、祖父と同い年だったりします？」

「おおよ。そういえば、美世は本土で先生と暮らしたな？　島を出て娘のところに行ったちゅうけど」

「はい」

「美世は、島について、なんも言ってなんだな？」

「あまり話したがりませんでした」

虎雄は、難しい顔をして、黙り込んだ。

「まあ、昔のことを話してもしょうもねえ。先生も、せっかくの休みに、島の歴史なんて、辛気くさいものを調べたりしないで、イルカでも見に行ったらどうな？　ペンションで、見物用の船を出してる」

「泳げないので海はあんまり……」

範子にも何度も誘われたが、断り続けている。窓が開かない高速ジェット船でも怖いのに、クルーザーなど絶対に無理だ。

「山には登ってみたいんですけどね」

「小盛山は、てっぺんまで行けるど。登山道もあん。もっとも、てっぺん近くまで宮根の衆の椿畑で、面白いもんではねえ」

「野木山はどうですか？　麓の野木神社の脇に登山道がありますよね」

野木神社は、島の南端にある。

祖父の姓と同じ名であることに興味を惹かれ、ドライブがてら行ってみたことがある。環状道路から枝道が延びており、神社がその行き止まりだった。

車を降りて石の鳥居をくぐると、崩れ落ちそうな本殿があった。明神様と違って、訪れる人も滅多にいないようで、何もかもが荒れ果てている。

そこは、人里からも離れていた。気味が悪くなって、早々に引き上げたのだが、その際、神社の脇から、山に登っていく細い道があることに気付いた。

「野木山に面した東海岸には、海岸沿いを走る道もありませんよね。もしそうなら、手つかずの自然が残っているのかなって。中学生の頃は、バードウォッチングが趣味だったんです」

「あの山は入っちゃなんね」

ふいに、虎雄が言った。厳しい声だった。

探るように希世を見る。

「誰も、教せーちゃくれなんだな？」

「ええ……」

深いため息を吐くと、虎雄は首を横に振った。

「あの道は、二十年ほど前に通行止めになっただ。野木様も、みだりに行く場所ではねえ。あの神さんは、明神様とは違うだ」

「……どういう神様なんですか？」

虎雄は、顔を歪めていたが、吐き捨てるように言った。

「島には、もはや必要ねえ神さんだ。この話はもうよすだ」

それきり、虎雄は黙り込んだ。

帰宅して、夕食の準備をしていると、携帯電話が鳴った。業務用のほうだ。診療所が閉まっているときは、電話が自動転送されてくる。

急患かと案じながら電話に出る。

「通島診療所ですか？」

「はい。医師の一ノ瀬です。急患ですか？」

「いえ、そうではなくて……」

男は本宮と名乗った。

「高校で同級だった春美の父です。つかぬことを伺いますが、娘はそちらへ行っていませんでしょうか」

「いえ、いらしていませんが」

「そうですか……」

一昨日（おととい）の金曜から行方知れずなのだと、本宮は言った。不安のためか、声が震えている。

「一昨日の晩に帰ってこなかったときには、心配してなかったんです。その前々日、ようやくいいネタをつかんだと言って、興奮気味でしたから、取材で帰れないんだろうなあと。前日の朝、出て行くときも、そのまま出張に出るかもしれないと言ってました。ただ、昨日も帰ってこなかったので、今朝、心配になって、携帯に電話してみたんです」

そうしたら、電源が入っていなかったという。

「そんなことは、これまでありませんでした。記者は何があってもいいように、常に電話がつながるようにしておくのが常識だと、娘は常々言っておりましたから」

会社に連絡を入れてみたところ、電話に出た同僚が、春美は一昨日から、有給休暇を取っていると言ったのだという。

「それで、びっくりしてしまって。仕事で出かけたものとばかり思っていましたからね。同僚の方も心配してくださって、上司の方やら、仲のいい同僚の方やらに、連絡を取ってくれたんです。そうしたら、休みを取ってまで取材に行ったとしたら、同級生の一ノ瀬さんが診療所に勤めている通島だろうということになりました。出張許可が下りなかったけど、とても行きたがっていたと」

ここに来る予定があることは聞いているが、具体的な日程の連絡は受けていないと言うと、本宮は落胆した声を出した。

「娘と言っても、もういい年です。しかも、新聞記者なわけで、ここまで親が心配するのは、おかしいと思われるかもしれませんが、あの子は……」

最近、精神状態が不安定だったのだと、本宮は言った。

やはり家族は彼女の異変に気付いていたのだ。

「心療内科を受診しろ、その前に、仕事を少し休めと言おうかどうか、迷っていたんです。そんな状況でしたから、悪い方向に物事を考えてしまって」

「ご心配は、ごもっともだと思います。いったん電話を切りますね。この島に泊まれる施設は、三カ所しかありません。すぐに電話をかけてみます」

「よろしいでしょうか。そうしていただけると、本当に助かります」

ほっとした様子で、本宮は電話を切った。

すぐさま、ペンション明戸に電話した。

「あれ、希世先生。どうしたの？　ってか、ごめん。今、忙しいんだけど」

「すみません。ちょっとだけ。範子さんのところに、本宮春美っていう女性客、泊まってませんか？　友人なんですが」

「あー、その人！　連絡先、分かる？」

一昨日、予約が入っていたのに、姿を現さなかったのだという。

「当日の朝に電話をかけてきてね。やたら偉そうな口調で、特別料理を出してくれとか言うのよ。なのに、船の切符もまだ取れていないっていうから、当日キャンセルは、百％料金をいただきますよって念を押したのよ。なのに、結局、来なかった。せっかく買った伊勢エビが無駄になって大損よ。腹立つわー」

「そうなんだ……」

「でも、どうして？」

「ごめん。改めて詳しく説明しますね」

電話を切ると、島内で配られている電話番号一覧表を見て、残る二軒の民宿に電話をかけた。

どちらにも泊まっていなかった。

少し迷ったが、湊の本家に電話をかけた。

通島における定期船の運航業務は、海のことを仕切る湊一族の誰かが担っているはずだ。

電話に出た女に、周蔵を呼び出してもらう。

「周蔵さん、申し訳ありません。お力を貸してください」

思い切り下手に出る。

「友だちが、島に来たかもしれないんです」

かいつまんで事情を説明すると、周蔵は「分かった」と言った。

「一昨日だな。その日、定期船を港で迎えた人間を探して、ワレに電話をするように言っとく」

「ありがとうございます！」

「いや。ワレも、湊だ。困ったことがあったら、言ってきさい。ただし……余計なことを、嗅(か)ぎ回るのはやめるだ。地には地のやり方や事情ちゅうもんがある」

咄嗟(とっさ)に言葉に詰まった。

虎雄の家を辞してから、まだ二時間足らずだというのに、虎雄との会話が周蔵にまで筒抜けになっているのだろうか。虎雄が湊一族なら、分からないでもない。でも、虎雄は平野。泉沢系のはずだ。

それとも、別のこと、例えば夕日の家のことを周蔵は指しているのだろうか。

「それは、どういう……」

「今回は、ワレの友だちちゅうことだから、面倒見てやるども、医者なら医者らしく、患者だけを診ておれ。余計なことに首を突っ込むでねえ」

周蔵はそう言うと、自ら電話を切った。

携帯電話を握りしめたまま、しばらく考え込んだ。

いったい、どうなっているんだ、この島は。

都会でもお目にかかれないほど、効率的な健康情報システムが備わっている。島民は、毎朝の運動を欠かさない生真面目な人たちだ。

両者があいまって、他に例をみない健康帝国が築かれている。

一方で、やたらと信心深く、迷信をいまだに信じ込み、旧家の当主がいまだに権力を振りかざす。

そして——何かを隠している。害のない因襲やら迷信なら、放っておくのだが、仕事に関係がある老人ホームや、母の旧姓である野木に関わることだとしたら、絶対に知っておきたいと思う。

それにしても、いったい何を。まさかとは思うが、ぴんぴんころりのカラクリが、姥捨て山だなんてことが、本当にあるのだろうか。

そこまで考えて、首を横に振った。

あり得ない。現代の法律では殺人になってしまう。

そのとき、携帯電話が鳴った。

港で働いている湊茂太（しげた）という青年だった。早速、周蔵が声をかけてくれたらしい。

茂太は、漁協の加工場で働いている。船酔いする質（たち）で、他の若い男たちのように漁ができないのだとか。

　その彼が何故と思ったが、定期船の入出港を手伝う仕事もしているのだと茂太は言った。

「周蔵さんから聞いただ。金曜はオイが船を迎えただが、女の一人客はいなかっただよ。あの日降りたのは、釣りに来たおっさんグループと、測量の技師さん二人。そのほかは、地の人間ばかりだ」

「そうですか。ありがとうございました」

　今の情報を範子の話と合わせると……。

　春美は、島に来るはずだったが、予定を変え船には乗らなかった。そして、そのまま姿を消したということらしい。

　出発直前に出張が中止になることは、新聞記者だったら珍しくないだろう。でも、会社にも自宅にも連絡がなく、携帯にも出ないのは異常だ。嫌な予感がする。

　携帯電話をテーブルに放り出す。

　もっと親身になって、話を聞いてあげるべきだった。

　膨れ上がる罪悪感に押しつぶされそうになりながらも、希世は再び電話を手に取った。

3章　断崖（だんがい）の祠（ほこら）

夜は長い。島に来てから、そのことを実感した。

勤務時間が遅くまでずれ込むことは皆無だし、誘い合わせて食事に行くような同僚や友だちもいない。

夜が暇でしょうがないと母に電話で愚痴をこぼしたところ、料理を覚えろと言われた。

それもそうだと思って、ルーから作る本格的なカレーのレシピを検索してみたが、その段階で挫折（ざせつ）した。クミンシードとかいうスパイスが決め手と書いてあるのに、島では手軽に入手できるという粉末状のクミンすら手に入らない。

以来、夜はもっぱらノートパソコンで映画鑑賞だ。

その日も、風呂（ふろ）から出た後、パソコンを立ち上げた。前日見たハリウッド映画が、あまりにも荒唐無稽だったので、今日はフランスの古い映画を選んでみた。ブルゴーニュの田舎町を舞台としたサスペンスのようだ。三時間半と長いけれど、今日は土曜日。明朝は体操がないから、のんびりできる。

重厚なクラシック音楽とともに、映像が流れ始めた。画面に描き出される古めかしい町並みや、どこまでも続くブドウ畑に思わず見入ってしまう。俳優たちの演技も自然だった。

雑貨屋の娘が失踪するというくだりが出てきたところで、週末気分は吹き飛んだ。失踪した娘の年老いた両親が、肩を寄せ合って泣いている場面で、観ていられなくなり、再生を停止する。

電子音が鳴り響いた。携帯電話を手に取ると、思いがけない名前が表示されていた。

通話ボタンを押す。

「よう、院長」

張りのある声が言う。

「菅野先生、ご無沙汰しています」

研修医時代の指導医、菅野勲だ。県立病院の内科部長を務めている。小柄だが、学生時代はラガーマンだったとかで、五十を超えた現在も、筋骨隆々とした男だ。

最初に会ったときは、問答無用で指示を押しつけてくる体育会系の熱血漢かと思って警戒した。しかし、指導を受けてみると、親分肌ではあるものの、カラッとした性格で付き合いやすかった。三十代まで大学に残っていたものの、教授を頂点とするヒエラルキーに嫌気が差して県立病院に出たというのは、いかにも彼らしい経歴だ。

「どうだ、そっちの仕事には慣れたか？」

「ようやく落ち着いてきました」

患者の状況や、毎日の体操のことについて報告する。

「順調そうでよかった。そっちは、魚とか美味いんだろうなあ。それはそうと、頼みがあるんだ。一ノ瀬は代謝内科学会の会員だったよな」

「はい。一応は」

指導教授が学会の理事だったため、卒業前に半ば強制的に加入させられた。退会すると、会報に退会者として名前が記載されるので、辞めづらくて会員を続けている。そう言えば、今年は年会費を払っていない。

そう言うと、菅野は笑った。

「一ノ瀬は、昔から興味がないことは、すぐに忘れるからな。早急に払い込んでおいてくれ」

　年明けに横浜でシンポジウムを開くのでパネル討論に出て欲しいと菅野は言った。五人のパネリストが十分ずつしゃべり、その後、会場の参加者を交えながら討論するそうだ。

「賑やかしですか？　わざわざそのために出向くのはちょっと」

「違うよ。パネリストだ」

　首をかしげてしまった。一人診療所の院長で、三十になったばかりの医者にパネリストは、どう考えても無理だ。

「他に適任者がいるでしょう」

「地域医療の現状がテーマなんだ。今いる通島の現状について話してほしい。ぴんぴんころり運動とかいうやつ」

「ああ、なるほど」

　少し考えた後、丁重に断った。荷が重すぎるし、島を離れるわけにはいかない。

「それに、役場が健康プログラムのことを外部に宣伝するのを嫌がるんです。取材は一切受けない方針だそうで。ともかく、閉鎖的なところなんです」

「いいプログラムなんだろ？　だったら、広く知らせたほうが、他の自治体の参考にもなっていいじゃないか」

それはそうなのだが、希世自身が乗り気になれない。

　高名な医学者の講演後、感極まった振りをして拍手を送り、「先生の高いご見識と使命感に大変感銘を受けております」などと歯の浮くような台詞を言うなんて、絶対に無理だ。この際、話を盛っておくことにした。

「へえ、キタムラメディカルがスポンサーなんですが、許可が出ないと思うし」

「キタムラが金を出してるのか。ますます、興味深い。あの会社、長島研一が研究顧問になってから、面白いことをやるようになった」

「この島のプログラムは長島先生とは関係なさそうですけど」

　ぴんぴんころり運動などという間の抜けた名前の運動にあのプライドの高い医師が関わるはずがなかった。

「それはそうだな。それよりさっきの話だ。地域名、スポンサー名を出さずに話すという手もあるだろ。ともかく、準備を進めてくれ。研修医時代、あんなに面倒を見てやったんだから、俺のピンチも助けてくれよ」

　冗談めかしているけど、たぶん、本気だ。菅野は尊敬できる数少ない医師である。今後のことを考えると、引き受けた方がよさそうだった。

　菅野はその後、共通の知り合いの近況についてひとしきり話すと、電話を切った。

とたんに、静けさが訪れた。

「パネル討論か──」

口に出して言ってみた。

その場面を想像するだけで緊張してくる。ソファに膝を立てて座り、発表内容について考えてみた。

プログラム導入前後の有病率を比較しなければレポートは作成できないが、導入前のデータが手元になかった。以前、役場の越本に尋ねてみたが、彼もざっくりした数字しか知らないと言った。

亡くなった川元がデータを持っていたという。まずはそれを手に入れたい。

──あるとすれば、あそこだろう。

診療所と川元の自宅の間に、川元が書斎として使っていた小さな離れが建っていた。明日にでも東京にいる川元の孫に電話をかけ、鍵を貸してもらえないか頼んでみよう。

映画の続きを観る気は失せていた。メールをチェックする。新着はなかった。

春美が姿を消して一週間になるが、消息はいまだに分からない。春美の父親は、警察に失踪届を出したそうだ。

相談を受けた翌日、周蔵に頼みこんで、定期船の乗船名簿を照会してもらったが、彼女の名はなかった。定期船の待合室の職員や、船の係留係も、誰ひとり彼女を見てはいないという。

この島に来るつもりで、ペンション明戸に予約を入れたものの、何らかの事情で直前に取り止めたと考えるのが普通だろう。

精神状態がよくないことは、察しがついていた。なのに、面倒がって手をさしのべなかった。自責の念を抱き続けている。

春美からの最後のメールを開く。

ぴんぴんころりのカラクリ。

休みを取り、自腹を切ってまで取材に来ようとしていたのだから、よほど大きいネタだったのだろう。なのに、突然取材を取り止めて、姿を消したのはなぜか。事件、事故にでも巻き込まれたのでなければ、理由として思い当たることは一つしかなかった。

ようやくつかんだ大きなネタが、幻だったと判明し、彼女の心は折れてしまったのではないだろうか。

痛ましさで、胸が苦しくなる。

おもむろにキーボードを叩き始めた。

〈心配していますす。連絡をください〉

唐突かもしれないと思いながら、付け加える。

〈もしよかったら、取材は忘れて、一度、島に遊びに来ませんか〉

海と山と椿畑しかない島だけれど、ここには地に足が付いた暮らしがある。仕事だけが全てではない。そのことを春美に知って欲しかった。

彼女のもとに届きますようにと祈りを込めて、送信ボタンを押した。


軽自動車をペンション明戸の駐車場に乗り入れた。

ここに来るのは初めてだ。三角形の屋根が特徴的な白い二階建てを見上げる。藤尾順二が自ら設計したのだとか。

降りようとしていると、ペンションのドアが開いた。

「いらっしゃい。待ってたわよ！」

藤尾範子が、明るい声で言う。

遊びに来てほしいと何度も言われていた。

さほど気が合うわけではないけれど、同年代の話し相手が欲しいのは希世も同じなので、訪れてみることにした。

「これ。たいしたものじゃないんだけど」

玄関に入り、母が先週、送ってくれた和菓子を手渡すと、範子は大げさなほど喜んで、ハーブティーをいれてくると言った。

「談話室で待ってて。そこのドアを開けたところだから」

言われた通りにドアを開ける。真っ先に目に飛び込んできたのが、壁に掛けられた錨（いかり）だ。いい具合に錆（さ）びている。

中央には古めかしい鉄製のストーブが据えられ、煙突が天井へと延びている。といっても、火は入っていないらしく、壁際（かべぎわ）のエアコンが低いモーター音をあげていた。肘（ひじ）掛けや脚が木製のレトロなソファに腰を下ろして待っていると、順二が入ってきた。

手編み風のアラン模様のセーターを着ている。といっても、範子が編んだのではないだろう。お菓子すら焼けず、東京からそれっぽい商品を取り寄せて客をごまかしてしまう彼女が、コツコツとセーターを編んでいる様子など、想像もできない。

「いらっしゃい。範子が無理を言って悪かったね」

男にしては、高い声だった。サラリーマンを辞め、離島でペンションを経営しているにしては、線の細い男だった。といっても、客を連れてイルカウォッチングに出ているせいで、肌は冬場の今でも漁師並みに黒い。

「私も暇でしたから。それより、素敵なストーブですね。手に入れるの、難しかったんじゃないですか？」

そう言うと、順二の目が輝いた。

「よく分かったね。実は明治時代の初期に製造されたものなんだ。東北旅行に行ったとき、古い民宿の倉庫で眠っているのを発見した。それを譲ってもらって、車とフェリーで運んできたんだけど、修理が大変でねえ。必要な部品を特注したから、高くついてしまったよ。でも、電気ストーブなんかとは火力が違う。調理にも便利なんだ」

順二は、ストーブについて熱く語り続けた。

範子と違って自分の手で物を作るのが好きなようだ。そういえば、ペンションの裏庭には、燻製（くんせい）を作るための小屋まであると範子が言っていた。徹底した手作り派なのだ。もしかすると、セーターは、彼自身が編んだのかもしれない。

ストーブで作るメキシコ風の豆の煮込み料理について拝聴していると、ようやく範子がやってきた。

「青山の有名店のハーブティーでーす」

そう言いながら、レース模様の入ったティーカップにお茶を注いでくれる。初めて嗅ぐ匂いだと思いながら、ピンク色のそれを口に含んだ。予想外に青臭くて、思わず顔をしかめそうになった。正面に座った範子のほうをそれとなくうかがうと、美味しそうに飲んでいる。これが本来の味らしい。

「それにしても、今週は疲れたわー」

範子は、宿泊客の噂話を始めた。島民の悪口を聞くよりはいいと思いながら、適当に相づちを打つ。その間、順二はボロ布でストーブを磨いていた。時折、なにか言ってほしそうに視線を投げかけてくるが、マシンガントークに口を挟めるものではなかった。ようやく話が一段落すると、範子はお菓子をかじりながら言った。

「そういえば、希世先生は髪、どうするの？」

「早く結べるようになるといいんだけど」

髪先を触りながら言う。

島に来てから一度もヘアサロンに行っていない。ショートだったのが、中途半端に伸びて見苦しいことになっている。

「その長さだと、半年ぐらいかかるよ」

「挫折しそう。でも、自分で切るのは無理だし」

順二がストーブを磨く手を止めた。

「よかったら、僕たちが船で大島に行くとき、乗せていこうか？　日曜でもいいよ」

自分たちは月に一度大島のサロンを利用しているのだと順二は言った。

「大島まで片道一時間半ぐらいだっけ。丸一日、島を空けるのはちょっと」

範子がうなずく。

「そっか。島で切りたいなら、前田屋のおばさんが、結構上手らしいよ。やってもらっている人、いるみたい。美容学校を中退したらしいのに三千円も取るって聞いて、呆れたけどねー」

前田屋は、郵便局の向かいにある雑貨屋だ。早速帰りに寄って聞いてみよう。

「それにしても、なんでこんな島に来ちゃったかなあ」

範子は、ハーブティーを飲むと、ため息を吐いた。順二は聞こえていないふうを装って、磨き粉を布に絞り出している。その様子を見て気の毒になった。

「順二さんも範子さんも、海が好きだからでしょ」

「一応、そういうことにしてるけど、尻尾を巻いて東京から逃げてきたようなもんよ」

「都会でキリキリしながら働くより、こういうところで好きなことをやりながら、のんびり暮らしたほうがいいかもしれないし」

「まあねえ。あたしら夫婦は、会社員に向かないから、早期退職したのは正解だったと思う。ただ、事前リサーチが足りなかったな。新島あたりにしとけばよかった。移住者がここまで少ないとは思わなかったわ」

それまで黙っていた順二が口を開いた。

「この島にしようって言ったのは範子だぞ。僕は交通の便がよくないと、客は集まらないから、小さな島がいいなら利島にしようって言ったんだ。なのに、秘境っぽいほうが人気が出るって……」

いたたまれなくなり、希世は口を開けた。

「そのうち増えるんじゃないですか？」

「この間、綿貫さんがツシマ菜のお茶を持ってきてくれたとき、そんなこと言ってたね。でも、どうだろう。来るとしても、定年退職後の年寄りばっかじゃない？　だって、働くところがないもの」

「綿貫さんは、ツシマ菜で町おこしするとか張り切ってたよ。宮根の人たちも乗り気だとか」

範子は背中をのけぞらせて笑うと、顔の前でひらひらと手を振った。

「無理、無理。あんなまずいお茶、誰も飲まないって。ジュースも最悪だし」

ジュースはともかく、お茶は、今飲んでいるハーブティーより、よっぽど美味しいと思ったのだが……。自分の味覚はどうかしているのだろうか。

内心で首をひねりながら、希世も笑った。

ひとしきり笑うと、範子は真顔になった。

「ま、そうは言っても、なんとかやっていくしかないんだけどね。お客さんと仲良くなってリピートしてもらうことと、口コミが大事だってことは分かってきた。ただ、もっと売りになるようなものが欲しいんだ。手作りの燻製(くんせい)やピクルスを出したり、イルカウォッチングツアーをやってる宿なんて、わりとどこでもあるからね。この島ならではの観光資源があればいいんだけど……」

そう言うと、範子は首を横に振った。

「他人頼みの姿勢はよくないね。自分たちで見つけなきゃ。地元の人にとっては、どうでもいいものだけど、観光客にとって魅力的なものってあるはずでしょ」

ちゃらんぽらんに見えるけれど、範子も必死なのだ。

このペンションを建てる際に、二人の退職金の大半を使ったうえ、二千万円ほどの借金もしたと聞いている。土地建物を売りに出しても、買い手などつかないだろうから、別の場所に移るという選択肢は、おそらくなかろう。

順二は二人の会話を無視するように、ストーブ磨きの作業に没頭していた。その横顔には、なんの感情も浮かんでいなかった。

雑貨の前田屋は、盆と正月以外に定休日はない。といっても、営業日も店に誰もいないことなどしょっちゅうだ。店と続きになっている自宅におり、テレビを見たりしている間に客が来たら、店に出てくるというのが前田屋の営業スタイルだった。

ガタついているガラス戸を引いて中に入ると、今日も誰もいなかった。店の奥のほうからテレビの音が聞こえてくる。

「こんにちは」

声をかけると、前田比呂子(ひろこ)が、ふくよかな身体(からだ)を揺らしながら出てきた。身長は百六十センチないのに六十キロを超えている。しかし、血液検査の結果はギリギリとはいえ、正常値の範囲内だ。

それはともかく、彼女の野暮ったさときたら……。派手なピンクのカーディガンのボタンを掛け違えている。この人に、髪をまかせるのは不安だけど、他に選択肢はない。

希世が口を開く前に、比呂子が言った。

「先生が欲しいちゅうてたチョコレート、今日の船で来たど。ちょっくら待っとれ」

そう言いながら、レジ脇（わき）の段ボール箱を開け始める。

「ほかに何がいるな」

「醤油（しょうゆ）とカレーのルー。辛口がいいです。あと、ペンションの範子さんに聞いたんですけど、比呂子さん、髪を切ってくれるんですか？」

比呂子はチョコレートの箱をレジカウンターに置きながら、うなずいた。

「いつでもやるど。ただ、ちっと準備がいるだ。前の日にでも、電話してくんろ」

「あ、なるほど。じゃあ、来週の日曜にお願いします。土曜日に電話すればいいってことですね」

そう言いながら、レジカウンターの奥の棚に目を留めた。この島では滅多に見かけない煙草（たばこ）が、カートンのまま積んであった。軽いもの、普通のもの、そしてメンソールの三種類がある。

大将がやめたので、島民全員の禁煙は実現した。しかし、観光や工事などで島に宿泊する人が、この店で煙草を求めたりはするのだろう。売っていること自体は不思議ではないのだが、人目に付くところに置いてあるのを見るのは初めてだった。

希世の視線に気付いたのか、比呂子はバツの悪そうな顔をした。

「この煙草なあ。仕入れて損しただ。定期船の船員にでも買ってもらおうと思って港に持って行ってみたけど、銘柄が違うちゅうて、カラッキリよ」

「なんで三種類も仕入れを？」

島の現場に来た土木事業者にでも入れろと言われたのだろうか。そう思いながら言うと、比呂子は首を横に振った。

「工事の人らは、島の事情をよう知ってる。無理を言うことはねえよ」

そうではなく、先週来た見知らぬ女に言われたのだという。

「三種類は置いとくのが常識じゃちゅうて、えらい剣幕でびっくりしたよー」

その言葉にはっとした。

春美は煙草を吸う。電話をしている間も、回線の向こうから、ライターを使う音が何度も聞こえた。

「若い女性がこの店に来たんですね。いつのことですか？」

「先週の金曜。しばらく島にいるちゅう話だったから、急ぎで注文入れて、月曜の船で持ってきてもらったのに、それきり来ん」

「どんなかんじの人でしたか」

背が高くて、色白。目が大きくて、少しつり上がっている。パンツスーツに、ベージュのトレンチコートを羽織っていたという。

間違いない。春美だ。

希世の身体が震えてきた。まさか彼女がここに来ていたなんて。湊一族とペンションの範子に電話をかけただけで、来ていないと思い込んでいた自分のうかつさに腹が立つ。それにしても、どうして……。

乗船名簿に偽名を記して、島にやってきたのだろうか。

身分証明の提示を求められることはないので、それは可能だろうが、偽名を使う理由がない。船着き場の人間が誰一人春美を目撃していないのもおかしい。

湊の連中に嘘（うそ）を吐かれたのだろうか。

それはともかく、金曜に島に来たなら、月曜まで帰りの船はない。必ずどこかに泊まったはずだ。ペンション明戸でないとすると、残り二軒のどちらかということになる。

「その女の人、どこに泊まるとか、島の誰を訪ねるとか、話していませんでしたか？」

寺への道順を聞かれたと比呂子は言った。

「この道をまーっすぐ東へ向かうと、寺だと教えちゃった」

泉沢の家が寺であることは、少し調べれば分かるだろう。村長に直撃取材をするつもりだったのだろうか。ただ、平日に村長が自宅にいるはずがない。

彼女の行動は謎めいていた。それでも、ここに来たことは確からしい。

考え込んでいると比呂子は、鼻を鳴らした。

「泉沢の客なら粗末にできんから、煙草を取り寄せたんに、こんだこつになって」

ぶつくさ言いながら、カレールーと醤油、そしてチョコレートを手際よくレジ袋に入れ、レジのキーを叩き始めた。

「はい、八百九十三円。三円はおまけど」

財布を開いて代金を払う。

「そいだら、カットのことは、土曜日にでも電話して」

「あ、はい。お願いします」

前田屋を出ると、日が暮れかけていた。野木山から吹き下ろす風が冷たい。

ガソリンスタンド脇の駐車場に駐めてあった車に乗り込むと、助手席にレジ袋を置いた。

時計を確かめる。五時を回ったところだった。

車を発進させ、山のほうへ向かう。寺で話を聞きたかった。

泉通寺は、島の南北にある二つの山の谷間のわずかな平地に位置している。通島銀座を東に進むと数分で着いた。

境内と道を挟んだところにある駐車場に車を駐めると、歩いて門へと向かった。

小盛山の山裾に沿ってドライブしたとき、この前を通り過ぎたことはあるが、中に入るのは初めてだった。

門の両側には一対の仁王像が配されている。木肌が黒光りしている門と比べ、仁王像は明るい色だった。門をくぐり、細い道を小盛山のほうに向かって五十メートルほど歩くと、山門があった。仁王門と比べると、相当、古いもののようだ。どっしりとした柱には亀裂が入っている。

門を入ると、正面が本堂、右手が庫裏だった。庫裏には灯りが煌々と灯っており、本堂の暗さが際立つ。

「ごめんください」

庫裏の玄関で声をかける。「はあい」という元気のいい声がした。

セーターの上に割烹着を重ねた中年女が顔を出す。年齢からみて、住職の泉沢昭圭の妻だろう。色白でほっそりとした女だった。

「あいや、一ノ瀬先生。どうなされましたか」

　夕飯の支度でもしていたのか、割烹着の裾で濡れた手を拭きながら言う。

「お忙しいところ、申し訳ありません。村長にお尋ねしたいことがあって、まいりました」

「義父はあいにく、出かけとります。今夜は宮根の東さんで、集まりがあるとか」

「あ、そうなんですか。では、もし、ご存じだったら教えてください。先週の金曜日の午後、私と同じぐらいの年頃の女性が、こちらに尋ねてこなかったでしょうか」

　昭圭の妻は、かすかに眉を寄せた。

「島の人ではないちゅうことですよね？　お見えになっていないと思いますよ。よその人、しかも女の人が、こんな寺に用事もないだろうし」

　その女性が自分の知り合いで、島の健康プログラムについて取材をしたがっていたことを告げると、彼女は納得したようにうなずいた。

「その人、前田屋の比呂子さんに、寺への道順を尋ねたそうなんです」

「そいだら、私がいない間に見えたのかもしれませんね。少し待っててください。住職に聞いてきます」

　女はきびすを返すと、軽い足取りで、奥へと消えた。

しばらくすると、和服に身を包んだ昭圭が現れた。

「お休みのところ、お騒がせしてすみません」

昭圭は鷹揚にうなずいた。

「話は家内から聞きました。金曜は一日、寺におりましたが、そのような女性はいらっしゃいませんでしたよ。役場にも行っていないと思います」

現れたとしたら、檀家の間で噂になり、自分に伝わるはずだと昭圭は言った。

「それはそうでしょうね」

「その方と一ノ瀬先生とは、どういうご関係ですか」

少し迷ったが、友人だと告げる。

「なるほど。その方をこのように探しておいでになるということは……」

「ペンション明戸に泊まる予定だったようなんですが、その後、行方が分からないんです」

昭圭の表情が曇った。

「それは、ご心配ですね。比呂子さんの見たのがその女性だとしたら、本堂でお参りだけして、帰られたのかもしれません」

もしそうだったら、誰も気付かなかっただろうと昭圭は言った。

あり得ない。

観光ではなく取材で来たのだから、こちらを訪ねたはずだ。

昭圭の表情をそれとなく観察する。不自然なところはないように思える。

ただ、比呂子の証言は具体的で説得力があった。

湊一族は誰も春美を見ておらず、乗船名簿に名も記されていなかったと周蔵は言ったけど、春美は島に現れたのだと思う。

湊一族は周蔵の指示の下、偽証をしているのかもしれない。そして、泉沢も湊と同様、御三家だ。しかも、村長と住職を代々輩出しており、一族以外の島民にも影響力を持つ。

背中の皮膚が泡立つような感覚を覚えた。

泉沢や湊の指令により、島の人間が口裏を合わせて、春美がこの島に来たことを隠蔽(いんぺい)しているのではないか。

まさかと思う一方で、彼らならばやりかねないという思いもあった。この島には、隠し事があると、折に触れて感じてきた。

毒にも薬にもならないような迷信まがいの秘事なら、好きなようにすればいい。でも、一人の人間の存在を隠すなんて異常だ。首謀者が、頭のおかしな人間、あるいはならず者だというなら、まだ理解できる。どんな場所にも、悪辣なことを行う人間は存在する。のどかで牧歌的に見えるこの島も例外ではないだろう。でも、そうではなくて、島の名士として君臨する湊家や、寺を預かる泉沢家が関わっているとしたら……。

周囲の空気が薄くなったような気がした。昭圭に気付かれぬよう、浅い呼吸をそっと繰り返し、気持ちを落ち着かせる。

昭圭は、表情を変えずに言った。

「ご家族の方も心配されているでしょう。駐在さんと相談してみては？」

希世はうなずいた。

駐在所は小中学校の隣にある。駐在さんを預かる黒田伸太は、小柄ながら、胸板が厚く、髪を角刈りにしている柔道選手のような男だった。十年前、妻が病死したのを機にこの島に単身赴任してきたそうだ。定年間際の温厚な人物で、朝の体操で顔なじみになっている。島言葉をすっかりマスターしているので、覚えるコツを聞いてみたところ、元々島の人間だという。彼ならば力になってくれるかもしれない。信用できる。

「ありがとうございます。この後、行ってみます」

廊下の奥から、魚を焼く香ばしい匂いが漂ってきた。希世は、夕食時に尋ねた非礼を詫びると、玄関を出た。

翌朝、六時過ぎに車で家を出た。一年で最も日が短いこの季節、日の出は六時四十五頃になる。

寺の駐車場に着くと、パトカーが駐まっていた。駐在所の黒田が懐中電灯を手に車から出て来た。ダウンジャケットや帽子で完全武装して、背には小さなリュックサックをしょっている。

希世は、腰に貼った使い捨てカイロがしっかり発熱していることを確認すると、ニットの帽子を深くかぶり、外に出た。東の空が白み始めていた。夜明けは間もなくだ。

「おはようさん。そろそろ日の出ど」

白い息を吐きながら、黒田は言うと、希世の顔をのぞき込んだ。

「先生、大丈夫な？　えらく顔色が悪いど。長丁場となっど。無理して行ぐことはねえ」

希世は、首を横に振った。

「大丈夫です。自宅で待っていても、落ち着きませんし」

体操を欠席することは、昨夜のうちに綿貫に届け出済みだ。

黒々とした野木山を見上げた。およそ六百メートルと、決して高くないのに、てっぺんのあたりに、雲がかかっている。

「そいだら、行くべ」

黒田は背中をやや丸めて歩き出した。

日が昇るにつれて、風景が急速に色づいてくる。たっぷりと夜露を含んだ空気を肌に感じながら、希世は歩いた。

寺の前の通りを東に五十メートルほど行くと、環状道路に突き当たる。道路を東に折れてほどなくすると黒田は立ち止まった。

「ここから、御山に入るだ」

雑草や木々に埋もれるように石段があった。野木山の登山道の入り口だ。階段の手前に鉄柵(てっさく)が設けてあり、中に入れなくなっている。

長い間、人が訪れることもなかったのだろう。柵には蔦(つた)が絡(から)みつき、自然の中に半ば埋もれかけていた。

「少し先から回り込めば、登山道に入るのは簡単だから、あまり意味ねえけど」

そう言いながら黒田はリュックの外ポケットから鍵の束を取り出した。老眼なのか、四苦八苦しながら中の一つを選び出し、柵にかかっている錠を開けた。思いのほか乾いた音を立てて、錠が開く。

「階段があるのは、最初のほうだけど。後は結構な山道だし、手入れもされてねえ。手頃な枝があったら、拾って杖にするとええだ」

そう言いながら、石段に足をかけた。近くの沢から水でも流れ込んでいるのか、石段は濡れている。

足元に注意しながら、黒田の後について石段を登り始めた。すぐに息が上がってきた。

いつの間にか、すっかり明るくなっていた。冬らしい、抜けるような青空が頭上に広がっている。

昨夜、寺を出た後、駐在所に立ち寄って春美のことを相談した。晩酌を始めたばかりだという黒田は、茶の間に希世を招じ入れると、痛ましげな表情を浮かべた。

「おそらく、そのネエは生きてはおらんど」

自殺するなんてあり得ないと、笑い飛ばすわけにはいかなかった。春美の失踪以来、ずっとそのことを心配していた。

黒田は、コップに入った焼酎をぐっと飲むと、唇を指でぬぐいながら言った。

「寺の南側に、野木の御山の登山道の入り口があん。そこから御山のてっぺんまで登ってから、東海岸をば通って南の野木神社の脇さあ抜ける途中に、海に面した崖があん。そっから身ぃ投げると、死体は決して上がんね」

崖の高さ自体は、二十メートルあるかどうかといったところだそうだ。しかし、そのあたりは潮流が複雑で、落ちると中に引きずり込まれるという。自殺の名所として、一時期、本土でも話題になったそうだ。

それを聞いて、絶望的な気持ちになった。

黒田は淡々と続けた。

「気分のいいもんでねえし、外聞も悪い。そいで、野木の御山の登山道を、閉鎖しただ。昭洋さんが野木の御山と寺との間に仁王門を作ってよ。そいで、悪いもん御山から降りてこねえようになったとか」

登山道の閉鎖と仁王門のおかげで、ここ二十年ほどは、自殺者は出ていないようだと黒田は言った。

「少なくとも、オイが赴任した十年前からはねえ。お寺の人らも、注意を怠っていたのかもしんね」

「お寺の人たちが？」

「おおよ。最後に寺の本堂にお参りしてから、野木の御山に登るのが、身投げする連中の作法ちゅうど。寺の人間が説得して思いとどまらせたことも、一度や二度でねがった」

ともかく、そういうことなら明朝、野木山に登ってみると黒田は言った。

「荷物やら靴やらが残ってるかもしれね」

それを聞いて、同行しようと思った。もし、本当にそんなことがあったのなら、この目で現場を見たほうがいいような気がした。黒田もそういうことならばと了承してくれた。

ようやく、石段が終わった。

そこから先は舗装はされていなかった。

「先生、あそこに落ちてる枝」

黒田が指した方向を見ると、シイの木の下に枝が落ちていた。節の部分から曲がっているものの、太さが三センチほどあり、頑丈そうだ。

弾みきった息を整えながら、シイの木へと向かうと、背後で黒田がつぶやいた。

「誰かが、最近、通ったみたいど。草さ踏んづけた跡がある」

それが春美だと決まったわけではない。そう自分に言い聞かせながら、枝を拾い、黒田の後を歩き始めた。

それからおよそ三十分、無言で足を進めた。

石段の先は、なだらかな登り道だった。野木山の山肌に沿って、島の東側に出るらしい。なだらかとはいえ、それが長く続くと、山歩きに不慣れな身にはきつかった。太ももが悲鳴を上げている。凍えるのではと心配していたが、それどころか全身が汗ばんでいる。使い捨てカイロはとっくにはずした。

目の前が開けた。島の東側に出たようだ。希世は思わず息を飲んだ。

「ちいと休むか。ここの景色は天下一品ど。この先は下りになるから、景色はあまりよくねえ」

黒田は脚を止めると、背中のザックから水筒を取り出した。希世もザックを下ろして、ペットボトルを引っ張り出す。

この場所は、海岸線からはかなりの距離がある。にもかかわらず、手を伸ばせば届きそうなほど海が近く感じられた。太陽の光を反射して輝く海面はこの世のものとは思えないほど美しい。

しかし、視線を左から右へと移すと、背中のあたりがぞっとした。

海岸線は弧を描いている。それをぐるっと伸ばしたものが、この島の全てだ。周りは海で、他の島の影さえ見えない。

大海原を航行する船のイメージが脳裏を過ぎった。大きさは違うし動かないけれど、この島は太平洋を航行する船と大差ない。人口だって、豪華客船の定員より少ないのだ。

圧迫感を覚えた。

――この島は、閉ざされている。

人間関係が閉鎖的なだけでなく、物理的に閉ざされている。しかも、島の主だった人物が口裏を合わせて、嘘を吐いているかもしれない。

脂汗が流れていた。閉所恐怖症のようなものかもしれないと思いながら、視線を海からはずす。

ダウンジャケットに包まれた背を寒そうに丸めている黒田が頼もしく感じた。

「そろそろ行ぐべえ」

黒田が水筒をしまいながら言った。

そこから先は、なだらかな下り坂だった。

時折、踏み折る小枝の音と鳥の声との間に、かすかに波の音が混じり始めたとき、黒田が突然、振り返った。

「あそこど」

足を止めて少し先を見る。

海に突き出すように、大きな岩があった。根元に祠らしきものが建っており、その先には腰の高さほどの柵が設けてあった。祠の傍らに、屋根と柱だけの建物が見える。休憩所のようだ。

打ち寄せる波の音が、さっきよりはっきりと聞き取れた。

休憩所に近づくと、黒田が振り返った。顔が歪(ゆが)んでいる。

「鞄(かばん)があん」

緩い坂を駆け下り、休憩所の屋根の下に入った。ブランドのロゴが入ったトートバッグがベンチにポツンと置いてあった。

黒田が早速それを手に取り、中を改め始める。

結果を知るのが怖い。希世は休憩所を出て、祠のほうへ向かった。

岩がデコボコしていて歩きにくい。柵に両手をかけると、海を見た。

さっきと比べると標高がぐっと低いせいか、圧迫感は感じなかった。

そのとき、岩のくぼみにベージュの靴のようなものが見えた。慎重に柵を越え、近づいて見る。

女物のパンプスだった。まだそうと決ったわけじゃない。そう自分に言い聞かせながら柵をさらに強くつかんだ。手袋を通して金属の冷たさが指に伝わってきた。痛いぐらいだ。でも、手を放す気にはなれなかった。自力で立っていられる自信がない。

「名刺があっただ。新聞社の人間だな。編集局社会部記者、本宮春美」

黒田の言葉を聞きながら、希世は唇を嚙みしめた。

4章 逆転のオセロ盤

春美の父、本宮佑は、水曜の高速ジェット船で島にやってきた。駐在所で話を聞き、残されていた遺品を黒田から受け取ると、金曜の船で帰っていった。ペンション明戸にお悔やみを述べに行ったものの、あまりの憔悴ぶりに、かける言葉が見つからなかった。

娘の死については、駐在の黒田から説明を受けているだろうし、春美との思い出を語るには早すぎた。

あの日のことを思い出すと、今でも胸が苦しくなる。

ベージュのパンプスは、山道を歩いてきたせいか、踵が傷だらけだった。自らの手でそれを拾い上げたとき、あまりの冷たさに涙が出た。そして、その持ち主がこの世にいないことを実感した。

――ペンション明戸で一泊する予定だったものの、それを取り止めて野木山に登り、海に身を投げた。

それが黒田の出した結論だ。

山を下りると、黒田は湊周蔵に連絡を入れた。周蔵の一声で、漁から戻ってきたばかりの漁船数隻が捜索に出たが、彼女が発見されることはなく、日暮れとともに捜索は打ち切られた。

遺体は流されたのだろうと、黒田は言った。

断崖の下は、海底が複雑な地形をしており、潮流の具合もあいまって、遺体はいったん深く沈み込む。そして、はるか遠く沖まで流されてしまうらしい。

それからしばらくは、春美の噂で持ちきりだった。よそ者がこの島で自殺したのは、十九年ぶりのことだそうだ。

希世の友人であることも、いつの間にか知れ渡っていた。朝の体操や健康相談会、そして診察中にも、島の人たちは希世を質問攻めにした。

適当に言葉を濁していたところ、彼女にこの島を自殺の名所として紹介したのは希世だというデマまで流れ始める始末だった。

――他人の死は娯楽。

いつか信子が口にしていた言葉を思い出す。

デマを直接ぶつけられれば、反論できる。しかし、そういう人は少数派で、大半は希世を遠巻きに眺めていた。買い物をしていたり、車で走っていたりするとき、人の視線を感じる。見返すと、相手はすっと目を逸らせるのだった。

島の不名誉な過去をほじくり返した挙げ句、迂闊にも口を滑らせ、友人を死に追い込み、不幸な事件を起こした人間として、人々は希世と距離を置くことにしたようだ。

——島民の態度は不快なだけだが、湊周蔵や泉沢昭圭は不可解だった。彼らは春美が島に来たことを何らかの理由で隠していた。

春美の自殺が発覚した後、港近くで周蔵を見かけたので、車を駐めて彼と話をした。

周蔵は、バツの悪そうな表情を浮かべながら、頭を下げた。

「湊一族はアフアフシーばかりど。堪忍してくんろ」

アフアフシーは、おおざっぱという意味だそうだ。

電話をかけてきた湊茂太は、無駄話に夢中になって、下船してきた客の顔などろくに見ていなかった。なのに、三十歳前後の女などいなかったと言ってしまった。

それを信じた乗船券の販売係は、乗船名簿を確認するのを面倒くさがって、春美の名が名簿になかったと報告したということらしい。

あまりのいい加減さに呆れたし腹が立ったけど、怒ったって春美が帰ってくるわけではないと思って、抗議の言葉を飲み込んだ。

島民に訴えることを考えなかったわけではないが、結局は口をつぐむことにした。気付かなかった、あるいは、見落としていたと言われてしまえば、反論は難しい。

体操から帰る道すがら、立原夫妻には自分の胸の内を明かした。二人は親身になって話を聞いてくれたものの、周蔵や昭圭が故意に事実を伏せたとは考えられないと言った。二人が希世を欺いた証拠は何一つない。客観的に見ると、希世の考え過ぎということになるのだろう。

「見落としてたんだろうよ。よそもんは珍しいが、いちいち記録をつけてるわけでもねえべ。人の噂もなんちゃらちゅうど。頭を低くしてやりすごしさい」

登にそう言われ、うなずくほかなかった。

一週間が過ぎると、露骨に避けられることはなくなった。診療所を訪れる人が口にするのは、もっぱら年末年始に島に戻ってくる家族や親類縁者のことだ。

島内にはいつになく華やいだ雰囲気さえ漂っていた。村内放送によると、湊一族の水産工場で正月用の伊勢エビや蛸の予約注文を始めたそうだ。前田屋の店先には、普段の何倍ものビールケースが積み上げられており、商品棚には発泡ワインの瓶も数本、並んでいた。

天皇誕生日の前日、あと数分で診療時間が終るというときに、診療所のドアが開く音がした。

片付けものをしていた信子が受付に向かったが、すぐに診察室に戻ってきた。

「先生にお客さんです。本宮さんという男性の方」

ハルミの父親が再びやってきたのだろうか。

そう思いながら待合室に出て行くと、ダウンジャケットの下にパーカを着込んだ本宮和也が立っていた。

「よっ、久しぶり」

右手を軽く挙げながら言う。

あまりにびっくりして、相手を凝視してしまった。

和也は春美と同い年のいとこだ。何かの手続きでもあって、彼女の父の代わりに来たのだろうか。

「どうも……」

頭を下げながら、ほろ苦い思いを噛（か）みしめた。

春美から折に触れて消息は聞いていたものの、顔を合わすのは十二年ぶりだ。当時と比べると、全体的にがっちりしていたが、ぼさっとした髪や、やや眠そうな目はほとんど変わらない。着ている服が学生のようだから、そう見えるのかもしれないが、自分だけが年を取ったような錯覚にとらわれる。同時に、当時の思い出がよみがえってきた。

いとこ同士の二人の家は、同じ敷地内にあり、春美の家に遊びに行くと、和也とよく顔を合わせた。三人でゲームをしたり、カラオケに行ったりしているうちに親しくなり、付き合うことになった。端的に言えば、初めての相手だ。

ところが、三年の夏になると、受験勉強で恋愛どころではなくなった。希世の実家には私立医大に進めるような資金力はない。何が何でも県立医大に受かりたかったので、和也から来るメールの返信を怠りがちになった。

そんな、ある日、春美に電話で言われたのだ。

「この前、和也の新しい彼女がウチに来たよ。希世に黙ってるのも悪いと思ってさ」

呆然（ぼうぜん）としている希世に向かって、春美は言った。

「まあ、しょうがないよ。あいつは私たちと違ってエスカレーターで大学に行けるじゃん。一緒に遊べる彼女が欲しかったんじゃないの。希世にはそんな余裕、ないでしょ」

それはその通りなのだが、なぜ、自分に一言もなかったのか。

春美の手前、受験で忙しくて、和也どころではないというフリをしたけど、内心、ひどく傷ついていた。と言っても、メールを無視した自分にも問題がある。裏切った和也に対する腹立たしさと、自己嫌悪でしばらくは勉強も手につかなかった。

それが結果的によかったのかもしれない。悔しさをバネに勉強に励んだせいか、県立医大に補欠で滑り込むことができた。

その和也が、目の前にいる。どういう顔をしたらいいのか、よく分からない。恨み言を言うには、時間が経ちすぎた。懐かしさを覚えるほどの時間は過ぎていない。

ただ、遊びに来たわけではないはずだ。

「このたびは、ご愁傷様でした」

形通りに言うと、和也は沈痛な表情になった。よく見ると、目の下には隈ができていた。ろくに眠れていないのかもしれない。

「どうしてこんなことになったんだろう。正直、頭が混乱してる。なんで力になってやれなかったんだろうって」

いまだに信じられないと和也は言った。希世も同じ気持ちだ。

「今晩、話できないかな。聞きたいことがあるんだ」

「診療時間は終わったから、すぐに出られます。ここでちょっと待っててもらえますか？」

控え室で白衣を脱ぎ、信子に戸締まりを頼むと、待合室に戻った。和也はジーンズの脚を投げ出すようにしてベンチに座り、週刊誌を開いていた。しかし文字を追っている様子はなく、すぐに腰を上げた。

「宿はどこですか？　そこでお話しするのがいいと思うんですが」

「泊まってるのは、メルヘンじみたペンション。でも、あそこは嫌だ。居酒屋か食堂のようなところに行こうよ。そう思って、夕食を断ったんだ」

経営者夫妻の目が気になるのだと和也は言った。範子から、根掘り葉掘り、春美のことを尋ねられたのかもしれない。

「この島には、食事ができるところはないんですけど」

「地元の人が飯を食ったり、飲んだりするようなところで十分だ」

「そういうお店も一軒も。コンビニすらない島ですから」

和也は困惑した様子で顔をしかめた。

「マジかよ。弱ったな……。じゃあ、希世の家はどう？」

思わずのけぞった。

「えっ、ウチ？」

招かれてもいないのに女性が一人暮らしをしている家に入れてくれだなんて、あまりに図々しい。

そういえば、和也は他人に対する敷居が普通の人より低かった。引っ込み思案で他人に対して壁を作りがちだった希世には、彼の身軽さがまぶしかった。しかし、こうして大人になってみると、ただの常識外れだ。それとも、自分が相変わらず堅物なのだろうか。

困惑していると、和也は肩をすくめた。

「こんなときだろ。何かしようだなんて思ってないし」

そんな心配はしていない。片付いていない部屋に異性を入れるのが嫌なのだ。同性でもよほど親しくなければ躊躇する。

そうは言っても、他に行けそうなところはなかった。ペンションに行ったら、和也の言うように範子の詮索攻めにあいそうだった。

「飯は、冷蔵庫の中にあるもので、俺が作るからさ」

そう提案されて、うなずいた。

「分かりました。じゃあ、行きましょう」

そう言うと、希世は玄関に向かった。

幸い、家の中は見苦しくはない程度に片付いていた。和也をキッチンに案内し、冷蔵庫や戸棚の中をざっと見せる。

「飯を食ってる場合じゃない時ほど、しっかり食わないとな。これだけあれば、バッチリだ」

和也はそう言うと、ダウンジャケットを脱いだ。パーカの袖(そで)をまくり上げて、冷蔵庫を開き、テキパキと料理を始めた。まず、じゃがいもを水から茹(ゆ)で、その間に島の人がよく食べるタカベという魚、そしてアサリの下ごしらえをする。

感心していると、手を動かしながら、和也は言った。

「大蒜(にんにく)の皮をむいてすり下ろして。それが終わったら、プチトマトを十箇ぐらい洗って、玉葱(たまねぎ)はくし切り」

「あ、はい」

あたふたしながら、指示に従う。

和也は茹で上がったじゃがいもにフォークを突き刺して手早く皮を剝(む)くと、ボウルに入れてフォークの背でつぶしていった。マッシュポテトの出来上がりだ。と思ったら、そこに先ほどの大蒜を混ぜ、耐熱皿に入れて表面にチーズを載せ、オーブンに放り込む。タカベとアサリは、トマトや玉葱とともにフライパンで蒸し焼きにされた。

「ワインある？　白がいいんだけど」

火力を調節しながら言う。

「ワインはないけど、ビールは冷えてます」

和也が振り返った。口元に笑いが浮かんでいる。

「相変わらずズレてる」

そう言うと、調理台に出しっ放しになっていた料理酒のボトルを手に取った。飲みたかったわけではなく、料理に必要だったようだ。

塩焼き、味噌(みそ)汁、ポテトサラダになるはずだった食材たちが、晴れがましい料理となって皿に並んだ。

テーブルに向かい合わせに座ると、和也は改まった様子で頭を下げた。

「このたびは本当にお世話になりました」

「私は何もできなくて……」

「現場まで足を運んでもらったじゃないか。伯父が感謝してた」

和也は、コップにビールを注ぐと、料理を皿に取り分け始めた。

「まずは食っちゃうか」

どの料理も、美味しかった。こんな豪華な食事は、島に来て以来、初めてだ。和也は学生時代、イタリア料理店の厨房でアルバイトをしていたそうだ。

「それで今は？」

「化学メーカーで事務職」

以前、春美に聞いた通りの答えが返ってきた。堅実かつ賢明な選択だと思うが、和也がサラリーマンとなり、今も続けているのが意外だ。マスコミで働くなら、真面目な春美ではなく、和也のほうだと思っていた。

そう言うと、首をかしげられた。

「そうかな。休みをきちんと取りたいと思ったら、労組が強い大手製造業じゃないか？」

そういうことかと、納得する。

ビールを少し飲んだせいだろうか。最初に感じた居心地の悪さは、薄れていった。考えてみれば、付き合っていたのは十年以上も前のことだ。高校生の頃の恋愛もどきの相手など、今更意識してみたって始まらない。和也にしても、同じようなものだろう。

料理の大半がなくなったところで、和也はハンカチで口元を拭いた。希世もフォークを置き、話を聞く体勢を取る。

「春美の遺体については、漁師さんたちが心がけてくれているみたいだけど、見つからなさそうだね。死体が上がらないことで有名な場所だったとか」

遺体についてはもはや諦めていると和也は言った。

「それより、現場のことを聞きたい。希世は、あの日、駐在と一緒に山に入ったんだよな」

「うん、そうだけど」

「途中、携帯電話は落ちてなかった？　ピンクのものらしいんだけど」

「行きも帰りも、同じ道を通ったけど、私も駐在所の黒田さんも、気付かなかった。携帯が見つからないの？」

「手帳もノートも見つからない。おかしいと思わないか？　仕事で悩んでいた人間が、そんなものを後生大事に抱えて身投げするのは、不自然だ。そもそも、俺には信じられない。あいつは、仕事がうまくいかないぐらいで死ぬような弱い人間じゃない」

そうとは限らないと思う。

責任感が強くて真面目であればこそ、自分の力の及ばない問題に突き当たると、周囲が意外に思うほどのもろさを見せたりする。

仕事で悩んでいた春美は、この島に関するネタを摑み、起死回生のチャンスと舞い上がった。それが幻だったと気付き、心が折れてしまった。それがこの痛ましい事件の真相だと思う。

とはいえ、それも推測に過ぎなかった。

黙っていると、和也は続けた。

「春美は、雑貨屋で煙草の銘柄が少ないってゴネたんだよな。自殺を考えてる人間にそんな気力があるものか。そもそも、時系列がおかしい。雑貨屋に寄ったのは、金曜の午後だよな」

「そう」

「春美が自分で命を絶ったとしたら、その日のうちだと思わないか？　遅くとも、土曜の朝とか」

少し考えた後、うなずいた。

春美は、ペンション明戸に現れなかった。他の宿にも宿泊した形跡はない。金曜中に山に入ったことは確実だろう。

「ところが、土曜の深夜に春美の携帯はつながってるんだ」

警察は自殺で間違いないとみているものの、遺体がみつかっていないため、死亡宣告はまだ出ておらず、通夜、葬式はまだ行われていないのだと和也は言った。

「それでも同僚の方が、弔問に来てくれた。その人は、土曜の夜十時頃、業務上の連絡があって春美に電話をかけたんだって。呼び出し音が鳴ってしばらくして、メッセージサービスにつながったらしい」

土曜夜の時点で、携帯の電源は入っていたということだ。

「金曜に携帯を身につけたまま海に身を投げたとしたら、おかしいだろ。念のために彼女が使ってた機種の製造元に確認したところ、特別な防水機能はついていないから、水に落としたら、持つとしてもせいぜい三十分だって」

島に着いてすぐに自分も現場を見てきたのだと和也は言う。

「崖のすぐ下は海だ。岩場も浜もない。海に落ちる間に、携帯がポケットから飛び出して、どこかに引っかかった可能性はまずない」

そうなると、前田屋で目撃された金曜の午後から土曜の夜まで、どこで何をしていたのか。

「別の場所で携帯を落とした可能性もあるよね。私や黒田さん、それに捜索で山に入った人たちが見落としているのかもしれない」

現場への道は、自分も注意しながら歩いたから、山で落としたとしたら、見つかっているはずだと和也は言った。

「もし、落としたとしたらキャリア会社に連絡を入れてないのはなぜだ？ 財布替わりに使えるものだから、普通、連絡するだろ」

自殺を考えている人間はそこまで気が回らないはずだ。そう思いつつも、曖昧にうなずいた。和也の話を最後まで聞くべきだ。

「そういうわけで、伯父が駐在所に電話をかけて、この話をしてみた。ところが、迷惑だと言わんばかりの態度で電話を切られたそうだ。俺がかけ直しても、同じようなものだった。それで頭にきてね。遺書でもあれば納得できる。でも、そうではないんだから、おかしなことがあれば、徹底的に調べるのが警察の仕事だろ」

黒田らしくない対応だと思った。それとも自分は彼を無条件に信用しすぎなのだろうか。嫌な気分が胸に広がる。

「それで、仕事を休んでこっちに来たんだ」

和也がうなずく。

日曜日の昨日、大島で一泊して、今朝の定期船で、通島まで来たのだそうだ。駐在所の巡査では、埒があかないと考え大島警察署に行ってみたという。

「大島警察署は、誠実に対応してくれたよ。ところが、そこでさらに妙な話が出てきた」

通島駐在所から送られてきた調書によると、目撃証言があったのだと和也は言った。

「金曜の午後、春美が一人で登山道に入っていく姿を見た人がいるらしい。それが自殺と断定した決め手だとか」

希世は首をかしげた。

「聞いてない」

そんな話があれば、必ず噂になっている。

「伯父も一言も聞いてないという。おかしすぎるだろ?」

うなずきつつも、複雑な気持ちになった。おかしいと言えば、その通りだ。でも、そこまで目くじらを立てる必要があるのだろうか。

春美は携帯をどこかで落とした。そのことが引き金になって、何もかもが嫌になった可能性だってあると思う。

しかし、そう指摘するのは酷だ。

親しい関係にある人が不慮の死を遂げると、周囲の人は死の細部にこだわり出す。

亡くなった時の状況を執拗なまでに知りたがる。しばらく経つと、そんなことをしても死者が戻ってくるわけではないと悟る。

親しかったいとこが亡くなってまだ十日あまりだ。和也は、まだ混乱の中にいる。

「黒田さんには、もう会った？」

「もちろん。証言者の名前を教えろとねじ込んできた」

よそ者と話をしたがらないし、心臓が弱い年寄りだから勘弁してやってくれの一点張りだったという。

「でも、こんな小さな島のことだろ。ちょっと聞いて回れば、証言者が誰かなんてすぐに分かる」

さっきまで通島銀座の商店を尋ねて回っていたのだと和也は言った。

「そこでまたおかしなことが起きた。最初に行った二軒では、知らないと言われた。ところが三軒目から、皆が判で押したように、黒田と同じことを言うんだ。口裏合わせの電話でもかかってきたんだろう」

希世は視線を落とした。和也の話は陰謀論じみている。しかし、笑いとばすことはできない。周蔵と昭圭は隠し事をしていると思う。そして、和也を信じるならば、黒田の言動もおかしい。違和感を通り越して薄気味悪さを覚える。

和也はいよいよ前のめりになると、思い詰めたような目をして言った。

「春美は……。自殺ではなく、殺されたんじゃないだろうか」

思わず、唾を呑む。

「まさか、そんなこと」

「証言が捏造され、島民が口裏合わせをしているとなると、その可能性も考えてみたほうがいい。靴がそろえられていたそうだけど、そんなものは後からいくらでも偽装できる」

「でも……殺される理由はないと思う」

理由なき殺人など、世の中にはいくらでもあるけど、それが自分の身の回りで起きるなんて信じられない。島で発生した殺人を隠すためだとすると、三人の不可解な対応に説明がつくと言われても、首をかしげてしまう。

和也は意外なことを言い出した。

「春美は家を出る前の晩、すごいネタをつかんだと興奮していたらしい。会社を休み、自腹を切ってまでこの島に取材に来た」

「そのことは知ってる。でも、彼女が取材しようとしていたのは、この島の健康プログラムだよ！　私も相談を受けたけど、人が殺されるような話だとは、とても思えない」

「一見どうってことないネタの裏に大きな問題が隠れていることって、あるんじゃないか。駐在所の人間が嘘を吐き、島民が口裏を合わせているとなると、相当ヤバイ話だろ」

そう言われ、心臓がきゅっと縮まった。

――ぴんぴんころりのカラクリ。

背筋がぞくっとした。この島の人たちには、隠し事がある。そのことは、自分自身、日々感じていたのではなかったか。

和也の言葉を信じる気になっていた。顔が引きつっているのが、自分でも分かる。

「春美から来た最後のメールを読んでもらったほうがいいかもしれない。ちょっと待ってて」

居間に行き、端末を取ってくると、問題のメールを開いて、和也に渡す。

読み終えるなり、和也は尋ねた。

「ぴんぴんころり運動って？」

島の健康プログラムの名称だと説明し、具体的な内容をかいつまんで話す。

「運用は役場がやってるけど、資金はキタムラメディカルっていう会社が出してる。

自社の健康関連製品の実証試験というのが名目ね」

「キタムラは知ってるよ。ありがちなプロジェクトだな。カラクリがあるとしたら……。収賄、あるいはデータの改ざんかな。効果がないのに、あるようなデータを出していたとか。何か心当たりはないの？」

「私が思いついたのは……。長患いになりそうな病気にかかった人を殺してしまうという方法。そうしたら、ぴんぴんころりになるでしょ」

和也は一瞬、息を飲んだが、すぐに噴き出した。

「大昔ならともかく、今の時代にそんなことをやったら、ただの殺人だろ」

首を振りながら言う。

「一応、この島の歴史に詳しいお年寄りに聞いてみたのよ。そんな史実はないって。でも、和也の話を聞いているうちに、もしかしたらって思うようになった」

リバーシ、昔でいうオセロゲームをやっていると、ある一手を機に、形勢が逆転し、白がパタパタと黒に変わることがある。ああいうことが、今、頭の中で起きている。

和也は考え込むようにしていたが、やがてうなずいた。

「かつて、そういうことがあったのかもな。でも、そのことを暴かれても、たいした問題ではないような気がする。島民としては面白くないだろうけど、人を殺してまで守りたいような秘密とは言えないんじゃないか？」

「現在もそれが行われてるとしたら……」

和也が眉を寄せる。

「気になる材料でもあるの？」

「うん……」

自分が赴任した後、二人の患者が急死したことを話す。

「一人は狭心症で島外の病院で精密検査を受ける予定だった。もう一人は認知症で、老人ホームへの入所を勧めた矢先に亡くなった。そのときは何とも思わなかったんだけど、後で考えてみると、タイミングがよすぎたなあって」

和也は腕を組むと、椅子の背もたれに身体を預けた。

「信じられない話だな。でも、この際、あり得ないという先入観は棄てるべきかもしれない」

希世はうなずいた。

和也の言うように、駐在所の黒田の指示によって口裏合わせが行われているとしたら、自分たちが知らない何かが起きている。

島全体がグルになって秘密を守っているとしたら……。それは暴かれたら島にとって致命的なものであるはずだ。

「ちなみに、希世の前任者ってどこにいるんだ？　ぴんぴんころり運動にカラクリがあるなら、そいつも関わってるような気がする」

それを言うなら、看護師の信子もグルだろう。そして……。夕日の家に何かあるのかもしれない。医事課の越本も信子も、希世をあそこに行かせようとしなかった。

唇を噛んだ。

思い返してみれば、おかしいと感じることはいくつもあった。なのに、島の人たちとの摩擦を怖れるあまり、たいした問題ではないと思い込もうとしていた。

それが今、重大な疑惑として、次々に突きつけられてくる。真っ白に近く見えていたオセロの盤は、今や真っ黒に近い。

「前の院長は島の人だったけど、夏に亡くなったわ。私はその人のお孫さんが東京で研修を終えて、島に戻るまでのピンチヒッター」

「半人前の孫か。だとすると、事情を知ってるかどうかは疑問だな」

そのとき、ふと思いついた。

「前院長の書斎に行ってみる？」

四日ほど前、孫の勇一から前院長が書斎として使っていた離れの鍵の場所を教えてもらったばかりだ。書斎というより、資料庫のようなもので、過去のカルテなどもそこに保管されているそうだ。パネル討論の資料作りのために、使わせてもらう予定だったけど、それが役に立つかもしれない。

「今からでも大丈夫かな」

「診療所の裏だから、すぐそこよ」

「じゃあ、まずは皿を片付けてしまおう」

そう言うと、和也はテーブルの皿を流しに運び始めた。

外に出て、空を仰ぐなり、和也は感嘆の声を上げた。

「すごい星だな。降ってきそうで怖いぐらいだ」

希世も空を見た。

「冬場は、特に綺麗(きれい)なんだって」

オリオン座がくっきりと浮かび上がっている。都会と比べて見える星の数が圧倒的に多いのにもかかわらず、星座を見つけ出すのは、こっちのほうが簡単だ。

冷たい風の中、懐中電灯の灯りを頼りに、診療所に向かった。

離れの鍵は控え室のロッカーの一つに入っていた。勇一に聞いた暗証番号でダイアル式の鍵を開け、扉を開く。

内壁にフックがあり、鍵が十本ほど束になってかかっていた。黄色いプラスチックのキーホルダーがついているものに、「資料庫」というシールが貼ってあった。それを束から抜き出してロッカーを閉めると、再び外に出る。

石畳を十メートルほど歩くと、資料庫だ。

和也に懐中電灯を渡し、ドアノブを照らしてもらいながら、鍵を開けてドアを開いた。

その瞬間、希世は息を飲んだ。

——これは……。いったいどういうことだろう。

「電気は来てるかな」

そう言いながら、和也がスイッチを押す。

とたんに周囲が明るくなった。まぶしくて目を細める。でも、気分が悪くなってきたのは、そのせいじゃない。

和也が困惑したような目で希世を見た。

「ここで間違いないのか」

小さくうなずく。

半月ほど前、カーテンの隙間(すきま)から中を覗(のぞ)いたときには、壁の棚に資料がぎっしり詰まっていた。

「誰かが全部、持って行ったんだわ」

そう言いながら、キャビネットを開けてみた。見事なまでに空っぽだった。

日曜、あるいは夜中に誰かがこっそりと来て、中のものをごっそり持って行ったのだ。

冷静になれ、と自分に言い聞かせる。

希世が勇一に鍵の場所を尋ねたことを知っているのは、信子と泉沢昭圭の一人娘、紫織(しおり)の二人だ。

四日前の昼休み、信子に勇一の電話番号を尋ねた。信子は知らなかったけれど、勇一と仲が良かったという紫織に連絡を取ってくれた。紫織から聞いた番号にその場で電話をかけ、勇一と連絡を取った。

二人のどちらかから情報が流れたのだろう。信子か紫織が、資料を持ち出した張本人である可能性もある。

資料庫に入るには鍵がいる。侵入者は、そのありかを知っていたのだろうか。勇一に電話をかけたとき、信子はそばにいた。会話の内容から、だいたいの場所に察しをつけることができたかもしれない。それとも、別の誰かが勇一から聞き出したのだろうか。

勇一に確認してみれば分かるかもしれない。でも、もし、グルだったら、しらばっくれられる。

嘘を吐く、口裏を合わせる。これらを完璧にやられたら、どうにもならない。ふいに、脳裏に洞窟のイメージが湧いた。粗末な着物をまとった老若男女がひしめき合いながら、たいまつに照らされた巨大な石に祈りを捧げている。

ここはそういう島なのだ。外の世界とは隔絶されており、身内だけで肩を寄せ合い、災厄をしのいできた。人々の結束は固い。それが負の方向に働いたら、数で圧倒的に不利なよそ者はひとたまりもない。

震えに襲われた。

湊一族と昭圭は希世に嘘をついたようだ。駐在所の黒田は、口裏合わせを指示した可能性がある。そして、誰かが資料庫の中身をごっそり持ち出した。見られたら困るものがあったとしか思えない。

ふいに視界がぐらりと揺れた。

「大丈夫かよ」

和也に腕をつかまれ、かろうじて倒れずにすんだ。

「ごめん……」

和也が顔をのぞき込むようにした。

「顔色がだいぶ悪いな。今晩はペンションに泊まったほうがいいんじゃないか?」

即座にうなずいた。こんなことがあったのに、家で一人で過ごすなんて、耐えられない。

「じゃあ、ともかく移動しよう」

和也は鍵を希世の手から受け取ると、電気を消してドアを施錠(せじょう)し、希世の背を押すようにして歩き始めた。

ついさっき、美しいと思った星の光が不気味に感じられた。天空から、無数の視線が自分たちに向かって注がれているようだ。視界から逃れようにも、身を隠すところなどどこにもない。和也がそばにいなければ、恐怖で泣き叫んでしまいそうだ。

門を入って玄関に向かう途中で、足を止めた。車のフロントガラスに何か白いものが貼り付いている。

「ねえ、懐中電灯を車に向けてくれる? フロントガラスのあたり」

和也が懐中電灯を持った手を車に向かって伸ばす。希世は目をこらした。

ワイパーとフロントガラスの間に、確かに何か挟まっている。和也もそれに気付いたようで、車に近づくとそれを手に取った。四つ折りにした紙だ。

「何だろ」

そう言いながら紙を広げる和也の手元をのぞき込む。息を呑んだ。再び身体が震え出す。

——医者のくせに、男を連れ込むな。風紀を乱す女は島から出ていけ。

和也は紙を元通りに畳むと、ダウンジャケットのポケットに収めた。

「監視されてるみたいだな」

そう考えるほかないだろう。それにしても、いつの間に誰がこんなものを……。

「この紙のことは、黙っていよう」

和也が言った。

「どうして？」

「誰かがこの紙について何か言ったら、その人物はこの紙を置いた人間とつながっているってことになる。伝言ゲームの端と端だとあまり意味がないけどな」

うなずいた。

こっちの情報を出さないほうがいい。口裏を合わせたり、隠蔽工作をする隙を極力与えたくなかった。

「ともかく、ペンションに行こう」

ポケットに入れっぱなしだった車のキーを取り出して渡す。

「分かった。じゃあ、必要なものを取ってくるから、車で待ってて」

和也はキーを受け取ったものの、首を横に振った。

「俺も一緒に行く。中に誰かいるかもしれない」

希世は唾を飲み込んだ。そうだった。こんなことになるなんて思いもしなかったから、鍵を掛けずに出たのだった。

「肝心なところが抜けてるんだから。さあ、行くぞ」

和也はそう言うと、前に立って歩き出した。

家の中は、特に変わりはなかった。手早くバッグに着替えを詰め、五分ほどで外に出た。

和也が車の運転席に乗り込む。お酒を飲んでいるけれど、たいして酔っていないから、任せて大丈夫だろう。

希世が助手席のドアを閉めるなり、和也がキーを差し込み、エンジンをかけようとした。だが、エンジンはぴくりとも動かなかった。何度か同じ動作を繰り返した後、和也はため息を吐いた。

「最後に乗ったのはいつ？」

底冷えがきつくなってきたのだろうか。震えが止まらない。

「今日の昼休みに買い物に出たとき。そのときは、なんともなかった」

そう言いながら、外を見た。背中にぞわっとした感覚が広がる。

星明かりの届かない雑木林、あるいは隣の空き屋の塀の向こうから、誰かが見ているような気がする。

野木山から見た景色が、脳裏によみがえる。

この島は閉ざされている。大海原に浮かぶ船のようなものだ。ひとたび何か起きたら、袋の中のネズミも同然だ。

和也は、ペンション明戸の藤尾に迎えを頼むと言って、携帯電話を取り出した。

希世は震えを止めようと、膝(ひざ)の上で拳(こぶし)を握りしめた。ちっともうまくいかない。

電話を切ると、和也は希世を勇気づけるように微笑(ほほえ)んだ。

「十分以内に来てくれるそうだ」

「うん。それより……。明日にでも島を出ない？」

和也の顔を見上げながら言う。

明日は祭日の火曜日。定期船は来ない日だけど、藤尾夫妻に頼み込めば、神津島までは連れて行ってくれるのではないか。

「私の説が当たっているかどうかはともかく、この島には何か後ろ暗い秘密があると思う。でなきゃ、こんなふうに監視されたりするはずがないでしょ。それは春美が亡くなったこととも関係があるかもしれない。これ以上は、私たちでは無理。大島か本土の警察に相談しようよ」

和也は目を伏せた。

「ね、そうしよう」

重ねて言うと、和也は顔を上げ、ゆっくりと話し始めた。

「何かが起きていると俺も思う。でも、証拠が何一つない。それでは警察は動いてくれない。電話で問い合わせぐらいはしてくれるかもしれないけど、口裏を合わされてしまったら、どうしようもない」

これまでにも、この島の異常性を訴えた人はいたのではないか。それをことごとく握りつぶし、秘密を守ってきたのではないか。

和也は、淡々とそんなことを話した。

「想像に過ぎないけど、そんな気がする。口裏合わせのやり方が、あまりにも手慣れている」

「だったら、なおさらここにいたくない。春美が殺されたとしたら、私たちだって……」

声が無様(ぶざま)なほど震えていた。怖い。どうしようもなく怖い。

島民はおよそ四百人。和也と二人では、とても太刀打ちできない。そもそも、警察が頼りにならない場所で、どうやって身を守れというのか。

だが、和也は首を横に振った。

「俺はまだ島を出られない。春美のことをこのままにしておけない。希世が島を出たいなら、そうすればいいと思うけど……」

そのとき、電子音が鋭く鳴り出した。希世の仕事用の携帯だ。

通話ボタンを押すと、切羽詰まったような男の声が聞こえてきた。

「遅くにすまん。湊の茂太だども」

定期船から降りてきた客の中に、春美らしき人物はいなかったと言った若者だ。

――あれは、嘘だったの？

そう尋ねたかったが、それどころではない様子だった。一歳になる息子の様子がおかしいのだという。

「白目むいてガクガク震えてる。熱も四十度ほどあっただ。すまんけど、今から来てくんろ」

引きつけだ。小さな子はたまに起こす。初めてそれを体験した親は、泡を食って病院に連絡してくるが、たいてい自然に収まる。

「茂太さん、落ち着いてください。痙攣はどのぐらい続いていますか？」

「ともかく来てくんろ。このままでは、どうにもなんねえ」

「息子さんをこっちに連れてくることはできませんか？　来てもらったほうが処置がしやすいんです」

「それができねえから、頼んでるだ」

叫ぶように茂太は言った。

「できないって……」

自分の母親が、湊一族の年配の女性に助けを求めたところ、その女がおかしなことを言い出したのだという。

「こないだ自殺した女が、赤ん坊に取り憑いて、こげなことになった、憑いたもんを追い出さねばと言って、水に入れたり、ストーブの前で温めたり……」

「そんなバカなこと！　すぐに止めてください」

唖然(あぜん)としながら電話に向かって叫ぶ。

「力尽くで止めようにも、オイのおっかあやらが、赤ん坊を取り囲んじまって、どうにもならねえ」

自分でも驚くほど激しい怒りがこみ上げてきた。

——父親のくせに、なぜ我が子をそんな状態で放置できるのか。

でも、ここで怒鳴れば、茂太はますます混乱してしまう。希世は落ち着いた声を出すように努めた。

「分かりました。なるべく早く行きます。そのお婆(ばあ)さんには、帰ってもらってください」

「オイ一人ではとても……」

「何を言ってるんですか。赤ちゃんの命がかかってるんですよ。お湯だの水だのはすぐに止めさせるんです！」

厳しく言うと、電話を切ってポケットに入れる。

遠くに光るものが見えた。ペンションから迎えが来たようだ。申し訳ないけど、茂太の家まで乗せて行ってもらおう。

「急患か？」

「うん。赤ちゃんが引きつけを起こしたみたい。往診用の鞄を取ってくるから、藤尾さんに言って車を診療所のほうに回してもらって」

そう言って駆け出そうとしたところ、呼び止められた。

「往診って……。大丈夫かな」

頬が引きつるのが分かった。

罠かもしれない。確かにタイミングが良すぎる。

でも、行かないという選択肢は、自分にはない。よくある引きつけだとは思う。でも、その老婆がデタラメな治療を続けたら、赤ん坊の命に関わる恐れがあった。

島民が結託して、陰謀を企んでいるとしても、赤ん坊に罪はない。そして、自分はたった一人の医師なのだ。

「行かなくちゃ」

口に出して言うと、腹が据わった。

和也は硬い表情でうなずいた。

「じゃあ、俺も一緒に玄関先まで行こう。藤尾さんには、車で待機していてもらう」

よそ者三人が固まっていれば、滅多なことにはならないはずだと和也は言った。

和也の冷静さがありがたかった。自分一人だったら、うまく対処できたかどうか分からない。

「ありがとう」

そう言うと、今度こそ診療所に向かって走り出した。

茂太の家は、浦辺集落の中程にあった。藤尾順二を車に残し、和也と二人で外に出た。

順二は音楽でも聴くつもりか、イヤホンを耳に差し込んでいる。範子とは対照的に、他人にあまり関心を持たない人間らしい。それが、今はありがたい。

「俺も一緒に入れないかな」

和也が言ったが、それはできない相談だ。

ただでさえ、よそ者が嫌いな人間たちだし、春美の霊が憑いているだなんて馬鹿げたことを言う人さえいる。春美の身内が家に入ったりしたら、大騒ぎになる。

「大丈夫。何かあったら、大声で助けを呼ぶから」

「そのときは、ドアを蹴破ってでも中に入るよ」

ふいに、家の中で男の怒鳴り声が聞こえた。

「来るな！」

茂太の声だ。続いて床を踏みならすような音がした。

「大丈夫か？」

和也が心配そうに言う。

「ともかく、行ってくる」

チャイムを押すと、返事を待たずに扉を開けた。

「診療所の一ノ瀬です。入りますよ」

声をかけながら靴を脱いでいると、ピンクのスウェット上下を着た茂太の妻が出てきた。一つに結んだ髪がほどけかかっており、目は真っ赤に泣きはらしている。

「赤ちゃんはどこ？」

「二階です。茂ちゃんがさっき、イワ婆から取り上げて……」

涙混じりの声で言うと、彼女に続いて出てきた中年の女が、困惑したような表情を浮かべながら希世に頭を下げた。茂太の母親だろう。

奥に見えている階段に向かおうとしたところで、割烹着（かっぽうぎ）姿の小柄な老婆がぬっと姿を現した。希世の前に立ちふさがるようにする。

その顔に見覚えがあった。いつかこの集落に往診に来たとき、庭先で言葉を交わしたことを思い出す。

イワは希世をにらみ据えると、口から唾を飛ばしてわめいた。

「オイには一目で分かっただ。自殺した女の霊が憑いてるだ。医者なぞ役に立たん」

茂太の妻と母親は、イワの剣幕に押されるように、身を縮めている。

「しかも、ジブンは野木ど。野木の人間に湊の赤ん坊は任せらんねえ」

老婆はそう言うと、階段をふさぐように両手を広げた。

なぜ、ここで野木の名が出てくるのか。よく分からない。でも、問い質している時間はない。

「ごめんなさい」

イワを押しのける。派手な悲鳴を上げたが、無視して階段を駆け上がる。

「茂太さん、どこ？」

声をかけると、すぐに襖の一つが開いた。

「先生、頼む。なんとか女たちから引き離して寝かせたども、ぐったりしてるだ」

顔をくしゃくしゃにしながら、茂太が言う。

赤ん坊は座布団の上に寝かせられていた。発作は治まっているようだ。でも、顔がずいぶん赤い。

希世は座布団の傍らに膝をつくと、赤ん坊の顔を注意深くのぞき込んだ。

「というわけで、お餅を食べるときには、十分に注意してください。質問がある方はいらっしゃいますか？」

教壇から、ぐるりと教室を見回したが、手を挙げる者はいなかった。

——家の中の寒暖の差が激しすぎると身体に障るから、脱衣所はできればストーブで暖めろ。エアコンの使いすぎで空気が乾燥するから、濡れタオルをそのへんにぶら下げておけ。

そんな話をパワーポイントを使いながらしたのだが、聞き手の反応は鈍かった。そもそも、六十ほど用意された椅子の半分も埋まっていない。天皇誕生日の恒例行事として学校の教室で開かれた健康セミナーは、今年は失敗に終わったようだ。

島民のどの程度が、昨夜の嫌がらせに関係している、あるいは嫌がらせがあったことを知っているのかは分からない。でも、今日の参加者の様子から判断して、自分に対する反感は収まっていないようだ。

「では、今日はこのへんで終わります。皆さん、お疲れ様でした」

そう告げると、参加者たちは、待ってましたとばかりに席を立ち、教室から出て行った。

こんなことなら、風邪でも引いたことにして、セミナーを中止すればよかったと思いながら、使用したノートパソコンを手早く片付け始める。

和也のことが気がかりだった。

今朝、和也は範子に昼食用のおにぎりを作ってもらい、ペンションで借りた自転車に乗って出かけていった。島のあちこちを回り、春美についての情報を集めてみるという。最初に向かったのは夕日の家だった。もうすぐ正午だ。首尾はどうだったのだろう。

周囲に人がいないことを確認し、携帯を取り出した。和也からメールが一本来ていた。

〈夕日の家では、特に情報はなかった。職員のおばちゃん連中に叩き出されたけど。この後、船着き場に行きます〉

携帯を閉じようとしたとき、声をかけられた。

「先生、ちょっとええな」

緑色の派手なダウンを着た雑貨屋の隠居が教室の入口に立っている。小柄ながら、血色のいい老人だ。

この隠居は、口裏合わせに協力した可能性がある。希世が昨日、和也と会い、二人でペンションに泊ったことも、耳にしているはずだ。

「はい、なんでしょう」

　警戒しながら言う。

「本宮ちゅう男はなんな？　夕日の家に押しかけたちゅうど」

　隠居は唾を飛ばしながら言った。

　希世は何も知らないふうを装って首をかしげた。

「えっ、そうなんですか？」

「何を嗅ぎ回ってるのか知らんが、あれはただの老人ホームよ。隠し事なんぞねえ」

　希世は、いかにも困っているような表情を作った。

「ですよね……。私も、あれこれ聞かれて迷惑してるんです。あの人の言ってること、メチャクチャですし」

　隠居の目が光った。

「あやつ、先生に、何ちゅうたな？」

　――待ってました、その質問。

　心の中でつぶやいた。こういう場合に備えて、昨夜、和也と打ち合わせておいたのだ。

――春美は、ぴんぴんころりのカラクリを暴いたために殺された。

和也は、そんな仮定のもと、島民に聞き込みをする。希世は、和也に腹を立てているふりをする。二人が手を組んでいることは、島民に悟らせない。

それが、和也の立てた作戦だ。そのほうが警戒されにくいという。もっともだと思ったので、同意した。

希世は隠居の目をまっすぐに見ると、慎重に口を開いた。

「病気になったお年寄りを殺してしまえば、ぴんぴんころりになるだろうって。とんでもないですよね。昔のことならともかく、今の時代、そんなことがあるわけないじゃないですか。そのことを暴いたからいとこは殺されただなんて、妄想もいいところだわ」

隠居は語気を強めた。

「その話、オイも聞いただ。今も昔も、この島でそんだこつ、あるわけねえ。殺人者よばわりは許せねえ。みんな頭にきてる。一刻も早く島から追い出さねば」

さっき湊周蔵が、藤尾夫妻のところに行ったのだと隠居は言った。今日はともかく、明日の宿泊をペンションが断れば、和也が明日の船で島を出ると考えたらしい。

「なのに、あの強欲なよそもんは、首を立てに振らんちゅう。先生からも、ひとこと言ってやってくんろ」

　隠居はそこで声をひそめた。

「そういえば、先生もペンションば泊まってるとか。家に出るって本当な？」

　神妙にうなずく。これも和也の入れ知恵だ。

「あの人の自殺以来、家に一人でいると、変な音が聞こえたりするんです。それで怖くなってしまって。気のせいだとは思うんですけど、眠れないよりは、外に泊まったほうがいいかなって」

「野木のあたりはいけねえ。ペンションも野木ど。宮根の宿に移ったらどうな」

　内心、首をかしげた。

　野木というのは、祖父の名字であり、山と神社の名前でもある。でも、集落の名だとは聞いていない。

「昔は野木って呼ばれていたんですか？」

　隠居は、うっと小さくうめくと、目を瞬いた。

「いや。神社や御山の近くちゅうことをオイは言いたかった」

　嘘だ。隠居は、地名か集落の名として野木を使っていた。しかも、まるで曰くがあるような……。

そういえば、茂太の家にいたイワという老婆は、「ジブンは野木ど。野木の人間に湊の赤ん坊は任せられねえ」と言っていた。ガソリンスタンドの虎雄も、希世が野木の家について聞こうとすると、はぐらかした。

自分にもつながる名に、どういう謂れがあるというのだろう。

「あの、野木っていうのは……」

隠居はわざとらしく腕時計を見た。

「あいや、もうこんな時間。家戻らねば嫁に怒られる」

そう言うと、逃げるように教室を出て行った。

学校を出ると、いったん自宅へ戻ることにした。今夜もペンションに泊まるつもりだが、着替えを取ってくる必要がある。

車を駐車場に駐めると、車の中から家の様子を窺った。静まり返っている。真っ昼間なのだから、何も起きるはずがないと自分に言い聞かせて車から降りると、勝手口のドアを開けた。

しばらくの間、顔だけ中に突っ込んで耳をすませた。仮に侵入者がいたとしても、気配を殺しているだろうし、のこのこと出てくるはずもない。念のために勝手口を開け放ったまま、家の中に入った。

風呂場、寝室のクローゼットなど、人が隠れられそうな場所をすべてチェックし終えると、安心したせいかお腹が鳴った。範子に昼食の用意は頼んでいない。作るのも面倒なので、カップラーメンですませることにする。

ダウンジャケットを脱いで、ダイニングの椅子の背にかけると、薬缶を火にかけた。お湯を沸かしている間に居間の窓を開け放ち、部屋の空気を入れ換える。乾いた風が頬に冷たかった。それでも日差しは柔らかだった。窓を閉めてエアコンをつけ、ソファでうたた寝でもしたくなるような午後だ。

そういえば、和也はいつまで島にいるのだろう。明日は水曜、高速ジェット船の就航日だ。それに乗って帰ってしまうのだろうか。

一人で島に残るのは、不安だが、今の状況で和也と一緒に島を出るわけにはいかない。

おかしなことが起きているという証拠は何一つないのだ。「なんとなく怖いから」という理由で職場放棄をすることは許されない。

今日中に全てが解決するとは思えなかった。せめて金曜日まで和也が残ってくれれば嬉しい。そうしてくれるような気もしていた。会社を何日も休むことになるが、双子同然に育った春美の死について、重大な疑惑が発生しているのだ。そして、うぬぼれかもしれないけれど、自分の身を案じてくれている。

ダウンジャケットのポケットの中で携帯電話が鳴った。窓を閉めダイニングに向かう。

かけてきたのは、信子だった。健康セミナーの参加者の集まり具合について尋ねた後、信子は言った。

「先生、本宮という男のことなんですけど……」

「信子さんの耳にも入った？」

「ええ。ぴんぴんころりにはカラクリがある、殺人じゃないかとか言って、今朝から島のあちこちで騒いでいるとか」

深いため息をついてみせた。

「私は昨日、カラクリなんてない、島の人に失礼だって、散々釘を刺したんですよ。なのに、夕日の家に押しかけたみたいで、前田のご隠居が憤慨してました」

「先生は、亡くなった方の親御さんのご連絡先、分かりますよね。電話してみてもらえませんか？　島から出るように、あの男を説得してほしいんです」

「今夜にでも電話しておきます。これ以上、妄想を垂れ流されては、たまらないですもんね。それはそうと、川元先生の資料庫の資料のことだけど」

今朝、信子に資料庫の棚が空だったと電話で告げた。すると、彼女は、そういえば川元から空だったと言い出したのだ。

そんなはずはない。確かに資料がつまっている様をこの目で見ている。

それに、空だというなら、なぜ信子は希世が川元勇一に鍵の場所を教えてもらうために電話をかけるのを止めなかったのか。おかしいではないか。

そう告げると、信子は「勘違いをしていたようだ」と言った。

嘘に決まっている。

そう思ったから、健康セミナーの前に、勇一に電話をかけた。勇一も、そんなはずはないと言って、驚いていた。

「勇一さんは、夏にお葬式で帰って来たときに、あそこに資料がいろいろ入っているのを見たそうですよ」

これでも、しらばっくれるつもりだろうか。

「そう言われても、なかったわけですからねえ。勇一さんの記憶が混乱しているんですよ。お葬式のときは、ずいぶん動転していましたから。年末年始に帰省したときに、一応、確認してもらったらいいと思いますけど、勘違いでしょう」

すらすらと出てくる言葉に、薄ら寒いものを覚えた。

周蔵、昭圭、黒田の次は信子か……。この島にはいったい何人の嘘つきがいるのだろう。

でも、島民全員が嘘つきだとも思えない。昨夜、赤ちゃんの容態が落ち着くと、茂太の妻と母親を二階に呼んだ。

規則正しい寝息を立てているところを見せ、憑きものなどではなく、赤ちゃんによくある引きつけだと伝えた。

茂太は女たちをたしなめ、あの老婆に二度と惑わされないように強く言った。そして、今夜のことは周蔵に伝え、二度とこんなことが一族の中で起きないようにするという答えが返ってきた。電話をかけてきたときとは打って変わって、父親らしい立派な態度だった。

毎日のように体操で顔を合わせる人たちにしても、個性はあるけど、いたって普通だ。

綿貫は、今朝も張り切って声を張り上げ、立原はジャイアンツの新コーチについての不満を長々と語った。そして、ストレッチが終わった後、いつものように皆で震えながら、まずいジュースを飲み干して解散したのだ。

島ぐるみで、殺人行為に加担しているとは、とても思えない。それとも、自分には人を見る目がないのだろうか。

「そういえば、信子さん、一つ教えてください。この辺りって、昔は野木と呼ばれていたんですか？」

「そうですよ。もう二十年以上も前のことですけどね」

「野木って、何かその……。曰く付きの場所だったの？」

「そんなことはありませんよ。住人がめっきり少なくなったものだから、空き屋を整理して更地にして、集落を大代に合併したんです」

「更地って、いつかお寺の昭圭さんが言ってた、いずれ島外から移住者を受け入れる地区のところ？」

「たぶんそうでしょう。でも、その計画はどうなんでしょう。あの本宮という男一人でもこんな騒ぎになるんだから、よその人がたくさん来たら、どんなことになるか……。考えただけで頭が痛いです。私もそうですが、この島の人間は、昔からの伝統を守りながら、静かに暮らしていきたいんです。ですから先生、電話のほう、お願いしますよ」

信子はそう言うと、会話を打ち切った。資料庫のことで騒ぐな、と言われている気がした。

夕方、ペンションに行き、藤尾夫妻と一緒に食事を取った。和也と顔を合わせたくないと言うと、範子が夫婦で使っている小さなダイニングに招いてくれた。

十一時過ぎにかすかなノックの音がした。返事を待たずに、和也が入ってきた。首にタオルをかけている。髪を洗った後、ドライヤーを使わなかったらしく、前髪がすだれのように垂れており、昨日より若く見えた。

和也は昨夜と同様、床の上にあぐらをかいた。

花柄のカバーがかかったベッドの端に腰をかけると、希世は言った。

「午後はどうだった?」

「いや、そうじゃなくて……。どこから話せばいいのか分からないんだけど」

春美を目撃したと証言した人物に会えたのだと和也は言った。

「えっ、そうなの?」

思わず大きな声を出してしまい、慌(あわ)てて口を手で覆(おお)う。

「でもなんで急に……」

誰かに話を聞けないかと思って、宮根のほうを自転車で回っていたところ、東の本家から人が出てきて、呼び止められたのだそうだ。

「泉通寺の住職が俺と話をしたがっているから、寺に行ってくれと言われた。願ったり叶ったりだろ」

希世はうなずいた。

「真相を吐かせてやると勢い込んで寺に行ったら、庫裏に通された。座敷で奥さんが出してくれたお茶を飲みながら待っていると、住職と一緒に、ヨボヨボのお爺さんが入ってきたんだ」

小柴と名乗ったその老人は、目撃証言をしたのは自分だと言った。

金曜の午後、寺にお参りをした後、健康のために周辺を散歩していたところ、寺の前を通り過ぎて登山口のほうへ一人で向かう女の姿を見たのだという。

「小柴さんは、よそ者と関わるのはどうしても嫌だから、自分の名前は伏せてくれと駐在所の黒田さんに頼んだそうだ。何年か前に心臓発作で倒れたらしい。幸い、たいしたことはなかったそうだけど、そのことを知っていた黒田さんは、小柴さんの気持ちを尊重して、島の人たちに協力を呼びかけたそうだ」

寺からの帰りに、駐在所にも寄ってみたと和也は言った。

「そうしたら、黒田さんにも謝られてしまったよ。小柴さんのことを心配してやったことだけど、結果的に俺に誤解を与えることになって、申し訳なかったって」

「ちょっと待って。それであなたは納得したの？」

小柴は、でっち上げられた証言者かもしれないではないか。そのことになぜ思い到らないのか不思議だ。

住職と話しているうちに、憑きものが落ちたような気分になったと和也は言った。

「俺を責めるどころか、心配してくれた。身内がひどい死に方をすると、遺族は心に変調をきたして、普段より猜疑心が強くなるんだってね。だから、俺が取った行動は、よく理解できるって」

胸にざわざわとしたものが広がった。

和也の頭の中にあるオセロの石が次々と引っくり返り、盤の色が変わっていくのが目に見えるようだ。

和也は、髪をタオルでぬぐうと続けた。

「そう言われてみると、そんな気もしてきた。俺はおかしくなっていたのかもしれない。春美が自殺したっていう連絡を受けてから、足元がふわふわしたかんじで、自分が自分ではないみたいだった」

小柴が帰った後、入れ替わるように、医事課の越本が現れたという。住職が呼び出したそうだ。

越本は、ぴんぴんころり運動について、説明してくれたそうだ。

絶海の孤島では、いったん病気になると、高度な医療を受けるのは難しい。島外に通院、あるいは入院するのは、金銭的に負担が大きすぎる。島内には当時は老人ホームもなく、寝たきりの病人が出ると、本人はもちろん、家族が大変な思いをする。死の間際(まぎわ)まで健康を維持したいという島民の切実な願いから、ぴんぴんころり運動は始まった。それに着目したキタムラメディカルが十年ほど前から、資金援助をしてくれるようになった。

希世が以前聞いた通りの話だ。

「住民の参加率の高さと継続性には目を見張るものがあるけど、特段、珍しいものでもないな」

希世は語気を強めた。

「でも、春美はあんなに熱心に取材をしようとしていたのよ」

だから、何かあると言ったのは、和也ではないか。

しかし、彼は気まずそうな表情を浮かべながら、うつむいた。

「そのことについて、改めて考えてみたんだけど……。春美はただ、希世と会いたかったたけなんじゃないのか？」

　上目遣いで言う。

「どういうこと？」

「あいつは僻地の支局に飛ばされることを異常に怖れてた。こんなところで一人で働いてる希世を見て、自分はまだマシだって思いたかったんじゃないか？　バリバリ働いている自分を見せつけてやりたいという気持ちもあったのかもしれない」

「春美に対して失礼なんじゃない？」

　思わず大きな声を出してしまった。

　メールは、以前の彼女からは、考えられないほど傲慢で、人間が変わったようだった。でも、いくらなんでも、そこまでひどい人間ではない。

　それより、和也が住職に丸め込まれてしまったことが問題だ。おかしな点がいくつもあるのに、そのことに目をつぶったまま、納得しようとしているように見える。

「何もなかったと結論を出すのは、まだ早いと思う。例えば……周蔵さんは、春美が島に来たことを隠していたじゃない」

「そのことについても、港で船着き場の人に謝られた。隠すつもりはなかったけど、結果的にそうなってしまって申し訳ないって。こっちの思い込みも激しかったから、責めるわけにはいかないけど」

オセロは、黒の優勢から白の優勢へと完全に変わった。無駄かもしれないと思いつつ付言する。

「資料庫のこともあるじゃない。何年も前に処分しただなんて、絶対に嘘。私、この目で見たんだもの。それに、車への嫌がらせだって」

和也は、ぼんやりとした目でうなずいた。

「嫌がらせのことはともかく、資料庫のことは、確かにおかしいな」

「そう思うでしょ？」

昼間、電話で信子と交わした言葉を伝えると、考え込むような顔つきになった。

「なるほど、見間違いか。そういうこともあるかもしれない」

絶望的な気持ちになる。

この人はいったいどうしてしまったのだろう。

「見間違えてなんかない。断言できる。それよりどうしちゃったの？　連中に丸めこまれているようにしか見えない」

つい、きつい口調になった。和也は一瞬、険しい目つきになったが、肩を落としてため息をついた。

「そっちのほうが、ひどい言い方じゃないか」

気まずい沈黙が二人の間に広がった。

十年以上経って、冷静さと頼もしさ、そして気配りを身につけたと思っていたけど、たいした成長ではなかったようだ。屁理屈をこねられているようで、かっかしてくる。

和也は軽く咳払いをすると、腰を上げた。

「ともかく、明日の船で帰る。仕事があるから帰らなきゃ」

この局面で帰ってしまうなんて……。

和也の滞在は、もともと明日までの予定だった。それでも、裏切られたような気分だ。

——私のことが心配じゃないの？

そう口に出しかけて、途中で止めた。

仕事を投げ出してまで、大昔に半年ほど付き合っただけの相手の身を案じる義理はない。

それにしても、不可解だった。春美の死の真相を突き止めようと、あれほど意気込んでいた和也が、こうも簡単に心変わりしてしまうとは……。

和也には、何か隠していることがあるのではないだろうか。

「春美は殺されたんじゃない、自殺だったたっていう証拠でもつかんだの？」

尋ねてみたが、和也は首を横に振った。

「混乱させてしまって、申し訳なかった。でも、カラクリなんてないんだよ。住職の話を聞いて俺は……」

もう十分だ。聞きたくない。言葉を継がせたくなくて、首を横に振った。

「それより、船は午後だけど、明日の朝はどうするの？」

「もう一度、野木山に登って、春美が自殺した現場に花を供えて来るつもりだ」

それで区切りをつけ、二度と島には戻らないのだろう。春美の死を自殺と片付け、自分の人生を再始動させる。

親しかったいとこは死んでしまった。何をしたって帰ってこない。しかも、今のところ、自殺ではなかったという証拠はない。

それでいいのかもしれないが……。

目の前にいる和也が、遠く感じられた。手を伸ばせば届く距離にいるのに、ガラスの壁で隔てられているようなかんじだ。何を言っても伝わりはしない。

胸の内に広がるモヤモヤとしたものを持てあましながら、希世は唇を噛み続けた。

「じゃあ、もう遅いから」

和也は「おやすみなさい」と頭を下げ、足音を忍ばせて部屋を出て行った。

ドアが閉まると、急にあたりがしんとした。耳が痛いぐらいだ。

ベッドの上にひっくり返って、天井を見上げ、自問自答をしてみる。

――私のオセロ盤の石は、今、どうなっている?

和也の話を聞いても黒のままだ。

一つ一つのことには、説明がつくように思える。でも、全てを考え合わせると、強烈な違和感を覚える。

春美は自殺であり、寝たきり老人を秘(ひそ)かに殺しているという仮説は間違っていたのかもしれない。

でも、何かがこの島で起きているのだ。前院長の資料庫の中身が希世の目に触れないように処分されているのが、何よりの証拠だ。

健康プログラムと関係する何か……。

和也が島を去っても、追及を止めるわけにはいかない。

そのとき、携帯が鳴った。母からだ。夕食後、実家に電話をかけ、手が空いたらコールバックしてくれと留守番電話にメッセージを残してあった。

「遅くなってごめん。今日は珍しく遅くまでお客さんがいてねえ」

食べながら話をしているのか、電話ごしに変な音がする。

それを聞いているうちに、気持ちが和んだ。母は一人でも元気にやっているようだ。

「で、聞きたいことって何？」

「うん。おばあちゃんが住んでて、お母さんが生まれた家って、浦辺にあったんだよね」

「浦辺の外れのほう。まだあの家、あるのかな。でも、なんでそんなことを聞くの？」

「名字が野木なのに、なんで浦辺に住んでたんだろうって思って。おじいちゃんは、婿養子というわけでもなかったんでしょ」

「野木の家は、あんたのおじいちゃんの実家」

当時は祖父の兄が生きており、別棟を建てる余裕もなかったので、空き屋があった浦辺に住むことにしたのだろうと母は言った。

「野木って、診療所や私のうちがあるあたりだよね。だいぶ前に、住人がほとんどいなくなったから、大代に合併したんだって。おばあちゃん、そんなこと言ってなかった？」

「聞いてないねえ。おばあちゃんが島を出た後のことかもしれない。まあ、野木でも大代でもいいじゃない」

「野木一族にはタブーがあったりしない？」

イワという老婆に「野木の人間に……」と言われたことを打ち明ける。

母はイワを覚えていた。当時からうるさ型で、近所で煙たがられていたらしい。

「まるで、私が穢れているとでも言わんばかりだった。だから、気になってるの。迷信なんて気にしないけど、事情をまったく知らないっていうのもね」

「タブーってほどのものではないと思うけど……。野木が最初に島に渡ってきた家の一つだってことは知ってる？」

「それは聞いた。おじいちゃんが生きている頃までは、今の御三家に野木を加えた御四家だったとか」

野木集落は、野木山で働く人たちが暮らしていたのだと母は言った。

「野木山は、御山って呼ばれてるでしょ？　よく分からないけど、神聖な場所なんだって。野木集落は、他の集落と野木山との緩衝地帯みたいなもので、野木一族以外は、用がないのに近づいてはいけないことになってた。おばあちゃんと私が浦辺に住んでいたのも、おばあちゃんが湊の人間だからかも。本家に近い男が野木と無関係な女を嫁に迎えるのは珍しかったようだから」

近親で婚姻を繰り返すと、子どもに遺伝的な影響が出る恐れがある。実際に出ていたのかもしれない。しかし、集落外の人間を内に入れたくない。そんな事情から、祖父は浦辺で暮らすことになったのかもしれないと母は言った。

「山で働くって、どんなことをするの？　椿畑は小盛山にしかないよね」

「材木を切り出したり、炭を焼いたり……。山菜やキノコなんかを採ってきて売る人もいたわ。御山の神様からの頂き物だとかなんだとか、もったい付けて売るのよ。それを言うなら、魚だって海の神様からの頂き物じゃない。浦辺の人間は、魚を気前よく分けてたわ。そういうところも含めて、野木はなんかこう、嫌なかんじがしたことは確かだね」

母はしばらく考えた後、自分の知らないこともあるだろうと言った。

「あの島には、よく分からないことがいろいろある。迷信だらけだからね。いちいち知りたいとも思わなかったけど」

「ちなみに、ウチは野木のなんだったの？　本家とか分かれとかで言うと」

「私がいた頃は、分かれだった。お父さんの伯父さんが本家。ただ、最後はお父さんが本家の当主だったみたいだね。元の本家に跡継ぎがいなくて、当主の座がお父さんのお兄さんから、お父さんに回ってきたみたい。おばあちゃんが、詳しく話したがらないから、私もあまり聞かなかったけど」

　理不尽な仕組みだから、祖母は思い出したくもなかったのだろうと母は言った。

「私が、子どもの頃、おばあちゃんは湊の家で苦労してたもの」

　野木の分かれであっても、湊一族ではヒエラルキーの最下層になるのだそうだ。

「本家の下働きにしょっちゅう駆り出されてた。本家のおかみさんは、座敷でふんぞり返って、命令だけしてるんだから、そりゃ面白くなかったでしょうよ。十年ほどだったけど、おばあちゃんがこっちで楽しそうに暮らしてくれて、本当によかった」

　祖母が鞄一つで突然、現れたときには、母も希世も、当時生きていた父も戸惑った。しかし、祖母は食堂の二階で寝泊まりして、母を手伝いながら、地域の人たちに溶け込んでいった。最初は、なまりを気にして口数も少なかったが、言葉に慣れるにつれて友だちも増え、休みともなれば、観劇や寄席に出かけるようになった。

「今は、島でもそこまで厳しい上下関係はないみたいだけどね」

「そうでしょうよ。そうでなきゃ、本家以外の人間は、どんどん島を出てしまう」

「だよね。それより、もう一つ。今、ここって寝付いている人がものすごく少ないんだよね。みんなで運動をしたり、食事に気をつけたりしているせいだと思うんだけど。

お母さんの小さい頃って、どうだったか覚えてる？」

「どうって？」

「寝たきりの人とか、いなかった？」

「いたわよ。浦辺にも何人かいたわ。ヘルパーさんとかいないから、おばあちゃんみたいな立場の人が、介護に駆り出されるわけよ。私もあの島に残っていたら、本家の誰かと結婚しない限り、そういう運命だったのよね。そういえば……」

カズエという女性を知っているかと母は尋ねた。

「そっちにいた頃の親友なんだけど」

「ちょっと分からないな」

島を出てから一年ほど、手紙のやり取りをしていたそうだ。

「カズエちゃんも、島を出たがってた。でも、どうしたって家出みたいになってしまうからね。私と違って、優しい子だったから、踏ん切りをつけられなくて迷ってた。いつでも力になるって言ったんだけど……。」

母は、自分の居場所を親に知られたくなかった。カズエは、母と連絡を取っていることを秘密にしたかった。そこで、母は別人になりすまして文通したのだという。島に二年間赴任していた女性教師に頼み込み、その教師の名前と住所を使わせてもらっていたのだが、ある日、カズエの両親から、その教師に問い合わせが入ったそうだ。カズエの両親は、母と文通しているのではと疑っていた。

「先生が、しばらくは、お互い連絡を取らないほうがいいと言って、カズエに事情を手紙で説明してくれたんだけど、それきり音信不通になってね」

　島を出て八年目に結婚して姓も住所も変わったとき、もう連れ戻されることはないと思い、両親とカズエにそれぞれ結婚を報告する手紙を出したが、返信はなかった。

「その人の名字は？」

「結婚してたら変わってるでしょ。でも、湊の分家のカズエって言えば、分かると思う」

　そう言われて思い出した。

　亡くなった湊町子の付き添いだった女性は、和江という名だった。

「その人なら知ってる。結婚したけど、旦那さんが亡くなって、湊に戻ったみたい」

「ああ、そうなんだ。でも、ちょっと寂しいな。あんたが私の娘だってことは、みんな知ってるんでしょ。和江ちゃん、私のことをあんたに聞いてくれなかったんだ」

　それは、お互い様というものだ。母だって、今まで和江のことなど、一言も言わなかった。

「和江ちゃんに会ったら伝えといて。今でも島を出るつもりがあるなら力になるって。私の電話番号も教えといてよ。……それにしても、今日のあんたは、ちょっと変だね」

「変?」

「やっかいなことでも起きてるの?」

母親ならではの勘かと思ったが、考えてみれば、大昔に島を出た母にあれこれ尋ねたのだから、不審がられて当たり前だ。

「たいしたことじゃないけど、人間関係が難しいから」

心配させてはいけないと思い、適当にごまかそうとしたが、母は真面目な口調で言った。

「余計なことに首を突っ込まないで、適当に受け流したほうがいいよ。今はどうか知らないけど、当主に逆らったら袋だたきに遭うようなところだったからね。告げ口みたいなことも、しょっちゅうあった。あんたは、おばあちゃんの孫で私の娘だから、快く思わない人もいるでしょうよ。島を捨てた人間に対する憎悪(ぞうお)ってあるはずだもの」

「うん……」

たぶん、今はそのことが問題ではない。でも、告げ口どころか監視までされている。この島は、母のいた頃から変わっていないのかもしれない。

まとわりつくような陰湿な空気を嫌って、母ばかりか祖母も島を出た。そんなところへ、のこのこと来てしまったことを今さらながら後悔する。でも、来てしまった以上、責任は持たなければならない。

「分かってる」

「あんた、本当に変だよ。何かあったんじゃないの？　一度こっちに戻ってきたら？　お正月だしさ」

「今年は無理」

川元勇一は大晦日(おおみそか)に島に帰ってくるそうだ、二日には東京に戻る。年末年始は、年寄りがはしゃいで餅(もち)を喉(のど)に詰まらせたりしがちだから、医者が一人もいない状態にはしたくない。

でも、和也がいないこの島で、嘘(うそ)をつく人たちと一人で対峙(たいじ)するのは不安だ。正直言って恐い。

「お母さん、よかったら、こっちに来ない？」

思わず口に出していた。

「最近では、若い人は結構島を出てる。そういう人は、普通に里帰りしてるみたいだよ」

しかし、母は島には二度と行かないと言った。

「じゃあ、カズエちゃんのこと、よろしくね」

母はそう言うと、今度こそ電話を切った。

5章　祭りの夜

和也が東京に帰ってから、三日が過ぎた。今日は土曜日。年内最後の診療日なので、診療所は午前中で閉めることにした。もっとも、もう昼が近いというのに、患者は二人しか来ていない。ほとんど開店休業状態だから、開けていてもしかたがない。

和也が帰ってしまった直後は不安でしようがなかったのだが、和也が島を出ると希世に対する島民の態度は変わった。和也を追い出すのに、希世が一役買ったという噂が流れたらしい。前田屋の隠居と話をした際に、「ぴんぴんころり運動のカラクリは殺人」という和也の説を明確に否定してみせたのも、信頼を回復するのに役立ったようだ。

ひとまず危険はないと思い、昨日から自宅に戻っている。

ただし、和也のように何事もなかったなんて思ってはいない。春美の死、そしてぴんぴんころりのカラクリについて、徹底的に調べるつもりだ。

診察器具の整理をしている信子のほうをちらっと見る。

彼女や周蔵、昭圭、そして黒田は嘘をついている。彼らは、希世が疑いの目を向けていることを知っている。おそらく、監視は続いているはずだ。しばらくの間は、目立った行動は控えたほうが無難だ。警戒が緩んだ頃合いを見計らって動き出したほうがいい。それまでは、外堀を埋めるつもりで小さな情報をそれとなく集めるだけでいい。

キリキリと動き回る気にはなれない理由は、他にもある。島は昨日から年末ムードに包まれていた。

学校の校庭には、どこから引っ張り出したのか、屋台が並び始め、体育館の壁には、子どもらの手によって、色紙で作った花が飾り付けられた。

この島では、暮れも押し詰まった二十八日に祭りが開かれるのだ。祭りといっても神社とは無関係で、イベントのようなものだという。学校に通う子どもたちや、老人会による合唱や楽器演奏、そして演芸会がある。

何もこんな寒い時期にと思うが、立原登によると、帰省する家族や親戚に、日頃の練習の成果を見てもらいたいということから、二十年ほど前に有志が始めたそうだ。

年が明けたら、元旦の明神様への初詣を皮切りに、三日には書き初めを島民全員が行い、明神様に各自が奉納する。一月二十四日は例の海難法師の日だ。どれも神事として厳粛に行われるものなので、年内に陽気に騒ごうという意味合いもあるらしい。診療所でも、誰がどんな出し物に出るとか、地区ごとに出す屋台の料理についての話題で持ちきりだった。御三家が、ここぞとばかりに張り合って、豪華な食材を提供し、タダ同然で飲み食いができるらしい。

明日はゆっくり祭りを見て回ろうと思いながら、診療を終えた。

信子に何気なく尋ねた。

「息子さんは帰省するの？　東京の看護大に通ってるんだったわよね」

信子は手を止めると少し笑った。その様子が、あまりにも寂しそうだったので、驚いた。

こんな生々しい表情を浮かべるのを初めて見た。聞いてはいけない話題だったのかもしれないと思いながら身を縮めていると、案の定、信子は言った。

「戻ってきやしませんよ。東京がすっかり気に入ってしまったみたいで」

だとすると、母の後を継いで、この診療所で働く気もないのだろう。

だったら、島の秘密などどうでもいいじゃないか。嘘をついてまで守る必要はないはずだ。

　そう口に出かかったが、飲み込んで世間話を続ける。

「じゃあ、お正月は東の人たちと？」

「そうですねえ。本家に挨拶に行ったり、台所を手伝ったり。何かと忙しいんですよ」

「じゃあ、寂しくないですね」

　濃密な親戚付き合いも、悪い面ばかりではないのだろう。

　そういえば立原夫妻は、静岡に嫁いだ娘が身重のために帰省しないから、今年は二人きりの正月だと嘆いていた。

　信子が挨拶をして部屋を出ると、希世は電話の受話器を上げた。手帳を見ながら、いつか控えた和江の携帯電話の番号を押す。

　和江はすぐに出た。

「一ノ瀬先生、どうなすったな」

　驚いた声で言う。

「昨日、母と電話で話していたら、和江さんの話が出たので、ちょっとお話ししたくなって」

「ああ、藤世ちゃん。食堂やってるとか聞いたけど、元気な?」

その程度の情報は、島にも入ってくるのだ。

「おかげさまで。食堂はたいして儲かってませんけど、母一人が食べていくぐらいはなんとか」

父が十年前に亡くなったことを話すと、他に話題もなかった。

「母が、和江さんと話したがってました。できたら、電話してやってもらえませんか? あるいは、この番号を母に教えてもいいでしょうか」

和江は少し考えた後、それは具合が悪いと言った。

「藤世ちゃんが元気にやってると分かれば、それでええ」

周蔵は島を出た人間を快く思っていない。湊の一人として暮らしている以上、周蔵の心証を損ねたくないのだと和江は言った。

和江の立場を考えると、無理強いはできなかった。

「あと、これは私からのお願いなんですが、ちょっとお聞きしたいことがあって」

「もしかして、あの本宮とかいう男が言ってたことかな? あんなデタラメを真に受けたらいけねえ。それこそ、周蔵さんが頭から湯気出して怒りなさるよ」

「あんな話、信じるわけないじゃないですか。そうじゃなくて、野木について教えてください。野木の人って、もう誰も残っていないんですか？」

「本家が終わったちゅうことは、分かれもねえ」

何代も遡れば、つながる人間がいるだろうが、それはもはや野木の者ではないと和江は言った。

そのとき、ドアの外でかすかな音がした。誰かが盗み聞きしているのだろうか。全身を耳にしてドアの外の様子をうかがう。

「でも、なんでそんなことを？」

「なんとなく気になったものですから」

そう言いながら、足音を忍ばせてドアまで行き、一気に開け放った。

人の姿はない。

張り詰めていたものが、一気に緩む。しかし、すぐに恐怖がこみ上げてきた。もし、誰かが目の前に立っていたら、どうなっていたか。和也が帰ってしまい、今は相談できる相手すら、周りにはいないのだ。

「どうかしたな？」

「あ、いえ。猫か何かが、いるような気がしたものだから」

「ああ、この島は多いから」

和江は興味なさそうにそう言うと、電話を切った。

外に出ると、すでに辺りは暗かった。念のために辺りを見回す。

人の気配はない。さっきドアの前で音を聞いたと思ったのは、気のせいだったのだろうか。

自宅に向かって歩き始めようとしたところで、ぬっと人影が現れた。

思わず悲鳴を上げる。

「先生、オイど」

陽気な声がした。

「登さん！ どうしたんですか？」

身体（からだ）の具合でも悪いのかと思ったら、そうではなかった。

「今夜よー、ウチでキタムラメディカルの若いもんと、飯食うだ。先生も一緒にどうかと思って。覚えてるな？ 田之倉君。前に体操の後で会った」

田之倉は祭りのために島に来たのだという。宿泊している宮根の民宿まで、多恵が車で迎えに行っているそうだ。

「綿貫さんと、あと二、三人が来ることになってる。賑（にぎ）やかなほうが、楽しいずら」

「田之倉さん、わざわざ、お祭りのために島に来たんですか？」

「おおよ。キタムラは、去年から屋台を出してくれるようになってよ」

会社は明日から年末年始休暇だろうに。田之倉のことを気の毒に思った。

「ともかく来さい。待ってっど」

登はそう言うと、先に立って歩き始めた。

苦笑しながら、登の後に続いた。

自宅で一人、悶々と考えるよりは、登たちと賑やかに過ごしたほうがいいような気がする。酒飲み話のついでに、聞けることもあるかもしれない。

それに、田之倉が来ているなら、親しくしておきたかった。よそ者がそばにいると心強い。

登が振り返り、陽気な笑みを浮かべた。

「先生も、ようやくまともな島の料理が食えるど。ツシマ菜も、ちゃーんと料理すると、美味いもんよ」

「楽しみです」

そう言うと、登は満足そうにうなずいた。

喉（のど）の渇きで目が覚めた。カーディガンを手早く羽織って、ダイニングキッチンに向かう。

昨夜は、一時近くまで飲んでいた。たいした量は飲んでいないが、悪酔いした原因は、おそらくツシマ菜を干してからつけた焼酎（しょうちゅう）のせいだ。綿貫のお手製で、「身体にいい。薬酒みたいなものだ」と言って勧められたのを真に受けたのが間違いだった。冷蔵庫からペットボトルを出して、水を飲んだ。喉が渇いているのに水が身体に吸収されていくようなかんじが全くない。胃が荒れてしまっているのだ。つまりは、完全な二日酔いなのだ。診療所に経口補水薬を取りに行く元気もない。

希世ばかりでなく、田之倉も相当飲まされていた。今頃、ペンションの部屋で小花模様のベッドカバーにくるまりながら、うなっているのではないだろうか。

遠くから太鼓の音が聞こえてきた。熟達した人間が叩（たた）いているようで、いかにも陽気な音だった。

時計を見ると、ちょうど九時。祭りが始まったのだろう。

外は快晴で、真冬とは思えないほど、暖かな日だった。絶好の祭り日和（びより）だ。

昨日、立原登にもらったチラシによると、午前中は体育館において、老人会による演芸会、その後、小学生の合唱発表会がある。

屋台の開店は十一時。練り物工場がある浦辺はおでん、椿の栽培が盛んな宮根は、椿油を使った特製の天ぷら。大代北は焼きそば、大代南は島寿司と味噌汁を出すのが、恒例になっているとか。昨年、ホットドッグの屋台を初出店したキタムラメディカルの田之倉は、今年は洋風お好み焼きを作るのだと張り切っていた。

午後には中学生による吹奏楽演奏があり、夕方には校庭の砂場でキャンプファイアーという盛りだくさんの内容だ。

昼ごろ、食事を兼ねて様子を見に行くつもりだったが、この様子では無理かもしれない。食べ物の匂いを想像するだけでも、吐き気がしてくる。

——今日はゆっくり家で過ごそう。

そう思いながら、居間に移る。テレビ台の引き出しから、胃薬を出して、ペットボトルの水で飲んだ。これでいくらかマシになるだろう。

ソファに横になると、そのへんにあった膝掛けを身体に巻き付け、テレビのスイッチを入れる。

画面に映し出されているのは、年末大売り出し真っ最中のアメ横の様子だ。まるで別世界のように見える。希世にさえそう思えるのだから、島の人々にとっては、なおさらだろう。

目を閉じると、昨夜のことを思い出す。

酒はともかく、多恵の料理はどれも素朴で美味しかった。特に、白身魚を塩ダレに漬けてネタにした島寿司が気に入った。屋台で出すために仕込んだものを多恵が味見だと言いながら、少しだけ出してくれた。

伊豆諸島の寿司といえば、醤油ダレを用いる八丈島のものが有名だが、塩ダレの通島のものもなかなかだった。わさびの代わりに使われている青唐辛子のぴりっとした辛さが、魚の味を引き立てている。

多恵によると。各家庭によって、タレの味は微妙に違うのだという。多恵の作るものは中でも評判で、明日、屋台で出すネタも、大半を多恵が仕込んだらしい。

ツシマ菜製品より、こっちのほうが特産品になりそうだ。保健所の許可が出るかどうかは分からないが、定期船の船着き場で弁当として売り出せば、人気が出るかもしれない。田之倉もそう言って、タレの作り方や、切り身の漬け込み方を熱心に尋ね、台所にまで見学に行っていた。

和也の話題も出た。すでに島を出ているせいか、彼のことを悪し様に言う人はもうおらず、むしろ、同情の声が多かった。

——自殺した人の家族が、情緒不安定になって、あることないことを騒ぎ立てた。

迷惑だったけれど、考えてみれば、気の毒な人だった。

島の人たちは、和也のことをそんなふうに片付けることにしたらしい。

野木についても尋ねてみた。酒を飲んでいるせいか、家系の話題なのに綿貫や登の口は普段より軽かった。しかし、皆、口をそろえて記憶にあまりないと言った。

このあたりは、戦後になって、土地が少ない宮根や大代の北部から移り住んできた人が多いという。行政区分上は野木集落ということになっていたが、住民は野木家とは無関係だったそうだ。野木家の人たちは、集落の南のほうに固まって住んでおり、他の人たちとの交流もあまりなかったそうだ。

ただ、昨夜、初めて知ったこともあった。

二十五年前に亡くなった祖父は、病死ではなく、事故死だった。磯(いそ)で釣りをしていたところ、高波にさらわれたという。

祖母にも母にもそんな話は聞いたことはなく、病死だと思い込んでいたから、意外だった。

「美世さんは、海を見ると悲しくなるって言ってたらしい。といっても、ここは島ど。海は毎日、目に入る。島を出たと聞いたときには、あの年でと驚いたども、無理もねえちゅう気もしただよ」

綿貫は、いつになくしんみりとした口調で言った。

そう言いながらも、ツシマ菜の酒を手ずからつぎ足すものだから、ついつい飲み過ぎてしまったのだが……。

悪心(おしん)から逃れるには、眠るほかない。起きたら、少しでもマシになっていることを祈りつつ、希世は目を閉じた。そういえば昨夜、和也から携帯に着信があり、メッセージが残っていた。先日とはうって変って希世のことを心配していたが、コールバックはしていない。安全地帯から、同情めいた言葉をかけられても腹が立つだけだ。


お昼を少し過ぎた頃、立原登がやってきた。

顔を見せないので、心配して様子を見に来たそうだ。苦笑しながら二日酔いだと言うと、遅くまで引き留めて悪かったと恐縮し、屋台で買ったというおでんを渡して去っていった。

お腹(なか)が空(す)いていたので、小鍋(こなべ)で温め直し、消化が良さそうなはんぺんだけ食べた。味がしっかりしみていて、美味しかった。

吐き気は収まったものの頭痛は続いている。シャワーを浴びてから、寝室で本格的に寝ることにした。

電話の音で目が覚めた。仕事用の携帯だ。置き時計を見ると、すでに午後九時を回っている。

よく眠ったせいか、体調はすっかり快復していた。

「はい、診療所の一ノ瀬です」

寝起きだと悟られないよう、はっきりとした口調で言う。

「宮根の今田(いまだ)です。椿油の工場をやってる」

すぐに分かった。先月、工場で怪我(けが)をして、診療所を訪れた。職人らしく無口な五十代の男性だ。

「どうされましたか?」

八十代の母親の腹痛と下痢が尋常ではないと言った。

「さっきから吐き始めてしまってよ。これからそっちに連れて行ってもいいな?」

ぐったりしてるので心配だと今田は言った。微熱があるらしい。

「水分は取らせていますか?」

「ええ。でも、飲む端(はし)から吐くもんでどもならねえ」

高齢でもあるので、至急診てもらいたいと今田は言った。

「分かりました。すぐに診療所に向かいます。十五分後に来てください」

そう言って電話を切る。

着替えをしていると、再び電話が鳴った。嫌な予感がした。

屋台が開店してから、およそ十時間が経っている。

案の定、電話の相手は言った。

「さっきから、ひどい腹痛でよ。下痢が止まらん。今から診てもらえると助かるだども」

発熱も嘔吐もないと相手は言った。

屋台で出した食べ物の何かが悪かったのだ。冬場とはいえ、今日の日中の気温は二十度近くあった。

「水分を十分に取って安静にし、様子を見てください。下痢止めや吐き気止めを服用すると、かえって悪化する恐れがあるので控えてください」

「痛くて我慢できないから、こうして頼んでるだよ。何か薬を出してもらえんな」

相手は怒りを抑えるような声で言った。

症状と潜伏期間から考えて、腸炎ビブリオ、ウェルシュのいずれかだろう。食中毒に特効薬はなく、対症療法が基本だ。その代わり、健康な成人ならば一日かそこら辛い思いを我慢すれば、大半が快復する。

心配なのは、体力や抵抗力が弱いお年寄りや幼児だった。今田の母親のようなケースだ。

そのとき、キャッチホンが入ってきた。

「すみません。ともかく、脱水症状にならないように気をつけて。吐いてしまって、水分を取れないようなら、点滴をしますので、来院してください」

信子に連絡して応援を頼まなければ。

そう思いながら、電話を切り替えた。

診療所に着くと、点滴用のラックの用意を始めた。しかし、その間にも、電話が鳴り続けるので作業がなかなか進まない。

今田がぐったりとした母親を連れてくるのと同時に、信子が姿を現した。

今田の母親を診療台に寝かせている間に、信子は手早く手指を消毒した。

「食中毒ですかね」

「間違いないと思う。今さっき、七件目の電話が入ったんです。腸炎ビブリオかウェルシュでしょう。健康な大人なら、家で水分取りながら安静にしてれば治るわ。お年寄りや幼児の治療を優先します」

「分かりました。点滴の用意は私がしますから、先生は役場の越本さんに電話してください」

「越本さんに？」

「集団食中毒が発生した可能性があることを伝えて、島内放送で呼びかけてもらうんですよ。健康な成人は、水分を取って安静にしていれば、時間とともに快復するけど、高齢者や小さな子ども、あるいは水分を取れなくてぐったりしている人がいたら、診療所に連れてくるようにって。あとは、水分はできればスポーツ飲料がいいとか」

確かにそうだ。そうしないと、電話が鳴り続けるだろうし、そのうちしびれを切らした患者が次々と現れ、診療所はパンクする。

信子が冷静で助かった。

「分かりました。じゃあ、信子さんは点滴バッグの用意をお願いします」

そう言いながら、体温計を今田の母親の腋に差し込むと、デスクの電話に手を伸ばした。

電話を終えても、信子が戻ってくる様子はなかった。

今田の母親が苦しげにうめいている。顔面は蒼白だった。体温計を確認する。三十八度。熱がそれほど上がらないところをみると、やはり腸炎ビブリオかウェルシュのいずれかだろう。

「先生、点滴はまだな?」

今田が心配そうに言う。

「ちょっと見てきます」

受付の奥にある薬品庫に向かうと、信子が踏み台に乗って、棚の上から段ボール箱を下ろしているところだった。

「何やってるの?」

そう言いながら、点滴バッグを積んであるはずの場所を見た。同時に、血の気が引いていった。

「どうしてないのよ!」

「私も分からないんです。二十ぐらいは残っていたと思うんですけど……」

信子はそう言いながら、下ろした段ボール箱を開け、中を改め始める。

段ボール箱になんか、しまっていない。昨日まで確かに棚に載っていた。それが全て消えてなくなるなんて……。

「先生!」

悲鳴のような今田の声が、診察室から響いてきた。

同時に、玄関のドアが開く音がした。新たな患者が来たのだ。これから、どんどん増えるかもしれない。

点滴が行えないとなれば、どうすればいいのだろう。

希世は呆然とその場に立ち尽くした。

ノックをして村長室に入ると、執務机に着いていた泉沢昭洋が、鋭い視線を投げかけてきた。ビロード張りの古めかしい椅子は、小柄な昭洋には不釣り合いで、まるで大人の椅子に幼児が座っているようにしか見えない。

机の角のところでは、医事課の越本がかしこまって立っていた。大晦日だというのに、二人ともスーツ姿だ。希世も、今日は珍しくジャケットを羽織っている。

今朝、十二年ぶりに発生した集団食中毒について報告するようにと越本から電話がかかってきたのだ。ジーンズで出向くのははばかられたため、クローゼットの奥からジャケットを引っ張り出した。

「まずは、説明をばしてくんろ」

昭洋が重々しい口調で言う。立ったまま、話をさせるつもりらしい。希世は淡々と説明を始めた。

祭りの夜、診療所を訪れた人は、十二人。嘔吐と下痢に苦しみながら、自宅で夜を過ごした人たちは、その数倍に上るとみられる。

重症者は今田の母親と、浦辺の老人の二人だった。点滴ができなかったため、診療所に入院してもらい、希世自ら容態を見守りながら、水分を経口で補給した。

翌日、つまり一昨日の朝一番に、越本が大島に渡った。湊周蔵に頼んで、船を出してもらったのだ。大島の病院で点滴バッグを分けてもらい、昼前に島に戻ってきた。

それを二人に点滴したところ、容態は目に見えて良くなった。二人とも家族と同居していることもあり、昼過ぎには家に帰した。

以降、何人かの患者が診療所を訪れたが、二十九日の夕刻以降、新たな患者は出ていない。

原因となった細菌、あるいはウイルスについては、現在究明中だ。屋台で販売した各食品のサンプルを大島の保健所に郵送した。結果が出るのは、年明けとなる。

「何が原因だったのかは、まだ分からんちゅうことな」

「ええ。予断でものを言うのは、差し控えさせて下さい」

患者やその家族に、屋台で何を食べたか確認したところ、全員が島寿司を口にしたようだった。患者の症状も、生の魚介類で発生する腸炎ビブリオと一致する。

保健所の検査結果が出るまで、迂闊な発言は出来なかった。島寿司から菌が出なかったら、重大な過失となってしまう。

腑に落ちないこともあった。腸炎ビブリオが発生するのは、主に夏場だ。二十八日は冬にしては暖かい日だったけれど、それでもせいぜい二十度弱だった。菌が活発に増殖するとは思えない。

希世自身が前夜、ネタを仕込むところを見せてもらったという理由もある。多恵は、「人様に出すものだから、万一のことがあったらいけない」と言って、細心の注意を払っていた。布巾ではなく、紙タオルを使用。まな板や包丁は熱湯消毒していた。ネタはタレに漬けた後すぐ冷蔵庫に保管していたし、販売時には近隣の家のクーラーボックスを総動員すると言っていた。

買った後の管理が悪かった可能性はある。他の食べ物、たとえばおでんあたりから、別の菌が出る可能性もあった。寿司と違って火を通すから油断しがちだけれど、大量に作り置いたおでんやカレーは実は危ない。ウェルシュ菌が増殖して食中毒を引き起こすケースが時々ある。

「そういう次第です。ご心配をおかけしました」

そう言いながら、頭を下げると、昭洋はうなずいた。

「一人の死者も出さずにすんで、ほっとしただ。ただし、終わりよければ全てよし、というわけにはいかねえ。重症だった二人が点滴なしで持ちこたえられたのは、単に運がよかったからずら。一昨日は凪だったから、難なく大島まで行けたが、荒れてたら、どうなったことか」

「おっしゃるとおりです」

「だったら、なぜ点滴を切らせたな？　電話一本で何でも手に入る本土とは、事情が違うちゅうことを知らんわけでもないだろうに」

希世は、拳を握りしめた。

「点滴バッグは、前日まで十分ありました。誰かが勝手に持ち出したんです。越本さんにはそう説明しましたし、黒田さんには盗難届けを出しました」

昭洋は、皺深い顔を歪めると、首を横に振った。

「消えるだなんて、そんなことあんもんだな。注文し忘れたに決まってる。黒田によると、東の信子は平謝りだったちゅうど」

なのにお前はなぜ言い逃れをするのかとでも言うように、昭洋は希世をにらみつけた。

希世はまっすぐ相手を見返した。

「在庫記録とカルテを確認しました。そのコピーを黒田さんにもお渡ししてあります」

最後に点滴を行ったのは、十月末日。下痢がひどくて衰弱していたお年寄りに一パック使用した。

その時点で、残りは二十三パックあった。

「管理責任はあると思います。ただし注文のし忘れではありません。盗難に遭ったんです」

使用頻度が高い医薬品を切らすなんて、医師にとっては大恥だ。信子がどういうつもりで謝ったのかは知らないが、自分は絶対に認めない。

「しかし、誰がそんなことを。そんなもんを持ち出したって、役に立たんだろうに」

ぶつぶつと文句を言う昭洋に向かって、越本が何度も細かくうなずいた。

希世が真っ先に疑いを向けたのは、診療所の鍵(かぎ)を持っている信子だった。

ただ、今回に限っては、彼女の仕業とは思えなかった。下痢に伴う脱水症状は珍しくない。点滴バッグは診療所の必需品だ。誰かに持ち出すように言われても、きっぱり断るのではないか。彼女は何かを希世から隠そうとしていると思う。でも、島民を危険な目に遭わすことまではしないと思うのだ。

あの日、信子は必死の形相で段ボール箱を改め、点滴バッグを探していた。あれが演技だとはとても思えない。

それよりは、鍵を持っている人間が他にもいると考えたほうがしっくりくる。例えば、いまここにいる越本。希世が赴任してきたとき、鍵は越本から渡された。彼がスペアキーを持っていたとしても驚かない。

しかし、彼にしても、島の人を危険な目に遭わせるような行為に手を染めるとは思えなかった。

仮に二人のうちのどちらかが点滴バッグを持ち出したとしても、その理由となるとさっぱり分からない。咄嗟（とっさ）に考えたのは、自分に対する嫌がらせだ。実際、こうして呼び出され、村長に詰問（きつもん）されているのだから。

しかし、それでは筋が通らないことにすぐに気付いた。希世が今、窮地に陥っているのは、食中毒が発生したからだ。何事も起きなかったとしたら、診療所を再開する五日に異変に気付き、点滴バッグを発注した。それでは打撃にはならない。

食中毒を人為的に起こすのは可能だろうが、そうなると、やはり同じ疑問に突き当たる。

島民の生命に危険を及ぼすような行為を、信子や越本はしないはずだ。

考えが甘いだろうか……。

昭洋が、乾いた咳をすると、重々しい口調で言った。

「ともかく、今後はとにかく注意することど。心臓発作や脳梗塞を起こした人が、死ぬのはしょうがねえ。この島で暮らす以上、皆、覚悟を決めとる。だども、点滴すりゃあ助かる食中毒で死人が出たら、皆、納得しねえずら」

「保証はできません」

昭洋が皺に埋もれた目を見開いた。隣で、越本も表情を固くしている。

「何度でも申し上げますが、点滴バッグは何者かによって、持ち出されたんです。その前には、資料庫の古いカルテが盗まれました。誰かが勝手に診療所に入って物を持ち出しているんです。犯人を突き止めないと、また同じような事が起きます」

昭洋が、机の上で手を握り合わせた。

「カルテのことも、駐在の黒田から報告を受けた。先生の勘違いちゅうとったど。そもそも、何の価値もないちゅうど。点滴バッグにしろ、古いカルテにしろ、わざわざ盗む人間がいるとは思えねえ」

当事者でなければそう思ったかもしれない。でも、現に、盗まれているのだ。

「資料庫のことについては、川元勇一さんの話も聞いていただきます。彼も、中に資料があるのを見たって言ってましたから」

「ああ、勇一君は、島に戻らんど。予定を変えたそうだ」

「えっ？」

自分の孫娘、つまり昭圭の娘と、勇一は付き合っているのだと昭洋は言った。

「若いもん同士が久しぶりに会うちゅうのに、自殺やら食中毒騒ぎやらでゴタゴタしとる島では、面白くなかろう。孫娘を東京に出してやった」

勇一に証言をさせないための画策ではないかと思ったが、ここで問い詰めたって、認めるはずがない。

「年が開けたら、診療所の鍵を変えます。大島から職人を呼びますので、経費で精算してください」

希世はそう言うと、頭を下げて村長室を出た。

点滴バッグを持ち出した人間が許せない。それと同じぐらい、自分を信じてくれない昭洋や越本が許せない。この島の主だった人間はまともな感覚を持っていないのか。

役場に車を駐めたまま、通島銀座を西に向かった。三が日は、商店が全て休みになる。食料を買いだめしておく必要がある。

途中、見知った顔を見かけたので、食中毒の被害について尋ねようとした。声をかける前に、相手は「急ぐから」と言って、足早に去って行った。

もしかしたら、と思いながら、前田屋の扉を開けて中に入る。比呂子がレジカウンターの内側に座っていた。

「こんにちは、今日は寒いですね」

そういえば、髪を切ってもらうことになっていた。年が明けたら改めて頼んでみようと思いながら、籠を手に取る。

いつもなら、すぐに話しかけてくる比呂子が、今日は一言もしゃべらない。居心地の悪い思いで棚を見て回っていると、背後から声をかけてきた。

「点滴を切らしてたて、どういうことな？　今田さんのお婆ちゃんは、下手すると、亡くなるところだったちゅうど」

詰問口調で言われ、心の中でため息をつく。

悪評が、島内を駆け巡っているというわけか。収まっていた反感が再び噴き出すのが目に見えている。

「切らしていたわけじゃなくて」

卵のパックを籠に入れながら反論を試みると、比呂子は首を横に振った。

「この島にゃ、泥棒なんて一人もいん。店の鍵かけないで出かけることなんかしょっちゅうあるけど、品物を持ってかれたことは一度もない」

比呂子は鼻を鳴らした。

「自殺した女の身内の男を家に引っぱり込んだかと思ったら、ペンションで一緒に泊まってたとか。その男が島を離れると、今度は田之倉とチャラチャラすっと、いったい何を考えてるな」

事実が少しずつ歪められているが、事実無根とまでは言えない。だから、もっともらしく聞こえるのだろう。反論したい気持ちをこらえて、口をつぐんだ。

何か言い返せば、それがさらに歪められ、島中に伝播(でんぱ)される。

「気分悪いわ。さっさと買い物済ませて帰り」

比呂子はそれきり黙り込むと、最後は釣り銭を投げてよこした。

車に戻り、エンジンをかけようとしたところで、携帯電話が鳴った。田之倉からだった。

「昨日は、どうもありがとうございました。今、どちらですか?」

年末年始の定期船は、特別運航スケジュールが組まれており、今日の午後も船が来る。それに乗って帰るのかと思ったら、田之倉はこちらで年越しをすると言った。

「ええっ、またなんで?」

「食中毒の原因が特定されるまで、島を離れるなと上司に言われまして」

自分が本土から食材を持ち込んで作った洋風お好み焼きが原因だったら、補償問題に発展しかねない。原因究明がなされる前に引き上げたのでは、島民の心証が悪くなるだろうから、メドがつくまで滞在しろと言われたそうだ。

「それは大変ですね。せっかくの年末年始だっていうのに」

「どうせ独り者ですから、都内にいても同じようなものですよ。むしろ、飯の用意を宿がしてくれるので、ありがたいぐらいです」

民宿が今日から年明け三日まで休みなので、ペンション明戸に移ったのだという。

「それより先生、もし、よかったらお目に掛かって、食中毒の件についてうかがえませんか? 上司も気を揉んでいるので、本日中になんらかの報告を上げておきたいんです」

この後、特に予定もなかった。それに、田之倉と話もしてみたかった。

立原の家で会ったときは、周りに人がいたし、お酒も入っていた。一番聞きたいことを聞けなかった。

田之倉には足がない。診療所まで歩いて来てもらうのは、気の毒だった。

「分かりました。これからそちらに向かいます」

「ありがとうございます」

田之倉はほっとしたように言うと、電話を切った。


ペンションの玄関を入ると、範子が顔を出した。

「大変だったわねえ。何十人も患者が出たんでしょ」

「もう落ち着いたから大丈夫。範子さんたちは、なんともなかった？」

「私らは、屋台でおでんしか食べなかったから。お客さんの中には下痢してる人が二人いたけど、それほどひどくなかったみたい」

そう言うと、談話室で田之倉が待っていると言った。

「お茶はポットで出しといたわ。食中毒のことで、いろいろ微妙な話があるから、私は遠慮してくれって言われちゃった。暇してたのにな」

そう言うと、スリッパを鳴らしながらキッチンに向かった。

談話室に入ると、田之倉が待ちかねていたように立ち上がって一礼した。

「先生、わざわざお運びいただいて申し訳ありません」

「いいんですよ。気になられているでしょうから」

ソファに座ると、田之倉がまめまめしくお茶を入れてくれた。

「中毒の原因について、何か分かりましたか？」

「保健所の検査結果を待たないと、正確なことは言えませんが……」

ここだけの話だと断ると、洋風お好み焼きが原因である可能性は低いと告げる。

「こう言っちゃなんですけど、あまり人気がなかったのでは？　あれを食べたという患者は私が聞いた限り一人しかいませんでした。屋台の食べ物が原因であることははっきりしていますが、お好み焼き以外のものだと思います」

「そうですか！」

田之倉は、ほっとしたように息を吐いたが、すぐに苦笑いを浮かべた。

「確かに、さっぱりでした。奮発していいチーズを使ったんだけど、食べ慣れてないせいか、臭い臭いって言われちゃって」

「田之倉さんは、大丈夫でしたか」

「僕は、おでんと焼きそばを食べたけど、なんともありませんでしたよ。となると、やっぱり島寿司かなあ」

「あの……。その件については、保健所の調査を待ちましょう」

田之倉は、はっとしたようにうなずいた。

「憶測で物を言って、妙な噂を広げたらまずいですね。ここは、そういうところだということを、肝に銘じて行動しなきゃ」

田之倉はお茶を一口飲むと、言った。

「噂と言えば、ちょっと小耳に挟んだんですが……。点滴バッグは、先生が発注を忘れられたんじゃなくて、盗難にあったのだとか？」

あの夜、薬品庫で信子と交わした会話は、診療所にいた患者や家族に筒抜けだったし、もはや島中の人が知っている。隠す必要はないと思い、うなずいた。

「誰かが持ち去ったことは間違いないんです。記録をちゃんと付けてるから証明もできるんだけど、村長に取り合ってもらえなくて」

島民から謂れない怒りをぶつけられている。

愚痴を言いたくなるのを、ぐっと我慢する。和也ならともかく、田之倉はそれをしていい相手ではない。

「そういうことなら、先生のおっしゃるとおりなんでしょう。でも、いったい誰がそんなことを……」

「そうなんですよね。あんなものを盗んでも使いようがないだろうし」

田之倉は考え込むように目を伏せたが、やがて思い切ったように言った。

「あの、まさかとは思いますけど……。村長の奥さんって、自宅で療養されてますよね。リウマチだって聞いたような覚えがあるけど」

思わず声を上げた。

そういえばそうだった。大島から二週間に一度、主治医が往診にやってくるのだとか。

どんな容態なのか知らないけど、寝たきりならば、点滴を必要とすることもあるだろう。患者の家族は、看護師資格がなくても、点滴を行える。

鍵さえあれば、泉沢家の誰かが、点滴バッグを診療所から持ち出すことは可能だ。

そっちのほうが、嫌がらせより真実味がありそうだ。もしそうならば、無責任な医者だなどと昭洋に言われる筋合いはない。

田之倉がぽつりと言った。

「ことを荒立てない方がいいかもしれないですね。大事には至らなかったわけですし」

希世はため息を吐いた。

納得できないけど、田之倉の言うとおりだ。

家の者が点滴バッグを勝手に持ち出したとしても、村長はそれを決して認めないだろう。そして、口裏合わせが行われ、真実が隠される。

ふと思った。そういう言葉が出るということは、田之倉もまた、理不尽な思いを味わった経験があるのではないだろうか。

そう尋ねてみると、田之倉は苦笑した。

「閉鎖的な地域は、いろいろ難しいですね。まあ、そういうのも給料のうちだと思っています」

そろそろ本題に移ってもいい頃合いかもしれない。希世はお茶を一口含むと、切り出した。

「話は変わりますが、ぴんぴんころり運動のことなんですが……。あれって、本当に効果が出てるんでしょうか。これまでにまとめたデータがあれば見せていただけませんか？」

「それはちょっと……。一応企業秘密なもので。でも、効果はあります。そうでなければ、とっくの昔に実証試験を打ち切っています。機器を提供したり、メンテナンスするのは無料じゃないし」

「でも……」

言葉を濁していると、田之倉は真顔になった。

「この間、立原さんのお宅で話題になっていた本宮とかいう男の言ったことを気にされているんですか?」

「はい。ぴんぴんころりにカラクリがあるだなんて言われると、気になってしまって」

この秋に突然亡くなった二人が、長患い(ながわずら)になりそうだったことを打ち明ける。

「たまたまだとは思いますが……」

田之倉は大きくうなずいた。

「おっしゃる通り、ただの偶然でしょう。この島は異常なぐらい閉鎖的だけど、病気になった年寄りを殺すだなんて。そんなことがあるのなら、僕も知りたい。まともなデータが取れないから、資金を投下する意味がないし、第一、そんな不祥事に関わっているとなったら、弊社は潰(つぶ)れてしまいます」

明解に言い切られると、そんな気もしてくる。

そんな疑いを島の人たちにかけるのは、気の毒だと言って、田之倉は笑った。

「そもそも、誰が手を下すんですか? 平気で人を殺せる人間なんて、そんなにいないでしょうに」

下手人(げしゅにん)について、具体的に思い描いたことはなかった。少し考えた後、口にする。

「家族、でしょうか」

ネットで見た姥捨て山伝説によると、親を捨てに行くのは子の役割のようだ。しかし、そうなると、東忠雄を殺したのは娘の豊美ということになる。湊町子については、世話をしていた和江だろうか。あり得ない。当主の意を受けた誰かが、下手人を務めているのだろうか。しかし、そうだとしたら、御三家とは無縁の立原や綿貫のような家についてはどうなるのか。

「まあ、仮に家族だとしましょう。では、方法は？」

「薬殺、ということになると思います」

「先生が死亡診断書を書いた二人の患者は、薬殺された可能性はありそうでしたか？」

「いえ。でも、薬殺された人を診た経験ってないから」

「おかしいところはなかったんですよね？　ならば、考えすぎですよ」

田之倉と話していると、目の前が晴れていくようなかんじがあった。しかし、どうしても引っかかることが、希世にはあった。

「もう一つ腑に落ちないことがあって……」

過去のカルテや資料が、資料庫から一切消えていたことを打ち明ける。

「私に見せたくなかったんだと思います」

田之倉は腕を組んで、天井を向いた。考え込むように目を閉じる。

「ぴんぴんころり運動が始まってからのカルテは、役場のサーバーで管理しています。それ以前のカルテを見られたくなかったということかな。それとも、他の何かがあったのか……。ちょっと想像がつかないな。」

何か分かったら、教えてくださいと言って、田之倉はまた頭を下げた。


車を自宅の前庭に乗り入れるなり、顔から血の気が引いていくのが分かった。

――ウソツキに、島民の命は任せられない。

玄関のドアに、赤い文字がべったりと貼り付いている。刷毛をペンキに浸けすぎたのか、まるでホラー映画の題字のように、文字のあちこちから滴が垂れている。

それだけではなかった。リビングの窓が割れている。石でも投げつけられたようだ。医薬品の在庫の確認を怠ったくせに盗難に遭ったと嘘を吐いている。そう考えた誰かが、義憤に駆られてやったのだろう。

静かな怒りが湧いてきた。

そのまま車を出して、駐在所の黒田の自宅に向かうことにする。これだけはっきりとした証拠があれば、捜査を行わないわけにはいかないだろう。

　道をしばらく進んだところで、首をかしげた。

　立原の家の前に、車が四台も駐まっていた。まだ、渋るお腹を抱えている人も多い。宴会をやっているはずはないのだが……。

　そこまで考えて、はっとする。

　車を路肩に駐めると、外に出た。立原家の前庭に人が集まっている。男女合わせて、七、八人はいそうだ。彼らは、縁側を背にして立っている立原登を責め立てているようだ。その中に綿貫の姿もあった。

「多恵さんには、責任取ってもらうど」

「ここまで大ごとになったからには、明神様の前で、頭下げてもらわねえと」

　うなだれている登が口を開いた。

「ちゃんとさしてもらう。ただ、多恵は具合を悪くしてしまってよ。とても起きられないだよ。改めてちゅうことで、勘弁してくんろ」

　何度も頭を下げたが、最前列にいた中年女が声を荒らげた。

「ウチの旦那(だんな)は、今もうんうんうなってるよ。そいでも、庭の整理もせずに正月は迎えられんちゅうて、働いてるだ」

　別の女性が大きくうなずいた。

「ほんに。ちゃんと責任を感じてもらわないと。生ものを屋台で出すのは、もともと反対だったど。多恵さんがゴリ押ししたから、こんなことになっただ」

「おおよ。責任を感じてもらわにゃ」

　怒気に満ちた人々の声は、家の中で臥せっている多恵の耳にも届いているはずだ。彼女の気持ちを思うと、いたたまれなかった。

　幸いなことに、重篤な病状は出なかったのだ。自責の念に駆られているであろう彼女を力づけてやるのが、隣人ではないか。

　たまらず、希世は声をかけた。

「あの」

　人々は一斉に振り向くと、驚いたようにこちらを見た。その視線が、憎々しげなものに変わるのに、時間はかからなかった。

　この中にあの落書きの主がいるのかもしれないと足が震えそうになった。それでも、勇気を振り絞って言う。

「あんまり多恵さんを責めるのは……。食中毒の原因は、保健所の検査結果が出ないと分からないわけですし」

ごま塩頭の男が目をむいた。宮根の健康相談会で見かけた覚えがある。そのときはぼそぼそとした口調で、血圧について愚痴を言っていたが、今日は一変、がなり立てるように言った。

「寿司を食べた人間ばかりが、腹を下しとる。医者でなくとも、あん寿司が悪かったことぐらい分かっど」

「仮に、そうだったとしても、多恵さんに落ち度があったとは限りません。多恵さんがお寿司を仕込むところを見せてもらいましたが、衛生管理にとても気を遣われてました。食中毒は、不幸な偶然によって起きることがありますから」

責任を多恵一人に押しつけるのは酷だ。販売するとき、別の人間が日向に放置した可能性だってある。

ごま塩頭は、希世をにらみつけた。

「よそもんは口を出さねえでくんろ。オイら島の人間の問題ど」

そうかもしれない。でも、彼らがやっているのは、まるで吊し上げではないか。

希世は綿貫を見た。教育者ともあろうものが、この事態を黙認するどころか、荷担さえしているのが解せない。

綿貫は難しい顔をして言った。

「先生の目には、オイらのやってることが、行きすぎに映るのかもしれねえ。でも、この島では、ちいとばかりの落ち度が命に関わるでよ」

問題が起きたときには、責任の所在をはっきりさせ、ケジメをつけるのだと綿貫は言った。

「昔から、そうしてきただ」

綿貫も、よそ者は口を出すなと言いたいらしい。

ごま塩頭が勢いづくように、身体を前に乗り出した。

「落ち度と言えば、先生、なして点滴液を切らせたな？　下手したら、何人か死んでたちゅう話ど。先生にも明神様の前で、頭を下げてもらわねえと」

またしても、明神様か。

何をさせるつもりかは知らないけれど、点滴バッグについては濡れ衣だ。

「切らしたんじゃありません。誰かが勝手に持ち出したんです。私に責任が全くないとは申しませんが」

「そげな見え透いた嘘を。そいだら、誰が持ち出したちゅうな。言うてみ」

ごま塩頭は憎々しげに言うと、目を光らせた。

ここで憶測を語ったら面倒な事態を招く。でも、何も言わなければ、嘘を吐いていることにされてしまう。

逡巡していると、背後から声がした。振り向くと、法衣に身を包んだ昭圭が立っていた。

綿貫が背筋を伸ばす。

「これはご住職。お騒がせして、申し訳ありません」

昭圭は、軽くうなずくと、穏やかな声で話し始めた。

「今日のところは、ここまでにしませんか。一ノ瀬先生のおっしゃるとおり、食中毒の原因はまだはっきりしていません。それに、あと十時間もすれば、年が明けるのですからね」

ごま塩頭が、しかめっ面で首を横に振った。

「原因は寿司ちゅうことは、火を見るより明らかかよ。それに、先生はこん島に盗人がおるだなんて、ひでえことを言う。放ってはおけんど。島には島の秩序ちゅうもんが……」

綿貫がごま塩頭の言葉を遮った。

「気持ちは分かるども、昭圭さんがああおっしゃってる。ここはお任せしようど。それに皆、年越しやら、初詣やらで忙しいずら。こんなときに、多恵さんの謝罪を聞きたいちゅう人間が、どれだけいるか」

それまで黙っていた老人が口を開いた。

「おおよ。新年の明神様へのご挨拶（あいさつ）に手抜かりがあっちゃなんね。謝罪については、年が明けて落ち着いてから、ちゅうことにするべ」

綿貫がうなずく。

「皆、それでええな。今日のところは解散としようど」

集まっていた人間は、言葉にならない短い声とともに首を縦に振ると、次々にきびすを返していった。ごま塩頭は苦々しい表情を浮かべながら、舌打ちをしていたが、彼もやがて「しょうがねえ」と言い捨て、門のほうに向かった。

「登さん、大丈夫ですか？」

昭圭が声をかけると、登が、はっとしたように顔を上げた。

「昭圭さん、こんたびはとんだ迷惑をかけちまって、本当に申し訳ねえ。多恵によう言っておく。年が明けたら、いつでも明神様に参るだ。綿貫先生は、塩梅（あんばい）をよろしく頼む」

目を瞬（しばたた）きながら、か細い声で言う。

「さっきから、明神様って話が出てますけど、謝罪って何をどうするんですか？」

「いや、何ということもねえ。ただのしきたりど」

綿貫は口を濁したが、住職は「いいじゃないですか」と言って説明を始めた。

「他人の命に関わるような問題を起こした人は、島民の立ち会いの下、明神様に謝罪をする決まりになっているんです」

昔は水瓶(みずがめ)を倒すなど、水関係で失策を犯し、謝罪を行う者が多かったが、最近はもっぱら交通事故の加害者だと昭圭は言った。

「都会なら加害者は、法的責任を取ればすみます。軽微な事故なら、加害者となったことを周囲に知られずにすむかもしれない。でも、ここではそういうわけにはいきません。家を一歩出れば、あらゆる場所で、非難がましい目を向けられる。そういう状態が長く続くのは、あまりよいこととは言えません」

そこで、禊(みそ)ぎの場が必要なのだと昭圭は言った。

「加害者は明神様の前で、自分の所行を悔い改めます。島の人たちは、それを見守る。それを以(もっ)て、決着するのです」

昭圭の言葉に綿貫が深くうなずく。

「それを行わねえと、御見回りの日に明神様の罰(ばち)が当たるちゅう言い伝えもあん」

罰を本気で信じている者は少ないが、手打ちのための儀式としては意味があると昭圭は言った。

「狭いところで顔をつきあわせて生きている者の知恵と申しましょうか」

儀式としての意義は、分からないでもない。でも、さっきのごま塩頭の剣幕からみて、明神様への謝罪とやらが粛々とした雰囲気の中で行われるとは、とても思えない。儀式というよりむしろ私刑（リンチ）に近いものではないだろうか。

「さっきの人は、私にも明神様で謝罪しろと言ってましたね。でも、点滴液が切れていたのは、私のせいではありません。多恵さんだって、食中毒を起こしたくて起こしたわけじゃないでしょう。他の人に原因がある可能性だってあるんです。なのに、私たちを犯人扱いして、吊し上げのようなことをするなんて」

綿貫が眉（まゆ）を上げた。

「事情を知らないと分かりにくいかもしれねえが、禊ぎを済ませた方が、本人のためにもいい。いつまでもネチネチと周りに言われ続けたら、多恵さんだって辛かろうよ」

希世は昭圭に向き直った。

「ガス抜きが必要だというのは、理解できます。でも、話を聞いていると、やはり吊し上げに等しいのではないかと感じます」

――なぜ、あるいはあなたの父親は、こんな前時代的な、しかも芝居がかったやり方を認めているのか。止めるべきだ。その力があるのは、あなたたち父子でしょう。

そういう思いを込めて正面から見据えると、昭圭は困惑するように目を瞬いた。

「いろいろな意見があるとは思いますが、明神様のことは、氏子の皆様が決めていることです。私も父も仏門の人間ですから、関わるわけにはいきません」

詭弁だ。氏子のほぼ全員が檀家なのだから、彼らなら止められる。

そのとき、登が乾いた声を発した。

「一ノ瀬先生、やめてくんろ」

「でも……」

登は暗い目で首を横に振った。

「これ以上、騒ぎを大きくしたくねえだよ。三が日が終わったら、多恵の具合もよくなるずら。そいだら、皆が言うように、明神様の前で謝罪さしてもらうべえ」

原因も分かっていないのに、謝る必要なんてない。そう思ってはいても、思い詰めたような登の表情を見ると、何も言えなくなった。島には島のやり方があると登自身が言うのなら、外来者の自分は黙るほかない。

登はきつく唇を噛んだまま昭圭に向かって一礼をすると、縁側のガラス扉を開き、家の中に入って行った。

その姿が消えると、昭圭が綿貫に向き直った。

「多恵さんはともかく、一ノ瀬先生にも謝罪をしろというのはどうなんでしょう。一切責任はないと主張されているし、島の人ではありませんし」

「はあ。しかし、それで収まるかどうか」

そういう問題ではない。まずは事実関係をしっかり調べてもらわなければ。黒田には盗難届を提出してある。管理責任については謝罪するが、一連の出来事の全ての責任を押しつけられるのは、納得できない。

綿貫は顎を撫でながら希世の話を聞いていたが、やがて頭を下げた。

「先生、気持ちは分かるども、ここは一つ、協力してもらえんな。形だけでええんよ。いったん頭下げりゃあ、これまで通りのええ関係に戻れるだ」

大人の判断と言えなくもないけど、他の事柄ならともかく、医者としてのプライドがあった。点滴バッグを切らすなんて、そんな恥ずかしい真似は決してしない。

「申し訳ありませんけど……」

希世は首を横に振った。綿貫が落胆した様子で昭圭を見た。昭圭は無言だ。

「そういえば、私に頭を下げさせたい誰かが、ウチのドアにペンキで落書きをした上に、窓を割ったようです。この件についても、黒田さんに被害届を出しに行く途中だったんです」

「ちょっと待ってくんろ。そんなことしたら、ますます皆、腹を立てるど」

綿貫の気持ちは分かる。でも、もう限界だ。希世は腹を決めた。

——島を出よう。

島民たちは、自分に濡れ衣を着せ、嫌がらせをし、挙げ句の果てには謝罪せよという。追い出したがっているとしか思えない。だったら、望み通り、とっとと出て行ってやろう。

気がかりなのは、そうまでして希世を追い出そうとする理由だ。やはり、暴かれたくない何かがあるのではないかと勘ぐってしまう。

いや、何かがあるにしても、それで島の人たちが納得しているなら、構わないではないか。よそ者である自分がくちばしを挟もうとしたのが、間違いだった。

「黒田さんのところに行ってきます」

希世はそう言うと、きびすを返した。

厨房から香ばしい香りが漂ってくる。ローストビーフが焼き上がったようだ。カウンター越しに厨房を見ると、エプロン姿の範子が、オーブンから天板を出しているところだった。

このペンションでは、元旦はお節料理ではなく洋風のつまみでワインを楽しむのが恒例だそうだ。

焼き上がり具合が上々だったのか、範子は満足そうにうなずくと、削り取った肉片を口に放り込んだ。

「よく出来たわー。希世先生も味見する?」

「お腹いっぱいだから」

一時間ほど前に、海鮮鍋の夕食を済ませたばかりだ。

「それにしても、酷いわねえ。人んちの窓を割るのは立派な犯罪だよね」

「だと思うんですけどね。この島では、そういう常識が通用しないから」

駐在の黒田は、被害届は受理したものの、犯人捜しをする気は、まったくないようだった。

資料庫のときとは違って、今回は明白な器物損壊事件だ。年末休暇中とはいえ、現場確認ぐらいはしてくれると思った。ところが、「いらいらしていただけで、悪気はなかったはず」「出来心だっただろうから、勘弁してやってくれ」などと言い出すのだから、話にならない。

帰宅すると、すぐに範子に電話をかけた。窓が割れたままの家で、一人で年を越したくなかった。

幸いなことに、宿泊客は田之倉一人しかいないという。夕食の用意もできるというので、着替えを持って再びやってきたというわけだ。事情を話すと夫妻は同情してくれ、予約が入っていない間は、食費だけ払えばいいと言ってくれた。

藤尾夫妻、田之倉、そして希世の四人で鍋を囲んでいると、気持ちが落ち着いた。少なくとも、この人たちはまともだ。

食事を終えると、順二はペンションの隣にある作業小屋に行った。今朝、自ら釣ってきたサバで燻製(くんせい)を作るのだという。田之倉は「紅白を見る」と言って談話室に向かった。

テレビを見る気にはなれなかったし、一人で部屋でやることもないので、範子の作業を眺めながら、お茶を飲んでいる。

「まあ、でも、私らとしては、希世先生が泊まってくれてよかったよ。田之倉さんはいい人だけど、三人だけだとお互いに気兼ねしちゃうもの。あの人、私たちとは趣味が合いそうもないし」

今時、年寄りと子ども以外、紅白なんて見ないと言って、範子は笑った。

「こっちこそ、ありがとう。部屋が空いてて助かったわ」

「全然オッケー。年越しそばも乾麵(かんめん)だけど、いいのをたくさん取り寄せたのに、余っちゃってね。後で四人で食べましょう。それより、希世先生はこれからどうするの？ みんなの前で謝罪だなんて、もってのほかだと思うわよ」

「うん……。まあ、ゆっくり考えてみる」

島を出ることは、準備が整うまで胸の内にとどめておくつもりだ。

無責任な噂を信じている島民は、よそ者の女医などさっさと出ていけばいいと思っているだろう。でも、無医村になることを怖(おそ)れて、慰留にかかる人もいるかもしれない。だとすると面倒だ。村長も辞めさせるつもりはないようだった。

これまでのカルテを整理したり、自宅を片付けるのに一週間。それを終えたら、さっと辞表を出して島を出よう。挨拶をするのは、世話になった藤尾夫妻だけでいい。

そのとき、順二が食堂に姿を現した。腕に発泡スチロールの大きな箱を抱えている。

「一ノ瀬先生にお客さんだよ。湊の茂太って人」

壁にかかった時計を見る。もう十時近い。ポケットの携帯を確認する。着信はなかった。この前のように、子どもが引きつけを起こしたわけではないようだ。

「裏庭のバーベキュースペースのあたりで待ってるから、出てきてほしいって」

範子が、カウンター越しに呆れたような声を出した。

「外は寒いじゃない。それに真っ暗よ」

「内密の話があるんだって。配達に来て、僕と立ち話をしてたことにしてほしいそうだ。口止め料までもらってしまったよ」

順二は箱をテーブルに置くと、蓋を取った。大きな伊勢エビが三匹。急に明るくなって驚いたのか、身体を反らせて暴れ始めた。順二があわてて蓋で押え込む。

「豪勢だなあ。年越しは、これで白ワインを飲むか」

順二が箱を持って厨房に入ると、入れ替わるように範子が出てきた。

「田之倉さんに談話室を開けてもらって、そこで二人で話をしたら？」

エプロンで手を拭きながら言う。希世は首を横に振った。

「茂太さんなら、大丈夫だと思う。よく知ってる人だから」

この間の一件もある。彼が自分に危害を加えるとは思えなかった。

「そう？　それじゃあ、何かあったら大声で呼んでね」

いつになく心配そうな表情の範子に向かってうなずくと、ダウンジャケットを取りに自室に向かった。

裏口から庭に出ると、潮の香りがした。このペンションは小高いところに建っている。海を望む裏庭は、眼下に青い海が広がる絶景スポットなのだが、今は何もかもが暗かった。わずかな星明かりでは、バーベキューで使うテーブルやベンチがどこにあるのかさえ、よく分からない。

「一ノ瀬先生」

茂太の声がした方向を見ると、かろうじて人の影が分かった。

足元に気をつけながら歩いて行くと、テーブルに腰を預けるようにして、茂太は立っていた。

「こんな時間にすみません」

「それはいいけど、どうしたんですか？ 息子さんは、あれから落ち着いている？」

「おかげさまで。それより、先生の家が荒らされたって聞いて、驚いちまって。ひでえことする奴がいるもんだな」

声をひそめているものの、茂太の口調は怒りに満ちていた。

まともな感覚を持つ人が、ペンションの外にもいた。そのことに、ほっとしながらうなずいた。

「先生が点滴を切らしたことに腹を立ててる連中がいるとか聞いた。それが原因な？」

「たぶんね。しかも、嘘つきだと思われてるみたい」

「実は、その話で来ただ」

茂太は緊張した声で話し始めた。

今日の夕方、湊一族の若い男数人で飲んでいた。当然、話題の中心は、島で猛威を振るった食中毒についてだ。希世が点滴バッグを不注意で切らしたにもかかわらず、盗まれたと開き直っているという者もいた。

すると、その場にいた一人が、気になることを言い始めたのだという。

「安司（やすじ）さんなんだども」

「あ、知ってる」

五十がらみの男だ。祭りの前日、インフルエンザの疑いで来院したが、検査の結果、ただの風邪だったので、抗生物質と咳止（せきど）めを出しておいた。

「安司さんはなんて？」

「点滴バッグって、透明な袋に入ってるよな？　置いてあった場所は、受付カウンターからよく見えるところ」

「そうだけど」

「なら、間違いねえ」

安司は釣り銭を待っているときに、何の気もなく薬品庫に目をやり、透明なバッグが積んであるのを目にしたそうだ。

「安司さんは去年、牡蠣で当たってる。ひどい目に遭ったけど、やっぱり生牡蠣は食いてえから、それ見て安心したちゅうとった。だから、点滴バッグは先生が言うように、前の日まではあったんじゃないかって」

「安司さん、そのことを他の人、例えば黒田さんの前で言ってくれるかしら」

そうすれば、濡れ衣は晴れ、混乱は収まるはずだ。しかし、茂太は首を横に振った。

「頼んでみたけど、見間違えたのかもしんねえって。面倒なことに巻き込まれるのが嫌なんだろ。ただ……」

茂太はいったん言葉を切った後、思い切ったように言った。

「安司さんから駐在の黒田さんに話しても、無駄でねえか？」

「どういう意味？」

「のらりくらりとかわされて、見間違えってことになるんでねえかと」

御三家の当主と年寄りたちが、役場、駐在所を牛耳っており、彼らにとって都合が悪いことは、握りつぶされてしまうのだと茂太は言った。

「若いもんや、御三家から遠い人間には、なんも知らされねえ。おかしいと思うことがあっても、迷信だちゅうてごまかされてしまう。神事に熱心なのは、肝心なときにそこで辻褄（つじつま）を合わせるためではないかって言う人間もいねえこともねえ」

茂太の言葉は的を射ているように思える。同時に、少し驚いた。島の中にも、そういうふうに考えている人たちがいるのか。

「オイらは、狭いとこで顔をつきあわせて暮らしてる。白黒はっきりつけないほうがええことや、知らんほうがええこともある。そう思うとったども、ウチのガキのことがあって……」

あの日のことを思い出したように、茂太は身震いをした。

「先生が来てくれなかったら、どうなっていたことか」

誰かが先生を島から追い出したいのだろうと茂太は言った。

「それは困る。ウチのガキは身体が強いほうじゃねえ。島には医者が絶対に必要よ」

そう言うと、茂太はバツの悪そうな表情を浮かべて頭を下げた。実は、春美らしき女性を目撃したという。

「面倒に巻き込まれるかもしれねえから、知らんちゅうことにしとけって周蔵さんに言われて……。そいだら、あんなことになって……」

しどろもどろになりながら言う。

目的は分からないけど、やはり、周蔵は嘘を吐いていたのだ。

比呂子から話を聞いた希世が騒がなければ、春美がこの島で亡くなった事実すら、なかったことにされていたかもしれない。

静かな怒りが湧き上がってきた。同時に、背筋が寒くなる。

希世の怯えを読み取ったのだろうか。茂太が気弱に目を瞬いた。

自分と同世代の若い者の間でも、窓を割ったり、落書きをするといった嫌がらせは、あんまりだという声が出ているそうだ。

「皆、先生がこの島に愛想をつかすんじゃねえかって心配してる。つまんねえ奴らの思惑に乗らないでくんろ」

頼りにされるのは嬉しいけれど、今のままでは島に残ることはできない。嫌がらせがエスカレートするのが怖い。逃げ出すことすら、ままならない場所なのだ。

黙っていると、茂太が言った。

「先生を追い出そうとする理由について、心当たりはあるな?」

「……ないわけではないけど」

口にしていいものかどうか迷いながら言う。茂太は、信頼できる人間四人と、話し合ってみたのだと言い出した。

「オイたちには、理由は一つしか思い浮かばなかった。本宮和也とかいう男が調べ回ってた話。ぴんぴんころりは嘘っぱちで、実は病気になった年寄りを殺しているとかいうやつな。あのことを嗅ぎ回られたくないんじゃねえか？」

希世は唾を飲み込んだ。

「最初話を聞いたとき、何をバカなことをと思った。でも、年寄りの中には、その話を聞いて、目の色を変える人間がいてよ。口から泡飛ばして、あの男を島から叩き出せちゅうてた。なのに、いつの間にかうまいこと丸め込んで、島から帰した。誰かがそういうふうに仕組んだちゅうことよ。そうなると、気になることが出てくる。町子さんのことど。大島か本土に検査に連れて行くって話をしているうちに、死んじまった」

茂太は、探るように希世を見た。

「先生は町子さんについて、なんも思わなかったな？」

「そのときはね」

その後、春美の事件があり、和也がやってきた。それから疑いを抱くようになった、と告げる。

「ただ、確証はないから、どうにもできなくて」

「先生も知らねえなら事情を知ってる人間に聞くしかねえ。それで……。年が明けたら、夕日の家を訪ねてくれねえか？」

「夕日の家を？」

意外な提案に驚く。

マツという名の老婆（ろうば）に会ってほしいと茂太は言った。およそ二十年前、自宅を村に寄付し、入所者第一号となったことで、話題になった人だという。

「その婆さんなら、本家筋の人間だから、何かを知ってても不思議はねえ。身よりがないから、義理もねえ。知ってることは、しゃべってくれそうよ。オイがいきなりホームに行ったら、目立ってしょうがねえが、先生ならなんとでも理由はつけられる」

実は、自分も夕日の家には顔を出すなと言われていることを打ち明ける。

「赴任直後に、挨拶に行ったきりなの。入所者の具合が悪くなったら呼ぶから、来るなって」

茂太は目を瞬いた。

「先生をマツ婆さんに会わせたくねえのかもしれねえな。そういうことなら、作戦練らねえと」

茂太は少し考えた後、朝の体操の時間が、狙い目ではないかと言った。

夕日の家では二人が住み込み、三人が通いで働いているが、体操には全員が参加しているはずだという。つまり、その時間帯に夕日の家は入所者だけになる。

職員全員が出払うなど、普通の老人ホームではあり得ないことだが、夕日の家は認可施設ではなく、私設の宅老所のようなものだ。規則が緩いのだろう。

「その間に行けば、誰にも知られずにマツ婆さんに会えるはずだ。ボケちまって、使い物にならないようなら、無駄足になるけど」

希世の自宅から夕日の家までの間に、人が住んでいる家は一つもない。体操の最中なら、見とがめられる心配はなさそうだ。

「分かったわ」

マツに会ってみようと思った。

はっきりとした疑惑なのか、それともただの思い過ごしなのか見当がつかないことが、一番の問題だった。そこをはっきりさせれば、これからどうすべきなのか、道筋が見えてくるはずだ。

職員が体操に出席していることを確認したうえで行ったほうが確実だと茂太は言っ

た。入所者の体調が悪いなどといった理由で、泊まり込みの職員は体操に出てこない時もあるから、ホームと同じ地区に住んでいる仲間に朝、連絡を入れてもらうようにするという。

「連絡が来たら、用事でもできたふりをして、こっそり夕日の家に行くようにするわ」

「頼みます。あと、先生に対する嫌がらせだけど」

希世が島を出たがっているという噂を流してみると茂太は言った。

「そうすれば、いきり立ってる連中も、大人しくなるだろう」

相手の思惑通りに、事が進んでいると思わせるということか。確かに、警戒されている状態では、身動きも取りづらい。

そのとき、ふと疑問が湧いた。

自分はそれでいい。でも、茂太たちは……。

ぴんぴんころりにカラクリがあって、それが犯罪がらみのことだったら、島の人を告発する事態に至るだろう。

「茂太さんたちは、それでいいの？」

茂太はかすかに顔を歪めたが、「その点についても、仲間と十分、話し合った」と言った。

「もし、おそろしいことが行われているなら、やめさせないといけねえ。息子が胸張ってこの島で暮らせるようにしたい」

希世はうなずいた。伝統と理不尽な因襲は異なる。前者は受け継ぐべきものだが、後者はどこかで必ず断ち切らなければならない。今がその時であり、それが自分たちの世代の役目だと、茂太たちは判断したのだ。

「ちなみに、マツさんはどこの本家筋なの？」

「野木」

こんなところで、野木という名が出てくるとは……。一瞬、言葉を失ったが、考えてみれば、そのはずだった。

茂太は、マツが自宅を村に寄付し、それが夕日の家になったのだと言っていた。夕日の家は、昔の野木集落、今の大代南にある。

それにしても、である。

「野木の人間は、もう誰も残っていないって聞いたけど……」

「嫁いだから、マツ婆さんの名字は海原(うみはら)ど。野木の人間でねえといえばねえ。でも、元は野木本家の人だった」

野木本家にはマツ一人しか子がいなかった。マツが嫁いだ後、分かれだった希世の曾祖父が本家を継ぎ、その後当主の座が長男、そして次男だった祖父に移っていったのだという。

もっと話を聞きたかったが、そろそろ戻らなければ湊の連中に怪しまれると茂太は言った。自分たちがやろうとしていることが、御三家の当主や年寄りの耳に入ったら、妨害工作がすぐに始まるに違いないという。

希世は思わず周囲を見回した。自宅が監視されていたぐらいだ。このペンションだって、そうかもしれない。

「藤尾さんは、黙っててくれるちゅうとったし、ここは海からでもなければ見えねえ。心配ねえと思うだども」

今後、連絡はメールを使うことにしようと茂太は言った。顔を合わせて話したほうがいいときには、息子が引きつけを起こしたことにして呼ぶから、往診に来てくれという。異存はなかった。アドレスを交換すると、茂太は足早に去って行った。

車のエンジン音が聞こえてくる。

ベンチに腰掛けた。茂太と話をしていたのは、わずか十分ほどの間なのに、何時間も経ったような気がする。

食中毒事件をきっかけに、事態がさらに加速し始めた。そんな気がする。興奮しているせいか、寒さをあまり感じない。

その場から母に電話をかけてみた。マツを知っている可能性がある。自宅、店、携帯とかけてみたが、つながらなかった。今日は大晦日だ。知り合いや常連とどこかで飲んでいるのかもしれない。

母が、家出同然でこの島を出たのは、正解だったのだろう。でも、同時に思う。母のように白黒をはっきりつける性格で気の強い人間が島に何人かいたら、前時代的な因襲がそっくりそのまま残ることはなかったのではないだろうか。

かすかな波音を聞きながら、希世は星を見上げた。

6章　神の御心（みこころ）

携帯電話をしまうと、朝礼台の脇（わき）で屈伸運動をしている綿貫に歩み寄った。

「すみません、なんだか寒気がするんです。今日は帰らせてもらっていいですか？　熱を測って様子を見て、診療所を開けるかどうか決めたいので」

綿貫は、白い息を吐きながらうなずいた。

「それは大変どな。早（はよ）う行ぎんさい」

蟠り（わだかま）をみじんも感じさせずに言う。昨日までのことが、まるで幻のように思えた。

「じゃあ、すみませんが」

頭を下げるのと同時に、スピーカーからラジオ体操の歌が流れ始めた。それを耳にしながら、希世は校庭を出た。

六時三十分を少し過ぎたところだ。家を出たときには、真っ暗だった空が今は白い。

晴れの予報だから、そのうち青くなるだろう。

風が冷たかった。年明け一番の冷え込みになるそうだ。厚手のセーターにダウンジャケットを重ねてきたが、それでも身体が芯まで冷えていく。風向きのせいなのか、このあたりでは普段、ほとんど感じることのない潮の香がした。

小走りで自宅の方向へ向かう。いつもは右に曲がるY字路を反対に曲がり、五分ほど歩けば、夕日の家だ。

朝の体操が再開されて四日目の今日、ついに茂太から連絡が来た。ホームの職員が全員、体操に出ていると確認されたという。

もっと早くチャンスが来ると思っていたのだが、入所者の体調不良などを理由に、職員の誰かが欠席する日々が続いていた。寒い時期、体力のない高齢者は調子を崩しやすい。

年が明けてからは、他にも欠席者が目立った。昨日の昼、年末年始の間に乱れた生活リズムを取り戻しましょうと、島内放送が流れたせいか、今日は一人を除いて出てきていたようだが……。

立原の家の前を通り過ぎるとき、門の中をちらっと見た。母屋の縁側の障子は閉め切ってあるが、電気は点いている。

家の中でじっとしているであろう多恵のことを思うと、胸が痛んだ。

多恵は今朝、体操に来なかった。登が一人で現れ、体調不良で欠席すると告げていた。

綿貫は鷹揚な態度でうなずくと、親しげな様子で登と話を始めた。他の人たちも、口々にねぎらいの言葉をかけた。

それを見たとき、昨日、明神様で行われたことは、それなりに意味があるのかもしれないと思った。ただし、あの儀式は生理的には受け付けられなかった。

今年の仕事始めは五日だった。翌六日に、大島の保健所が年末に送った食品サンプルの検査結果を報告してきた。

集団食中毒の原因は、腸炎ビブリオ。菌が検出されたのは、提出した食品サンプルのうち、島寿司だけだった。

島寿司の提供者が飲食店であれば、営業停止などの処分が下るのだろうが、今回のように複数の素人が関わる屋台の場合、公の処分はない。越本が保健所と相談して、来月、本土から衛生管理の専門家を招くことにした。各地区の代表者数人が指導を受け、再発防止に努めるという。

妥当な落としどころだと思ったが、多恵個人の責任を追及し、謝罪を求める声は大きくなる一方だった。年末には希世にも謝罪をという者も複数いたが、茂太が流した噂のせいか、昭圭の取りなしのおかげか、年が明けてからは、矛先はほぼ多恵一人に向けられていた。

そしてついに昨日、彼女は明神様に参ったのだ。予定されていた健康相談会が中止となったので、希世も明神様に向かった。

そこで見た光景を思い出すだけで、胸がムカムカとしてくる。

平日の午後、しかもこの島には珍しく、昼を過ぎても気温は八度を下回っているというのに、百人を超える島民が集まっていた。衆目にさらされる中、白装束に身を固めた多恵は、ふらふらとした足取りで、本殿の前へ歩いていった。裸足で、まるで刑場に引き立てられる罪人のようだった。

あまりのむごさに目をそむけかけたが、周囲の人々は、食い入るように多恵を見つめていた。これもまた、一つの娯楽なのかもしれない。

多恵は本殿の前で、地べたに這いつくばるようにすると、自分の落ち度を詫び始めた。薄い衣一枚で寒いのだろう。こちらに向けられた丸い尻が、ガクガクと震えていた。

そのうち、誰かが叫んだ。多恵の声が小さいことを責め立てたようだ。

多恵は、震える声を張り上げた。しかし、緊張のせいか、途中で言葉が出なくなってしまった。

次々に怒声が上がる。心から詫びる気持ちがないから、そういうことになるのだと言いたいらしい。

想像していた通り、神事の名を借りた吊し上げだ。最前列で多恵を見守っている登は、拳を握ったまま、目を閉じていた。

ようやく謝罪が終わると、射るような視線を浴びながら、多恵はよろめきながら立ち上がった。一礼をするのと同時に、再び倒れた。

見ていられなくなって多恵に駆け寄った。助け起こし、自分が着ていたダウンジャケットを掛けてやる。

怒声が上がったが、「肺炎でも起こしたらどうするんですか」と一喝し、呆然としている登を叱咤しながら、多恵を登の車に運び込んだ。

その間、多恵は「申し訳ねえ」と言いながら、ずっとむせび泣いていた。

異常としか思えなかった。

島寿司が原因だったにせよ、多恵一人に責任があるとは言えない。

お為ごかしのこんな儀式でも、ガス抜き効果はあるのかもしれないが、吊し上げられるほうは、たまったものではない。

夫の登にも腹が立った。身をていして多恵をかばうべきだろうに。

本人にもそう言ったが、浮かない顔で、「島には島のやり方がある」「これで収まるはずだから」と繰り返すばかりだった。

今朝の綿貫や登の様子を見ていると、確かにおおむね収まったのだろう。でも、他にやりようはあるはずだ。

Y字路で、周囲に人目がないことを確認し、いつもとは反対側に回った。腕時計を確認する。六時四十分までには、到着できそうだ。

体操が終わるのは、七時十分頃。余裕を見て、七時までには退出しようと決める。

マツが話せる状態にあればいいのだが。

年明けに母に電話をかけたとき、マツについて聞いてみたが、覚えていなかった。会ったことはあるのだろうが、顔までは思い出せないという。

なぜ、マツと会う必要があるのかと、母はしつこく尋ねた。一連の出来事を一から話すのはたいへんだったし、余計な心配をかけたくないので適当にごまかしたが、母には何かピンとくるものがあったようだ。

「余計なことに首を突っ込んだらだめよ」とまた何度も言われた。

夕日の家は、木造二階建てで、野木山の斜面に貼り付くように建つ。門までは、急な坂になっている。

駆け上ると、門を入った。

正面にどっしりとした造りの母屋、右手に納屋のような小屋がある。元は家畜小屋だったのかもしれない。

どちらも本家にふさわしい重厚な造りだが、いかんせん老朽化している。湊や東、そして寺の庫裏でさえ、二、三十年以内に建てられたものだと思われるが、この家は百年は経っていそうだ。

ただし、中は改装され、入居者用の部屋のほか、住み込みの人の居室など、いくつかの部屋に分けられている。前回、来たときにざっと中を見せてもらったが、案外、住みやすそうだった。

がたつく扉を開けると、玄関に入った。

「ごめんください」

小さく声をかけると、靴を脱いで廊下に上がる。

食堂に行ってみたが、無人だった。

入所者は皆、寝たきりか認知症を患っている。職員不在の間は、部屋から出さないようにしているのかもしれない。

マツの部屋は、あらかじめ見当をつけていた。

休みの間、入所者の記録を見ながら訪問したときの様子を思い出したところ、会えなかった人が一人いたことを思い出した。さっき寝たばかりだからと言われ、部屋の前を素通りしたのだが、おそらくそれがマツだ。

足音を忍ばせながら、いくつかの部屋の前を通り抜け、目的の部屋の戸をノックした。

「お邪魔します」

声をかけて、戸を開く。

カーテンを閉め切っているせいで、部屋の中は暗かった。畳敷きの八畳間のようだ。窓際に寄せられたベッドに人が横たわっている。

「海原マツさん、ですか?」

小声で尋ねると、うめくような声で返事があった。

中に入り、戸を閉めると体臭と尿の混ざったような臭いがした。ベッドに近づくと、薄くなった白髪を短く刈り込んだ老婆が、小さな頭を枕に埋めるようにして、天井を見上げていた。

老婆はゆっくりと顔を横に向け、希世の顔を見た。目頭に黄色い目やにが玉のようになっている。それでも老婆の目は不思議と澄んでいた。

ベッドの脇に膝(ひざ)をつき、顔がよく見えるようにする。

「マツさんですよね？」

声をかけると、老婆はかすかに首を縦に振った。

「私、野木美世の孫で、希世と言います」

「美世……」

しわくちゃの口元を動かすと、考え込むように目を閉じた。やがて、はっとしたように目を開け、希世を凝視した。

「タケオの孫な？」

野木の人なのだから、祖母ではなく祖父の名を出すべきだったと思いながらうなずく。マツは口を大きく開けて、驚きを表した。

「あいや……。言われてみれば、美世によう似とる。目元なぞ、瓜(うり)二つど」

マツは身体を起こしてくれと言った。痩(や)せ細った身体をそっと起こし、枕を腰の辺りに置いて、姿勢を安定させてやる。

マツは朝の一服がしたいと言った。見ると、ベッドサイドの小さなテーブルに、煙草の箱、マッチ、そして吸い殻が二本入った灰皿が置いてあった。煙草を咥えさせ、マッチで火を付けてやると、マツは美味そうに吸った。

「美世は島を出てから、どうしたな？」

煙を吐き出しながら言う。手が届くところに灰皿を置いてやり、十年ほど前に、脳梗塞で亡くなったが、それまでは横浜で一緒に暮らしたことを話す。

「ほうか。藤世と一緒になあ。そいだら、そいでええ。ずっと気になっとったよ」

安堵したようにそう言うと、マツは首をかしげた。

「なして、ここへ？」

しわがれた声で言う。

「去年、島に医者として赴任してきたんです」

マツは目やにの溜った目を見開いた。

「医者！　ちゅうことは、川元が死んだ後な？　あそこは、孫が一人前になるまでに、まだ間があろう」

耄碌しているどころか、頭脳明晰だ。しかも、島の現状を把握している。

「それで……」

時間がなかった。率直に尋ねてみる。

「この島では、病気になったお年寄りをその……。姥捨て山みたいに、殺してしまうような風習があったりしませんか」

マツはため息を吐きながら、かすかに首を横に振った。

「何を言うかと思うたら……。そっただことあるわけねえ。なして、そんなこと聞く。妙な噂でも流れてるな?」

「そうではないんですが、気になることがあって。誰に聞いても、はっきりとしたことを教えてもらえないんです」

「そいで、オイんとこ来ただか」

マツは、それきり目を閉じて黙り込んだ。眠ってしまったのかと思って声をかけようとしたところ、目を開けてつぶやいた。

「何が気になるのか、話してみさい」

「ぴんぴんころり運動については、知ってますか」

「だいたいのところは知ってるだよ」

実はそれが、長患いをしそうな人を殺した結果ではないかと疑っていること、赴任してから、病気が発覚した二人の年寄りが、突然亡くなったことを告げる。

「偶然だと思っていました。でも、おそらくこのことを調べに来たであろう私の友人が、野木山の崖から投身自殺をしました。でも、自殺だという確証がなくて……」

マツは再び目を閉じた。

時間がない。焦りながら、声をかけようとしたところ、マツは目を閉じたまま、しゃべり始めた。

「考えてみると、ジブンも野木ど。しかも医者になっちゅうのは、何かの縁かもしれねえ。オイもこの先、そう長くはねえ。知ってることは、話してやる」

マツは唇を舐めると、「昔はな、寝付いた年寄りを殺しとった」と言った。

思わず、ベッドの端をつかむ。

本当にそんなことがあったなんて……。

仮説を立てたのは自分なのに、マツの口からそう聞くと、衝撃が走った。捨てるどころか、殺してしまうだなんて、姥捨て山よりひどい。殺すという言葉がするりと出てきたということは、マツ自身に殺人に対する嫌悪がたいしてないことを示唆している。そこがとてつもなく恐い。この島は狂っている。どうしようもなく、おかしい。目の前にいる小柄な老婆が、得体の知れない生物に見え、身震いがしてきた。

そんな希世をなだめるように、マツは言った。

「早合点するでねえ。オイが子どもん頃の話だ。昔は医者もいなかったし、今みたいに、簡単に島を出るわけにもいかなかっただ。そういう中では、楽に死なしてやるのが情けっちゅうこともあん」

今で言う安楽死のようなものかもしれない。そう考えると、少し気持ちが落ち着いた。

マツは淡々と続けた。

「長患いすっと、本人も家族も苦しいべ。金も労力も病人に吸い取られちまう。それよりは、マシってことよ。昔のことを、今さらあれこれ言ってもしかたがねえべ。誰かがやらねばならねえことだった」

希世はうなずいた。現在の価値観から過去を裁いていけない。その時代、その土地ならではの事情というものが必ず存在する。

「そうだったんですね」

マツの口元の皺が伸びた。笑ったらしい。

「そうだったもなんも、野木はそういう家ど」

「そういう家？」

野木の人間は、山で取った草木やきのこを煎じたり乾かしたりして、薬を作っていたのだとマツは言った。川元がやってくるまで、島には医者がいなかったので、島中の人は野木の薬を頼みにしていた。

「薬の中には命を縮めるもんも、あったちゅう。『コロリ』って呼ばれててな。飲んだら、苦しまずにすっと死ねる。飲んだ人間はすぐに死ぬから、苦しくないかどうか、実際のところは分かんねえ」

自分の祖先は、それを使って、人の命を操る役割を担っていたということか。

いったんは収まった衝撃に再び襲われた。

そんな家に生まれた希世が、医者をやっているというのは、いかにも皮肉な話だった。

「ただ、コロリは簡単には出せねえ。誰かを別の理由で殺めようと思う邪な人間がいんともかぎらねえ。本家の当主が夜中にこそっとやってきて、オイらの当主に、そろそろあっちに送ったほうがええ人間がいるちゅう話をするんよ」

それを受けて、コロリを渡すかどうかを最終的に決めるのは、野木の当主なのだとマツは言った。しかも、その決定は先方には知らされない。

「普通の薬の中に、混ぜて渡すんよ。そうすっと、野木の当主のほかは、病人がコロリで死んだんか、自然に死んだんか分かんねえ。そのほうが、ええ」

自らの手で身内を死に追いやる罪悪感を和らげるための工夫だろう。

よくできた仕組みだと感じる。少なくとも、野蛮なかんじはない。むしろ、きめ細やかな心配りさえ感じる。

「ただ、決断できん当主もある。家族が察して、抵抗することもある。分かれやその先ぐらいまではともかく、御家から遠い血筋となると、病気のことを知らん場合もあっど。そういうときは、明神様なんかを使う」

「明神様を？」

「御見回りの日があったど。人を外に出さねえようにしたうえで、理屈をつけて病人を独りにする。そこに白装束の野木の人間と当主が行って、病人を諭してコロリを渡す」

全身が泡立つようだった。なんという仕事を祖先は担っていたのだろう。昔といっても、百年は経っていないはずだ。曾祖父あたりは、殺人に手を染めていたに違いない。そんな事実は、とてもじゃないけど受け入れられない。

「明神なんぞ、都合ええように、後になってから作られた偽もんよ。この島の神さんは、御山。野木こそが、神さんに仕える一族ちゅうこと」

歌うように節をつけて言うと、マツは煙草を消した。

その小さな顔をまじまじと見た。こんな大きな秘密を抱えながら、この部屋で何年も横たわってきたのだ。

これが、春美の言うところの、カラクリだろうか。

昔のことだから、記事になることはないと思っていた。でも、こうしてマツから話を聞くと、昔話のようには語れない。

負の歴史遺産として、それなりのニュースになるのではないか。

黙り込んでいると、マツが、顔をくしゃっと歪(ゆが)めた。

「気に病む必要はねえ。さっきも言うたが、昔のことど。しかも、やむにやまれん話よ。戦争が終わって、島に人の出入りが増えると、野木はコロリから手を引いた。人を殺める薬を売っとるなんちゅう話が公になったら、たまったもんでねえ。それと前後して、川元が島に来ただ」

医者がやってきて、薬も本土のものを買えるようになったから、薬を作ることすら止(や)めてしまったのだという。

そして、御四家の当主の間で、コロリを使っていた歴史を封印するという約束が交わされたそうだ。それはそうだろう。彼らもれっきとした共犯だ。

「コロリのことは、御四家の当主しか表向きは知らんことになっとるども、皆、薄々とは気付いとった。しかし、島の外の人間に知られちゃいけねえちゅう思いは、皆、同じど。そのうち、誰も口にしなくなった。六十やそこらより若い人間は、そんなものがあったことすら知らねえもんが多い」

しばらくすると、コロリを封印した影響が如実に現れた。病人が増え、島の財政、そして各家庭の家計を圧迫し始めたのだ。

「そいで、コロリの復活を望む声が出てよ」

しかし、タケオが頑としてそれをはねつけたのだという。

「タケオが死んで、全てが終わったことになった。コロリの作り方は、野木の当主以外知らねえ。ただ、本当にそうなんかどうか……」

コロリを始めとする製薬法は、野木の当主間の口伝が原則だったが、不慮の死などに備えて、文献が残っていたはずだとマツは言った。

「それをタケオがどこにやったのかが、分からん。野木にあったタケオの家は、美世とオイで整理した。そのときに、徹底的に探したども、何も出てこなんだ。神社も隅々まで改められたども、なんも出んかっただ。美世が隠したちゅうて疑う人間もおったよ。本人は、そんなもん知らねえちゅうてたども……」

祖母が島を出たのは、そのせいだったかもしれないとマツは言った。

「オイは、実のところがどうなのかは、分かんねえ。美世は、何か言うてなんだな？」

希世は首を横に振った。

そんな話は聞いたことがない。祖母が、島のことを話したがらなかった事情が、ようやく飲み込めた。

どんなに辛かったろう。晩年、横浜で楽しそうに暮らしていたことが、せめてもの救いだ。

「コロリが今も手に入る可能性はあると考えていいわけですね。昔のものが残っているのか、新たに誰かが作ったものかどうかはともかく……」

「あくまでも、可能性の話ど。ただ、オイ自身、ジブンの話を聞いて、腑に落ちないものはあん」

十年ほど前までは、多いときには二十人もがここで暮らしていたのだと言った。

「それが、今はたった五人ど。年寄りは増えてるのに、数が合わん。ぴんぴんころりとかいうて、体操したり、煙草をやめさしたりしたからちゅうが、そんなにうまくいくもんな？　オイは足腰が弱いから、尋ねて回るわけにもいかねえ。わざわざ野木の人間を尋ねようちゅう物好きもいん。そんなわけで様子が分からんども、気にはなっとった」

マツは考え込むように、眉根(まゆね)を寄せた。

コロリがまた使用されたことをマツは疑っている。

食堂からだろうか、柱時計の音が聞こえてくる。七時になったのだ。

もっと話を聞きたかったが、職員と鉢合わせする事態だけは、避けたかった。

「そろそろ行かないと。マツさん、今日私と会ったことは、黙っていてください」

灰皿を元の場所に戻すと、マツの身体を元の位置に直した。

「吸い殻とマッチも、一本ずつ持って行け」

マツが言う。ティッシュ箱から、ティッシュを一枚抜き出し、吸い殻とマッチをくるんでポケットに入れる。

「あと、飲み食いには気をつけることよ」

コロリの原料や作り方は門外不出だったが、その他の薬の製法は、タケオが川元に教えたらしい。

「役に立つもんもあるからよ」

「例えばどんな薬ですか？」

マツはうっすらと笑みを浮かべた。

「あのまずいジュース飲んでねえな」

「ツシマ菜ジュースに何か入ってるんですか？」

　血圧を下げる草があるのだが、その味がするとマツは言った。

「そういうふうに、役に立つものもある。ただ、使いようによっちゃ、よくねえものもある。たとえば、気ぃが楽になる薬とかよ。怒り悲しみが収まって、どうでもいいような心持ちになる。身内を亡くした後なんぞにはええもんだが、不満持ってる人間に飲ませて懐柔するのはよくねえべ」

　催眠術をかけるような効果を持つものもあるらしい。

　それを聞いて、ピンと来た。和也は昭圭に薬を盛られたのだ。でなければ、あんなふうに一日で考えががらりと変わるはずがない。思い返してみると、帰る前の日の彼は、目つきがトロンとしていた。

　隣の部屋から咳が聞こえてくる。

「早う行け」

　マツに言われて立ち上がる。足音を忍ばせて、部屋を出た。

　自宅に着くと、信子に電話をかけ、今日は臨時休診にすると告げた。

　希世が朝の体操を欠席したことは、島中に知れ渡っているはずだ。風邪をひいている医者になど、誰も診てもらいたくないだろう。

信子は何かあったら呼んでくれと言って、電話を切った。

彼女のことが怖かった。マツのこと、その他にもいろいろなことを隠しているし、資料庫については、嘘もついている。なのに、何食わぬ顔で、よく診療所に出てこられるものだ。

ただ、信子も点滴バッグについては、困惑していた。自分も責められるのではと、ビクビクしていた。

年初に診療所で会ったとき、自宅療養している村長の妻が入り用だったのではないかと水を向けてみた。信子ははっとしたようにうなずくと、昼休みに寺に確かめに行くと言い始めた。希世も同行させてもらった。

昭圭に事情を話すと不快感を露わにした。それでも、声を荒げることなく、誤解だと言った。納屋を見せてもらって納得した。そこには、別のメーカーの点滴バッグがストックされていたのだ。

それにしても、分からない。

コーヒーを淹れ、ソファで飲みながら、考えを巡らせた。

コロリという薬を使って、年寄りを本人の意思とは関係なく安楽死させる風習が、かつて、この島にはあった。それには自分の祖先が深く関わっていた。マツの話からそこまでは理解したが、現在起きていることと、どのように関係があるのか。

その制度が復活しているとすれば、コロリを誰かが作り、それを快復の見込みのない病人に飲ませているはずだ。

コロリの製法は野木しか知らないとマツは言っていたが、本当にそうなのだろうか。製法を知っている人間がいたとしたら、最有力候補は前院長の川元だろう。川元自身は亡くなったが、どこかに薬がストックされているのかもしれない。あるいは、祖父が作ったものが、まだ残っているという可能性もあった。

使用している者、あるいは使用を命じている者として考えられるのは、村長の泉沢昭洋、住職の昭圭、医事課の越本、そして信子の四人ぐらいだろう。この五人について、調べてみるあとは、診療所を継ぐ予定になっている川元勇一。この五人について、調べてみる必要がありそうだった。

マツの話を聞いたときに覚えた嫌悪感は、いつしか怒りへと変わっていた。

過去のことは、この際、いい。でも、現在もそんな因襲が引き継がれているとしたら、犯罪だ。容認などできるものか。関わっているのが、島の中心人物、そして医療関係者だとしたらなおさらだ。行政も医療も、人を生かすためにある。死なせることを是とするなんて、断じて許せない。

一人では心許ないけれど、今は茂太という味方がいる。和也にも連絡を取ってみよう。帰る前日の彼には失望したけれど、薬のせいだったとしたら話は変わってくる。

そのとき、ドアをノックする音が聞こえた。嫌がらせが始まって以来、在宅中も鍵をかけるようにしていた。

「どちら様ですか」

玄関から警戒しながら声をかけると、意外な人物だった。

「あの……。立原の多恵だども」

「多恵さん!」

急いでドアを開けると、両手鍋を持った多恵が、寒そうに立っていた。

「風邪だって聞いて、お粥作ってきただ」

「多恵さん、具合が悪いんじゃなかったんですか? ともかく、中に入ってください」

そう言うと、ほっとしたように表情を緩め、突っかけを脱いだ。

台所に入ると、多恵はさっそくお粥を温め始めた。テーブルに付いて、出来上がりを待つ。

風邪はたいしたことはないが、大事を取って休んだのだと説明すると、多恵も自分も体調は悪くないと言った。

昨日の今日だ。皆と顔を合わせる気になれず、仮病を使ったのだろう。

「本当にありがとうございます。先生がいなかったら、どうなってたことか」

「いえ、私は何も……」

一昨日以来、夫以外の人間と顔を合わせていないのだと多恵は言った。

「なんだか怖くてねえ」

「落ち度があったというより、不幸な偶然だったんだと思いますよ。もし、多恵さんに落ち度があったとしても、あんなやり方は、間違ってます」

多恵はうなずいた。

やられる側になってみて、初めてそう思ったと多恵は言った。

「人間ちゅうんもんは、本当に恐ろしい。もう、前みたいに皆と付き合う気になれねえ。お父さんは、きちんと謝ったからもう大丈夫ちゅうけど……」

お粥を椀に盛りながら、多恵は言った。

「先生もひどい目にあわれたって聞いただよ。窓割られたり、落書きされたり」

「ええ」

「誰かが、診療所に入って、点滴バッグを持ち出した、ちゅうことよな。いつ？」

「お祭りの前の日の夜から、患者が発生した当日の夜までの間です」

二十七日、湊安司が点滴バッグを目撃している。その時点までは、確かにあったのだ。

多恵がお粥をよそってくれた。熱々で生姜のいい香りがする。息を吹きかけて、冷ましてから口に運ぶと、鶏の出汁が絶妙だった。

飲み下した瞬間、ギクッとした。

ついさっき、マツに食べ物や飲み物に注意しろと言われたばかりだった。口の中のものが、苦いような気がしてくる。

気のせいだとは思うが……。

スプーンを置いた。しかし、多恵はお粥のことなど眼中にないようだ。椅子に腰掛けると、声をひそめるようにして話を続けた。

「実は、そのことで先生に話があん。ウチで皆で飲み食いしたとき……。途中で、田之倉さんが、三十分ほど席を外したのを覚えてるな？」

「お寿司作りを見学していたんですよね」

「それは五分ほどよ。その後、酔い覚ましに外を歩いて来るって言って、出て行った。酔っ払ってるのが知れたら、うちのお父さんが、調子に乗って飲ませるから、内緒にしてくれって言われただ」

上目遣いで言う。

鍵を持っていれば、誰でも犯人となり得る。でも、それが田之倉かもしれないと多恵は示唆してくれている。どうも、ピンと来なかった。

やったのが彼だとしたら、目的が、ますます分からない。

多恵は続けた。

「帰ってきてからも、まっすぐ座敷に行かず、台所に入ってた。オイが氷取りに行ったら、田之倉さんが冷蔵庫を勝手に開けてただ。仕込んだ寿司ネタの写真撮るの忘れたから、撮らしてもらったちゅうてたども……」

その様子が怪しかったという。

多恵は、エプロンを揉むようにした。

「中毒を起こす菌を寿司にかけることって、できんもんな?」

「できないことはないだろうけど……」

田之倉の会社が研究所で菌を扱っているとしたら、それを持ち出すことはできる。

もっと簡単な方法として、食べものをわざと腐らせ、その一部を水に溶かして吹きつける手もあるだろう。

ただ、田之倉がそれを行う理由がない。しかも、点滴バッグを持ち出すだなんて……。二十パックほどあったから、車がなければ運ぶのだって一苦労のはずだ。

多恵にそう伝えたが、納得した様子はなかった。

自分のせいであってほしくないという思いから、そんなふうに考えてしまうのかもしれない。

多恵は昨日のことで深く傷ついている。田之倉への疑いについては、妄想じみているようにみえるけれど、強く否定するのは気の毒だ。

「確認はしてみたほうがいいかもしれませんね。このことは、登さんには？」

多恵はこめかみを揉んだ。

「もちろん、言ったよー。でも、証拠もないのに他人を疑うようなことするなって。田之倉さんは島にとって、大事な人ちゅうこともあん」

キタムラメディカルの資金提供により、この島は潤（うるお）っている。田之倉の機嫌を損ねるようなことがあれば、プロジェクトが打ち切られる恐れがある。

島民一丸となって田之倉を歓待して信頼関係を築いてきたのに、お前はそれをぶちこわすつもりか、と叱られたのだという。

「謝りさえすれば皆、許してくれる。明神様に謝れちゅうことは、命まで取ることはないから、さっと頭下げてくれちゅうんよ」

多恵は、昨日のことを思い出すように顔を歪めた。

「だから、そうしただ。それなのに、あんなことになって……。寿司は、一人で作ったわけでもねえのに、連中は、責任をぜーんぶオイにおっつけただ。お父さんも、助けてはくれんかった。オイのことを気にしてくれたのは先生だけよ」

普段の多恵からは考えられないほど、激しい口調だった。

ほっと息をつくと、彼女は肩を落とした。

「ここは何もねえけど、オイの生まれた場所ど。死ぬまで離れるつもりはなかったども……」

月末に、静岡の蜜柑農家に嫁いだ娘のところに行くのだと多恵は言った。子どもが生まれるので、元々手伝いに行く予定だったが、一月ほど滞在して今後の身の振り方を考えるという。

「婿さんも、ええ人でよ。部屋なんぞいくらでもあるから、一緒に住もうちゅうてくれてる。お父さんが島を離れたがらないから、これまでそのつもりはなかったども、オイだけ島を出るのも一つの選択よ」

多恵の気持ちはすでに固まっているようだ。弱々しかった昨日の彼女とはまるで別人みたいだ。

「そういうわけだから、なんかできることあったら、言ってくんろ。さっきの田之倉さんの話も、いつでも皆にすると」

多恵はそう言うと、鍋を洗い始めた。

希世は、スプーンを握った。お粥はちょうどいい塩梅に冷めていた。

多恵の気持ちはありがたかったけれど、田之倉に容疑をかける気にはなれなかった。そんなことをしたら、本格的に責任転嫁を図っていると受け取られ、せっかく収まりかけた希世への反感が再燃してしまう。それほど田之倉は、島民たちの間に溶け込んでいた。

ともかく今は、コロリについて知りたい。

希世は多恵の背中に呼びかけた。

「多恵さんは、この島に昔、変な風習があったこと知ってますか？　野木の家がその中心だったみたいだけど」

「あの本宮とかいう男が言うとったことなら、噂は聞いたことあん。でも、昔のことど。今さら、そげなこと言われても困るど」

鍋を洗う手を止めずに、多恵は言った。

マツの言っていた通りだ。御三家とは縁がなくても、一定年齢以上の人間は、コロリについて薄々は知っている。

昔のこととはいえ、おおっぴらに話すようなことではないし、広く知れ渡るのはよくないと多恵は言った。

「この島が、日本中からおかしな目で見られたら、かなわねえ。妙なことで注目を集めたくねえちゅうんは、この島の人間全員の気持ちずら。まあ、オイは、もうどうでもええけど」

多恵はそう言うと、洗い終えた鍋を流しの上で鋭く振って、水気を切った。

畳の上にあぐらを搔(か)いた茂太は、無精ヒゲを生やした顎(あご)のあたりを撫(な)でた。

「昔のことちゅうてもなあ。実際にそうと聞くとショックよ」

茂太の膝の上で、赤ん坊が身体をしきりに動かしている。茂太に似たくりっとした目が愛らしい。この前、ぐったりしていたのが嘘のようだ。

息子が引きつけを起こしたことにして、往診鞄(かばん)を持ってやってきた。茂太の母と妻も、口裏を合わせてくれるという。

「でも、コロリはまだ残ってるかもしれない。マツさんも、そう思ってる様子だった。それを見つけられればいいんだけどね」

素直に考えれば、コロリを受け継いだのは川元前院長だろう。彼に近い人間となると、やはり、信子と越本か……。役場と寺という島の機能の両輪を使って島を支配しているも同然の泉沢父子も、無関係では決してないはずだ。

そう言うと、茂太も同意した。

「その四人は確信犯だろうから、簡単に口を割るとは思えねえ。話してくれる可能性があるとしたら、むしろ、亡くなった二人の近くにいた人間だと思う」

湊町子の場合、和江。東忠雄の場合は娘の豊美ということになる。

二人の顔を思い浮かべる。どちらも、ごく平凡な初老の女だ。知らず知らずに巻き込まれることはあっても、自ら関わってゆくような人たちではないように思える。しかし、自分の勘や常識は当てにならない。なにからなにまでおかしな島なのだ。

「和江さんは、オイがそれとなく探ってみる。東のほうは、宮根にいる知り合いに当たらせる。先生はこれまで通り、淡々と仕事をしててくんろ。追い出し工作がまた始まったら面倒だし、目を付けられたら動きづらくなる。それに、先生にこれ以上迷惑はかけたくねえ」

　重大な隠し事があるならば、島の人間である自分たちこそ、それを突き止めるべきだと茂太は言った。

「任してくんろ。……それはそれでええとして、先生は食中毒の件をどう思うな？　田之倉さんが仕組んだと言われても、オイにはピンと来ないども……」

「そうなのよね。もしそうだとしたら、彼こそ私を追い出したがっている張本人だということになるんだけど」

「その理由となると、とんと見当がつかねえ」

　首をかしげながら言う。

「多恵さんの思い過ごしかもね。田之倉さんは陰湿な人ではないし」

　希世が言うと、茂太は考え込むような目つきになった。

「オイは……。先生ほど、田之倉さんを買ってはいねえ」

　村長や御三家へのごますりが過ぎるように見えると言った。

「営業マンみたいなものだから、それはしょうがないんじゃないの？」

　大学病院に来ていた製薬会社のＭＲの教授への媚びっぷりと比べたら、田之倉のそれなんて、可愛いものだ。

「今度島に来るのは、春頃って話だった。その前に、理由をつけて呼び出してみたらどうな?」

「それは、なんとかなると思うけど」

情報システムに不備があって困っていることにでもすれば、来てくれるだろう。

自分たちがやっているのは、絡まりきった糸をほどくような作業だと茂太は言った。

「根気よく糸をほぐしていくほかねえと思うだよ。田之倉っちゅう糸を引っこ抜けば、別の糸もほぐれるかもしれねえ」

希世はうなずいた。どこで何がつながっているか、分からない。

茂太は、膝に乗せた赤ん坊をあやしながら、天井を見上げた。

「そいにしても、身内を殺すだなんて、信じられねえ。オイには絶対にできねえ」

「私もです。いくら安楽死だと言われても……」

「さっきの話からすると、オイのおっかあは、まだ五十過ぎたばかりだから、知らねえだろうが、爺やんや婆やんは薄々は知っとるちゅうことよな。なのに、何食わぬ顔して生きてるのが信じられねえ」

そのとき、階下で人の話し声が聞こえた。

「誰か来たみてえだな」

嫌な予感がした。

車を近くに駐めたので、希世がこの家にいることは誰でも分かる。

階段を上ってくる足音がしたかと思うと、茂太の妻が顔を出した。

「イワ婆ちゃんが来た。先生と話をするって言って、聞かないんだけど、どうしよう」

茂太は顔をしかめると、あのときの老婆だと言った。彼から話を聞いた周蔵が、さすがにまずいと思ったらしく、たしなめたらしいが、聞く耳を持たないどころか、周蔵さえも罵倒し始めたという。

「迷信を振りまくなって、先生からも釘を刺しといてくれんな」

妄想に凝り固まった人間と話すなんて、うんざりだ。でも、同じ事が再び起きたら困る。

「分かった。やってみる」

希世は往診鞄を取り上げると、部屋を出た。

その夜、希世は和也に電話をかけた。

「希世か！　あの後、大丈夫だったか？　あんなふうに帰ってしまってごめんな」

和也は何度も謝った。

「あのときは、どうかしてた。東京に戻ってから、希世を一人残して帰るなんて、本当にひどいことをしたなって。電話にも出てくれないから、もう二度と会ってくれないんじゃないかと思ってた。その後、何かあった？」

「そのことだけど……」

長くなることを断ったうえで、祭りの日に起きた中毒事件、茂太やマツについて順番に話していった。

マツに聞いた薬の話を出したところで、和也の声色が変わった。

「それ、ホントかよ」

「薬を盛られた可能性ってあると思う？」

「大ありだ」

腹立たしげに言う。

「言われてみれば、寺で出されたお茶を飲んでから、何を俺は怒ってるんだろうって気になったんだ。住職が言ってることが全て正しいように思えてきた。こっちに戻ってから、あのとき、なんで突然物分かりがいい人間になったんだろうって、自分で首をかしげたぐらいだ。それで電話をかけたら、出てもらえないし、どうしたものかって」

　年末年始でとにかく慌ただしかったと和也は言った。

「もちろん、希世から連絡があったら、駆けつけるつもりではあったけど」

　言い訳じみていることを恥じるように、和也は口をつぐんだ。

　蟠りがほどけていく。あんなふうに帰ってしまったのは、彼の意志ではなかったことが分かっただけでも十分だ。

「でも、そんな薬ってあり得るのか？」

「薬を実際に見ないと確かなことは言えないけど……」

　うつなど精神・神経系の病気の治療に使われる薬の中には、脳内の神経伝達物質をコントロールすることで、不安感や攻撃的な気分になるのを抑えるものがある。催眠術のような効果がある薬については聞いたことがないが、麻薬のようなものであれば思考能力を鈍らせることはできるだろう。その上で、巧みに話を誘導していけば、催眠術のような効果が得られるのではないか。

「でも、山にそんな薬の材料がひょこひょこ生えてるものなのか？」

「大麻や芥子って、そんなに珍しい植物でもないでしょ。自然界に存在する植物は、人間が合成するよりよっぽど高度で複雑な作用を持つ物質を作り出す能力があるのよ」

通島は孤立しており、戦後になるまで無医村だった。野木の人々は、山の草木をしらみつぶしに探索し、様々な作用を持つ物質を作り出していったのではないだろうか。栽培もしていたかもしれない。

気の遠くなるような仕事だったろう。その努力には素直に頭が下がる。現代を生きる昭圭たちが、祖先の努力の結晶を祖先の望まないであろう形で使用しているとしたら、許せない。

話を聞き終えると、和也は大きく息を吐いた。

「まんまと嵌められたってことか。我ながら情けないよ」

「薬を盛られるなんて、普通思わないから、しようがないよ」

「うん……。ということは、春美も薬を盛られたのかな。そして、殺された」

その可能性が高いと思う。春美は前田屋で寺への行き方を尋ね、直後、消息を絶った。和也と同様、寺で昭圭らに歓待され、疑うことなど全くなしに、出されたものを飲んだのではないか。

遺体を断崖の祠から投棄し、靴とバッグを現場に置けば、自殺に偽装できる。ノート、手帳、ノートパソコン、携帯電話などは確認の上処分し、取材内容を葬り去った。

もし、推理が当たっていれば、何人もの人間が、関わっている。誰と誰が、自分に嘘を吐いているのか。誰が信用できるのか。考えれば考えるほど、分からなくなってくる。

「こうなったら、もう一度、島に乗り込んでやる。絶対に、連中の化けの皮を剝がしてやるよ。このままでは、春美があまりにもかわいそうだ」

　希世もそう思う。ただ、前途は多難だろう。二人の老人の突然死、そして春美の自殺が装われたものだという証拠は、何一つない。

ただし、島に行けるのは、二十日過ぎになりそうだと和也は言った。一月末にある決算の資料を作らなければならないという。

「でも希世が不安ならすぐに行くよ」

「無理はしなくていいよ。急にどうこうということはないと思うから。茂太さんもいるし」

「絶対に、一人で動き回るなよ」

「しばらく大人しくしてるように茂太さんにも言われてる」

　くれぐれも身の安全には注意するようにと言うと、和也は急にしんみりとした口調になった。

「長患いの年寄りを殺すなんて、荒唐無稽だと思ってたけど、少なくとも、昔はそういうことがあったんだな。春美は、すごいネタを追ってたってことか」

その言葉に、はっとした。

ぴんぴんころり運動について春美が知ったのは、高校の同窓会の時だ。その数日後、希世に取材依頼をしてきた。そのときは、ぴんぴんころり運動について話を聞きたいというシンプルな頼みだった。カラクリがあるという話が出たのは、最後のメールだ。

それまでの間に、春美は誰かから、カラクリについて話を聞いたということになる。その人物こそが、全てを知っているのだ。外部の新聞記者に話をしたぐらいだから、島が抱える秘密を暴露したがっている——。

そう言うと、和也も息を呑んだ。

「大島署で聞いたところ死亡前の数日の携帯電話の通話記録には、特に気になるようなものはなかったけど、会社の電話を利用して連絡を取った可能性もあるよな。よし、調べてみよう。明日にでも春美の同僚に会ってみるよ。あと、前院長の孫にも会ってみる」

川元勇一の携帯電話の番号を教える。

「ただ、勇一さんは薄々とは知っていても、深くは知らないと思う」

資料庫が空になっていたことを知らなかった。年末に帰省する際、確認しようと思っていたのに、急遽(きゅうきょ)、帰省が取り止めになったのは、勇一を希世と接触させないためだと思う。

「やぶ蛇になるかもしれないってことか。だったら、とりあえずやめとくか。まずは、取材源から当たろう」

和也はそう言うと、くどいほど一人では行動するなよと告げて、電話を切った。

7章　海難法師の海

それから一週間ほどは、事態に進展がなかった。

茂太たちは、湊町子と東忠雄の身内に探りを入れたが、何も出て来なかったそうだ。和也も、春美に情報を提供した人間を割り出せずにいる。手帳やノートがバッグになかった理由がようやく分かったと憤っていた。

田之倉には、情報システムで分からないことがあって困っているので、折を見て来島して欲しいと伝えてある。月内には、たぶん来られるそうだ。

変わったことと言えば、朝の体操が休止になったことぐらいだろうか。年寄りの中から、今年の冬は例年と比べて寒さが厳しいから、冷え込む朝に体操をするのは逆効果ではないかという声が上がったのだ。

異存はない。体操は家の中でもできる。薄暗いうちに起きなくていいのは、希世にとっても正直、ありがたかった。

それにしても、今年の寒さは格別だった。

そのせいだろうか。十九、二十日に、宮根と浦辺で老人が立て続けに亡くなった。

一人は風呂から上がって間もなく倒れた。浴室と脱衣所の温度差が激しかったため、血圧が急激に上がったらしい。もう一人は朝、目覚めの一杯として冷たいものを飲んだ直後に倒れたそうだ。

どちらも心不全と記入した。ただし、町子や忠雄と違い、倒れる以前に診療所に来たことはなかった。コロリと関係があるとは思えない。

二人の葬儀は今日執り行われている。参列する人が多いせいか、診療所は開店休業状態だ。信子も、葬儀に参列していた。

これ以上、訃報が続かなければいいのだが、寒さはいっそう厳しくなるようだ。一人暮らしの高齢者の家に、一日一度、誰かが電話をかけて安否確認をする制度を作ったほうがいいかもしれない。提案書を越本に送ろうと思い、メールを書き始めたところで、電話が鳴った。

受話器を取ると、悲鳴のような女の声が聞こえた。

「どうしましたか？」

「先生、すぐ来てくんろ。お父さんが、倒れてる！」

立原多恵だった。声の調子から考えて、登は具合が悪くて臥せっていたわけではなく、文字通り倒れたようだ。

全身に緊張が走る。

立原夫妻とは、体操が休止になって以来、顔を合わせていなかった。

「すぐ行きます」

素早く上着を羽織ると、往診用の鞄を手に、診療所を飛び出した。肌を切るような寒さの中、白い息を吐きながら車まで走る。

玄関のドアを開くと、多恵が放心状態で上がり框に座り込んでいた。希世と目が合った瞬間、顔が大きく歪み、両目から涙があふれ出す。

「先生、お父さんが……」

「登さんは、どこですか？」

多恵は唇をわななかせながら、台所のほうを指さした。

登は流し台の前で倒れていた。海老のように身体を丸め、横向きに横たわっている。

両目が、かっと見開かれているのを見て、絶望的な気持ちになった。

呼吸と脈拍を確認し、そっとため息をつく。瞳孔を確認し、まぶたを閉じさせてやった。

いつの間にか、多恵が傍らに立っていた。激しく泣きじゃくっている。

「多恵さん、お布団出してあげてください。登さん、寒いだろうから」

肩を抱くようにしてそう言うと、多恵はしゃくりあげながら押し入れへ向かった。

多恵が敷いた布団に、二人で登を横たえた。まぶたは閉じたものの、苦悶の表情はそのままだった。まるで悪い夢でも見ているようだ。

多恵は、登の顔を無言で撫でていた。その様子は、まるで子どもを愛撫しているようだった。

最近は、気持ちのすれ違いがあったようだが、夫婦は夫婦なのだ。

島内に近い親戚はいないと言う。連絡すべきなのは、地域のまとめ役である綿貫だ。多恵が電話をかけられる状態ではないので、代わってかけた。

綿貫は絶句した後、すぐにそっちに向かうと言ってくれた。後はきちんと仕切ってくれるだろう。

それにしても、どうして、と思う。

尿酸値が多少、高かったものの、とくに問題はなかった。血圧も高くはなかった。ギリギリではあるけれど、正常値の範囲に収まっていた。

台所がよほど寒かったのだろうか。

そう思いながら、台所に向かった。ステンレスの流し台に、コップがぽつんと載っている。底に暗緑色の液体が少しだけ残っていた。ツシマ菜ジュースを飲んだ後、倒れたようだ。

そういえば、亡くなった老人たちも、朝、冷たいものを飲んだ後に倒れたと聞いている。

偶然だろうか……。偶然でないとすると、と考えたときに頭のてっぺんからつま先まで電流のようなものが駆け抜けた。

ジュースが鍵を握っているかもしれない。

体操の際、全員で飲むものと違って、宅配されるジュースは、各人の体調や希望に合わせて成分を調整しているという。瓶には、それを摂取すべき人の名前が書いてあるから、間違えることもまずない。

このジュースを使えば、目的の人物にコロリ、あるいは他の薬を摂取させられる。成分を調べてみるべきだ。

台所を素早く見回す。フリーザーバッグの箱が目に入ったので、一枚取りだし、コップの中身をその中に注いだ。封をしっかりした後、バッグをベルトにはさみ込む。

セーターの裾をその上にかぶせたところで、玄関を開ける音がした。お腹のあたりが不自然に見えないことを確認すると、台所を出た。

昭圭が立っていた。

「ああ、一ノ瀬先生。綿貫さんから話を聞いて、びっくりしてしまって。まさか、登さんがこんなことになるなんて……」

沈痛な面持ちで言う。

こみ上げてくる嫌悪を飲み下す。

何が起きているにせよ、この男がそれを知らないはずがない。白々しいにもほどがある。

でも、今この場で、そのことを口にする気はなかった。まずは証拠を固める。そして、突きつける。

今年に入ってから亡くなった三人については、どう理由をつけても、安楽死にすらならない。理不尽な殺人だ。

覚悟が決まると、言葉がすらすらと口をついて出た。

「私も、びっくりしてしまって……。寒さがこたえたんでしょうか。あるいは、検査では把握しきれない病気が隠れていたのかもしれない。この機会に、検査項目を見直してみます」

「是非お願いします。年寄りが、ぴんぴんころりで亡くなるのは、悲しいことですが、自然の摂理です。形あるものはすべて失なわれる。でも、登さんはまだ若い。あまりにむごすぎる」

昭圭の声が好きだった。朗々としていて、張りがあって……。でも、こうして聞くと、単に芝居がかっているだけだ。

この男はタヌキだ。そして、殺人犯だ。

突き上げてくる怒りと恐怖を飲み込み、頭を下げた。

「多恵さんに、ついてあげていただけますか。安定剤を飲んでもらったほうがいいかもしれないので、私、ちょっと行って取って来ます」

希世はそう言うと、玄関に向かった。


薬を持って立原家に戻ると、すでに近所の人たちが集まって来ていた。綿貫の指示により、忙しく立ち働いている。

知った顔の一人に、事情を話して薬を渡すと、希世は診療所に引き返した。

冷蔵庫に入れておいたフリーザーバッグを取り出し、蓋付きのプラスチックチューブに中身を移し替えた。それを再び冷蔵庫に戻す。分析にかけて心不全を誘発するような物質でも検出されれば、事態は大きく動くはずだ。

まずは、茂太に電話をかけた。原則、メールで連絡を取り合うことになっているが、緊急事態だ。

茂太の周囲に人がいないことを確認してから、亡くなった浦辺の老人の家族に、死の直前にジュースを飲んでいなかったかどうかを、それとなく尋ねてくれるよう頼んだ。

茂太は興奮気味だった。確かめてすぐに折り返すと言った。

問題は、これをどのようにして、分析が可能な機関に届けるかだ。そもそも、どこに送ればいいのか。

少し思案した後、恩師の菅野に相談することに決めた。彼なら、事情を説明すれば協力してくれるはずだ。

さらに、現物をどう届けるかが問題だった。

郵送は危険すぎる。郵便局は泉沢の親戚筋がやっているから、中身を改められる恐れが充分にある。

そういえば、母も郵便局に怪しまれた結果、和江との文通が途絶えたと言っていた。ここは、そういうところなのだ。

確実なのは、神津島へ行き、そこから発送することだろう。しかし、今日は水曜日。船はもう出てしまった。

次の船は金曜日だが、戻りの船は、月曜まで待たなければならない。

金曜の船で、和也が来ることになっている。週末、希世が島を離れるわけにはいかなかった。藤尾夫妻の協力を仰ぐという手はあるが、どこまで事情を話すべきか悩ましい。

茂太に頼むほうがよさそうだ。

茂太は湊の人間だ。一族には船舶免許も船も持っている人が何人もいる。口が堅そうな誰かに、こっそり神津島に行ってもらおう。関与する人間の数は極力増やしたくなかったが、他に方法は思い浮かばない。

当面の方針が決まったことで、ほっとしたのもつかの間、眼前にはより大きな問題が立ちはだかっている。

分析結果が出るまでに、しばらく時間がかかるはずだ。郵送にかかる時間も含めれば最短でも数日といったところだろう。

その間に、また誰かが死ぬことになるかもしれない。

ジュースは危ないから飲むなと触れ回っても、信じてもらえるかどうか。

それどころか、自分自身の身が危ないような気がする。推理が正しいとすれば、春美を含めて六人も立て続けに殺されている。そして、これまでのことでよく分かったが、茂太など一部の島民を除けば、希世は信頼されていない。昭圭の言い分と天秤(てんびん)にかけられたら、勝ち目はない。

患者用のスツールに腰を下ろして、頭を抱えた。

証拠だ。すぐに島民に突きつけられる証拠がほしい。

そうすれば、島の人たちは希世の言葉に耳を傾けてくれる。

コロリという薬がこの島にあったことを証明できれば、事態は動くかもしれない。

島民たちだって、わずか数日の間に三人が亡くなり、しかもそのうちの一人が、まだ六十代の登だったことに動揺を覚えているはずだ。

そのとき、オセロ盤のイメージが湧(わ)いた。

何かのきっかけで、盤上の白石は黒に、黒石は白に変わる。きっかけになり得るものは他にないのか?

そのとき電話が鳴った。茂太からだった。

「先生、アタリど！」

興奮したように言う。

亡くなった老人は、風呂上がりにジュースを飲み、その直後に倒れたそうだ。これでほぼ決まりだろう。

登のところでジュースの残りを取ってきたので、誰かに密かに船を出してもらって、神津島から郵送して欲しいと言うと、快く引き受けてくれた。

息子が高熱を出したことにして、夜にでもジュースを取りに行き、明朝漁に出る人間に便乗してもらい、神津島へ行ってくるという。

これで、一つ問題は解決だ。

菅野の職場に電話をかけてみたものの不在だったので、メールを書くことにする。職場宛のメールにあまり刺激的なことを書くのは考えものなので、殺人に使われた疑いを持っていることを伏せたうえで、ジュースを薬理学の専門家に分析に出してもらいたいと依頼した。顔の広い菅野なら心当たりがあるはずだ。

送信ボタンを押したとき、背後でかすかな物音がした。

顔を上げると、診察室の入り口に信子が立っていた。黒いウールのコートに臙脂のマフラーを巻いた姿は、ミッションスクールの女教師を思わせた。

「先生……」

寒さのせいか、信子の唇は白っぽくひび割れていた。

「お葬式、お疲れ様でした。今日は出てくることなかったのに」

「それより、立原さんが亡くなったって……」

「さっき、確認してきました。心不全みたいでした。まだお若いのに」

信子は、唾を飲み込むように喉を動かしたかと思うと、まっすぐに希世を見た。

「先生、いったい何が起きているんですか？」

思い詰めた目をして言う。

希世は眉をひそめた。この女は陰謀に一枚嚙んでいる。夕日の家のこと、そして資料庫のこと。いくつもの嘘をついてきた。この期に及んで何を言うのだ。昭圭と同様に白々しいにもほどがある。

黙っていると、信子はいったん視線を落とした。やがて、覚悟を決めたように口にした。

「先生、マツさんに会ったんでしょう？」

信子から視線をはずした。鼓動が早くなってゆく。あの日、夕日の家までの行き帰りには、誰にも会わなかったはずなのに……。どこからか、こっそり覗かれていたのだろうか。

「どなたから聞いたんですか？」

冷静さを装いながら尋ねると、信子は煙草だと言った。

「湊のイワさんが、嗅ぎつけたんです。今、この島で煙草を吸うのは、夕日の家にいる人だけです。となると、先生があそこに行ったとしか思えないじゃないですか」

あんな老婆まで、希世の言動に目を光らせていたのか。しかも、煙草の臭いで気付くなんて油断も隙もあったものではない。

「先生、何が起きているのか教えてください」

部屋は十分暖かいのに、信子はマフラーを取ろうともしない。しかも、よく見ると、震えている。

少なくとも、登の死は、信子にとって予期せぬものだったようだ。

チャンスかもしれない。そう思うと、気持ちがすっと落ち着いた。

「それを言うなら、信子さん、あなたのほうが詳しいんじゃないの？　ぴんぴんころりについては……」

その先は、口に出すのもおぞましい。

信子は、首を横に振った。

「年が明けてから亡くなった三人は、違うと思います。特に登さんは、まだお若いから……」

さらりと言ってのけたが、秘密を暴露したも同然だ。昨年の二人は、コロリで殺された。もう何度感じたか分からない悪寒がつま先からはい上ってくる。

信子をまじまじと見る。どこにでもいそうな初老の看護師だ。だからこそ、薄気味悪い。でも、ここはしっかり話を聞き出さなければ。関係者が初めて真相を語り始めたのだ。

「安楽死が法律で認められてないことぐらい、知ってますよね。まさか、信子さんが？」

今にも泣き出しそうだ。女執事を思わせる落ち着きは、もはや吹き飛んでいた。

「そんな大それたこと！　私も、はっきりしたことは分からなくて……」

「信子さん、落ち着いて。何かが起きているというなら、そう思う理由を教えて。話してくれないと分からない」

信子は、大きく息を吐くと、意を決したように語り始めた。

「マツさんから、コロリのことは聞きましたか？」

「ええ」

「二十数年前、コロリを巡って騒動があったんです」

当時の村長は昭洋の父親、つまり昭圭の祖父だったが、高齢だったため、当時はまだ住職だった昭洋が実質的に島を支配していた。

自分が聞いたのは噂（うわさ）であり、どこまで信憑性（しんぴょうせい）があるのか分からないが、と前置きをすると、信子は語り始めた。

「その頃、島ではかつてないほど、寝たきりや病人が増えていました。本人はもちろん、家族の負担はそれは大変なものでした。この島で暮らすには、何かとお金がかかります。例えば子どもを高校にやるのだって一苦労です。だから、コロリを再び使おうという話が、湊と東から出てきました。当時、安楽死について、世間で話題になっていましたし……」

希世はうなずいた。

一九九〇年代初頭に、日本の大学病院で安楽死事件が起き、裁判となった。末期癌（がん）の患者の家族から要請を受けた医師が、塩化カリウムを投与し、患者を死に至らしめたのだ。患者の意思を確認していなかったことなどから、その医者は殺人罪に問われたのだが、その行為を巡って国民的な議論になった。

コロリは安楽死の先駆けであり、おぞましいものではないというのが、東、湊両家の主張だったという。

「泉沢は慎重でした。そして、先生のお祖父さん、つまり野木のタケオさんは反対でした。今どき、そんなことをしたら逮捕されてしまう。子どもたちに胸を張ってこの島で生きてもらうには、コロリなんかに頼ってはいけないと言って、首を縦に振らなかった」

祖父がまともな感覚の持ち主であったことに安堵する。

「ところが、議論に決着がつかない間に、野木さんが亡くなってしまって……」

「高波にさらわれたんですよね」

信子は眉根をかすかに寄せた。

「ということになっていますが、そうではないという噂もありました」

重苦しいものがこみ上げてきた。

この島では、人の命があまりにも軽い。まるで家畜の生産調整のように、他人の手によって奪われていく。

「ともかく、それでコロリの話は終わりになりました。作れる人間がいなければ、使いようもありません。東と湊はコロリを諦めました。そしてその何年か後、川元前院長がぴんぴんころり運動を提唱し始めたんです」

「川元先生は、コロリ騒動のとき、どっちの立場に立っていたの？」

「中立です」

老い先短い年寄りの命と子どもの未来を天秤に掛けざるをえない状況が、この島にはあったのだ。人の命に軽重はないと教えられてきた。そういう理屈が通用しない地域もあるのかもしれない。それにしても、医師までもが明確に異を唱えないとは驚きを通り越して無力感すら覚える。

「しばらくの間は、たいした効果が出ませんでした。でも、川元先生はとても熱心でいらっしゃって……」

五年ほど経ってから、成果が現れ始めたのだという。

「皆、運動の成果だと喜んで、ますます体操や食事の管理に励むようになりました。ただ、私と越本さんは、ある疑いを持ちました。寝付きそうになった人がタイミング良く亡くなるなんて、出来すぎています」

二人で院長を問い質したこともあると信子は言った。

「でも、コロリなど絶対に使っていないとおっしゃるから」

信子はため息を吐いた。

「それ以上の追及は、私たちにはできません。証拠もありませんでしたしね、それに、島の人たちは喜んでいたし……」

深く考えるのは止め、見て見ぬ振りをすることにしたのだと信子は言った。

「こんな理屈が通用するのは、この島が外部からほぼ閉ざされているからです。前院長が亡くなって、先生が赴任されてきたとき、島は開かれたのだから、そういうことはなくなるだろうと思っていました」

希世は、うなずいた。

「だから、去年の二人はただの偶然だと思っていました。そう思い込もうとしていたところはあるかもしれませんが……。でも、年が明けてからの三人は、明らかにおかしいです」

殺人にしか見えない。そうなると、これまで自分が見て見ぬ振りをしてきたことが、恐ろしくなってきたと信子は言った。

「すみません……。資料庫は私が勝手に……。先生にあれこれ調べられて公表されたらまずいと思ったんです」

そこまで打ち明ける気になったのなら、信子を信用してもよさそうだ。

血の気を失った表情から、演技をしているようにはとても見えない。話にも筋が通っている。

「コロリだとしたら、誰がどんなふうに飲ませていると思う？」

「昔は普通の薬にコロリが混ぜられてたっていうけれど、診療所で出す薬は私が渡しています。だから、御三家の当主が別の何らかの方法で、渡しているんじゃないかと……」

いつの間にか、夕日の家に入所する人に、御三家に近い血筋の人間がいなくなったと信子は言った。

「私はジュースに入れてるんじゃないかと思う」

登が死ぬ間際に、ジュースを飲んでいたことを話すと、信子が両目を大きく見開いた。

「宅配の分は、一人一人に合わせて成分を調整しているんでしょ？　殺そうと思う人のジュースにコロリを混ぜれば……」

「ジュースは東の分かれが作って配ってますよ。私もよく知っている人です。まさかそんな……」

身内を疑うという発想がなかったようだ。信子も島の人間であり、東の人間なのだ。

信子は思案するようにしていたが、やがて首を横に振った。

「ジュースの製造工程を見せてもらったことがあるんですけど」

その人ごとに調合された粉末成分を混ぜる工程は、東一族の主婦数人が担当しているという。

「あの人たちがコロリを混ぜているだなんて、ちょっと考えられません。コロリ自体、この島の秘事中の秘事ですから、私たちは噂ぐらいのことしか知らない。それを、彼女たちに扱わせるとは考えられないんです」

信子は首をひねっていたが、希世にはだんだん見えてきた。

全(すべ)てはつながっている。

「その粉末って、キタムラメディカルが、送ってくるんじゃないですか？」

だとしたら、あの食中毒事件も多恵が言っていたように、田之倉が引き起こしたものだろう。仮にそれが真実としても、あの会社が殺人にまで手を貸す理由が今でも分からない。しかし、そう考えると、筋が通るような気がする。

田之倉のつるんとした顔を思い浮かべる。好人物だと思っていたのに、殺人に手を貸しているとは……。でも、いったい何のために？

いずれにしても、ジュースについては近いうちに事実が判明する。

「ジュースは分析に出しました。ただ、結果が出るのに時間がかかると思います。その間、島の人にジュースを飲ませない方法はないかしら？」

信子は、少し考えた後、大きくうなずいた。

ツシマ菜は機械ですりつぶされた後、大きな貯蔵タンクに溜められ、そこから瓶に移されるのだという。

「タンクにこっそりネズミの死骸でも入れておきます。その後すぐに、変な味がすると訴えて調べさせます。そうすれば、少なくとも二、三日は、出荷できないでしょう」

名案かもしれない。食中毒事件の記憶が生々しいだけに、人々はジュースを敬遠するようになるだろう。

「ペストに罹りかねないから、徹底的に消毒しないと危ないとでも、噂を流しておきます」

ふと、不安が過ぎった。

目の前の女性が裏切ることはないだろうか。信子が旧家のスパイでない証拠はどこにもない。希世が、どの程度事情を把握しているのか、探りに来た可能性だってあるのだ。

希世の不安を読み取ったのか、信子は自分を信用してくれときっぱりと言った。

「安楽死まがいの行為については、議論の余地があると思いますが、殺人を見逃すわけにはいきません。息子に、この島に帰ってきてほしいと思っています。そのためには、この島が呪われた歴史を断ち切るのが条件です。誰かにそれを断ち切ってほしいと思って生きてきました。でも、自分の手で断ち切らないといけないと、ようやく気付きました」

希世はうなずいた。

信子のオセロの石は、登の死を機にひっくり返った。この分なら、大丈夫だ。茂太に続いて、仲間が増えた。

和也も明後日に島に現れる。彼にも協力してもらって一気に決着をつけたい。

「では、私は早速、ネズミを探しに……」

信子が大真面目な顔で言った。

笑うところではないと思いつつも、お団子頭の女執事がネズミを探している様子が目に浮かんで、つい頰が緩んだ。

翌日は午後一時から登の葬儀だった。

診療所は二時まで休診にして、参列することにした。

焼香に立ったとき、なんとも言えない気持ちになった。急遽帰島した娘と遺族席に並んで座っている多恵は、身体が一回りしぼんでしまったみたいだ。

遺影に向かって手を合わせる。写真の中の登は、満面に笑みを浮かべていた。何も知らず、笑いながら逝ってしまったみたいで切ない。

島に来た当初、登はなにかと世話を焼いてくれた。野菜を持ってきてくれたり、買い物をする店を教えてくれたり……。

立原夫妻が面倒を見てくれなかったら、この地になじむのにもっと時間がかかっていただろう。

なのに、何事もなかったかのように、平然と手を合わせている自分が歯がゆい。

そして、周囲の参列者たちが不気味でしようがない。年配の人間たちは、この島でかつて行われたことを知っているはずだ。昨年から立て続けに亡くなった人たちについても、疑問を抱いているのではないか。なのに一様に口をつぐみ、登の死をありふれたものとして右から左へと送りだそうとしている。

——この恨みはきっと。

時代がかった台詞が、頭の中に浮かぶ。

焼香を終えて、多恵に一礼をしていると、左の頬に冷ややかな視線を感じた。視線の方向を横目で見ると、綿貫がいた。登の不調を見抜けなかった希世を責める気持ちがあるのだろうか。それもおかしな話だ。彼だってきっと……。

射るような視線を希世に向けているのは、一人や二人ではなかった。

「この冬は異常よ。なんで、こげに人が死ぬな?」

白珊瑚(さんご)の念珠を握りしめる。これの出番が、こう何度もあるとは、思ってもみなかった。

「川元先生がいらしゃったらなあ。そういや、食中毒んときも、肝心の点滴ができなかったちゅうど。医療の質が落ちてるちゅうことよ」

聞こえよがしな会話が耳に入った。逃げるようにその場を離れる。

みんな薄々は真相に気付いている。なのに、希世を責める言葉を口に出せるのは、ねじ曲げた事実を真実だと思い込もうとしているからではないだろうか。嘘を重ねるうちに、妄想や願望があたかも真実のように、記憶の中に刻み込まれているのかもしれない。どういう仕組みでそうなるのかは分からないけれど、まともにコミュニケーションが取れる相手ではない。

以前ほどの怖さは感じなかった。これまでは、何も分からないから怖かった。おぼろげながら、この島で起きていることが見えてきた現在、恐怖は薄らいでいる。得体の知れないものを相手にするより、敵の姿がはっきり見えている方がマシということなのだろう。

それに、なんといっても仲間の存在が大きい。

和也、菅野、茂太、信子。少なくとも、この四人はこちら側の人間だ。ペンションの藤尾夫妻だって、何かあれば力になってくれるはずだ。

ツシマ菜ジュースは、信子の奮闘により、計画通り出荷停止になった。越本も口添えしてくれたそうだ。

――年末に食中毒を出したばかりなのに、同じようなことがあったら、都から厳しい指導が入り、営業停止処分になってしまう。

そう言って、早期の操業再開を目指す東家を説得してくれたらしい。

登の家から持ち出したジュースは、茂太が、神津島の郵便局から「チルドゆうパック」で菅野に発送した。菅野は明日の夜まで海外出張だというので、メールを出しておいた。詳細は伏せ、薬物混入を疑っており、分析してくれる機関を探していると伝えた。戻り次第、連絡をくれるだろう。

明日になれば、和也が島にやってくる。

ジュースの件について、非常に興味を引かれている様子だった。できれば島に来る前に菅野と直接話したいと言うので、職場の電話番号を教えた。キタムラメディカルについても詳しく調べてきてくれるという。春美の同僚に聞けば、何か分かるかも知れないとも言っていた。

ともかく、自分はもう一人ではない。

何かあるとしたら、土曜日、海難法師の日だと思っていた。

当日は外出が禁じられている。白装束の人間が神の名を借りて、希世を成敗しに来るには、おあつらえ向きの日だ。その日は、和也とともにペンションに泊まるつもりだ。

あと少しの辛抱だ。

この闇(やみ)の連鎖を断ち切ってみせる。

自分にそう言い聞かせながら、立原家を後にした。

自宅で普段着に着替えた後、診療所に戻ったが、患者は一人も来なかった。

戸締まりを信子に任せて診療所を出ると、自宅にまた戻る。

葬儀の後、寝室のベッドに放り出してあった喪服をハンガーにかけ、バッグからハンカチと念珠ケースを取り出した。次に念珠を引っ張り出し、ティッシュで玉を優しくぬぐう。

白珊瑚の粒はプラスチックのような手触りだった。撫(な)でていると気分が落ち着く気がする。希世は、祖母のことを思った。

祖母はマツと同じ程度のことは、知っていたはずだ。なのに、希世に何も伝えることなく死んでしまった。おそらく、母にも伝えていない。母が、祖父の生業(なりわい)について正確に知っていれば、娘の赴任を全力で阻止したはずだ。

分からないのは、マツが言及していた文献のことだ。そんなものが本当にあったのか。誰も見たことがないようだから、ただの噂だったのか。

そのとき、ふいに指先がふっと軽くなった。白い玉がパラパラと床に落ち、乾いた音を立てる。

古いものだ。糸が傷(いた)んでいたのだろう。それにしても、不吉さを感じる。形あるものは、必ず壊れる。普段なら気にも留めないのだが、時が時だけに気になった。

寝室に置きっ放しにしていたノートパソコンで、意味合いを検索してみる。

——降りかかってきた災いを身代わりとして引き受けてくれたということ。

京都の仏具店のホームページにそう書いてあった。

不吉な予兆ではなかったことにほっとする。むしろ、祖母が守っていてくれるようで、心強い。

玉を全て拾い上げ、なくさないよう、ハンカチで包んだ。房のほうは、取り替えてもらったほうがいいかもしれない。紫色が褪せている。

つまみ上げたところ、二つの房のうち、一方から白っぽいものがはみ出ているのに気付いた。造りが雑なのだろうかと思いながら、房を分け、根元の部分をむき出しにした。

筒状に固く巻かれた紙のようだ。太さは五ミリほどだろうか。紙には、文字が書いてあるようだ。

これは……。

もう一方の房を見る。こちらには紫の糸をよった芯が入っていた。

誰もいるはずがないのに思わず周囲を見回す。はやる気持ちを抑えながら、巻き紙を取り出し、注意深く広げた。

――本殿裏㭲。

小さな文字で書いてある。四文字目が読めない。検索して、ようやくそれがタブであることを知る。

本殿裏のタブの木に何かがあるらしい。本殿というのは、もちろん野木神社の本殿を指すのだろう。

両腕に鳥肌が立った。

これまでの話の流れから、コロリの製法を記した文献、あるいはコロリそのものだとしか思えない。

祖母もこのことを知っていたと思う。母ではなく、希世に念珠を譲ったのは、おそらく希世が医学部に入ったからだ。

そういえば、医学部に合格したときの祖母の喜び方は、尋常ではなかった。人の命を奪っていた一族の末裔(まつえい)が命を救う医者になる。そのことに、彼女なりに感慨を覚えていたのだろう。

そこまで考えて、希世は首を横に振った。

いや、そうじゃない。それは現代を生きる希世の感覚だ。

祖母は、もしかしたら、野木一族のことを安楽死を請け負う医者のようなものだと認識していたかもしれない。そうだとしたら、希世は野木の家業を継いだと言えなくもなかった。

ただ、あれはもう十年以上前のことだ。そのとき祖母は、希世がこの島に来ることになるなんて、思ってもみなかったはずだ。

なのに、自分はこうして彼女が捨てた島にいる。野木神社から、一キロほどしか離れていない場所で、唯一の診療所を預かっている。

運命の糸というものが存在するのだと、思わずにはいられない。

紙を小さく畳むと、ジュエリーケースの中にしまった。

この紙のことは迂闊に口に出すべきではない。人を自然死に見せかけて殺せる薬の製法を記した文献のありかが記載されているのだ。事件に決着を付ける切り札にもなる。

和也が来るまで、口外しないようにしよう。監視の目が至る所にある中、タブを探るのは難しい。だったら、開き直って大人数で行ったほうがいい。

冷凍しておいたカレーで簡単に夕食をすませると、ソファに寝転がってパソコンを再度立ち上げた。

一連の出来事の中で、キタムラメディカルがどう絡んでいるかだけが、謎だった。インチキな安楽死に手を貸すことに、メリットはないように思える。和也が調べてくれると言っていたが、自分でもネットを見てみることにする。

ホームページをじっくり読んでみる。

キタムラメディカルの研究顧問は、長島研一。遺伝子ハンターとして知られ、現在は遺伝子情報を利用した創薬を手がけている。

手始めに業績をネットで調べてみた。一九八〇年代に東欧にある小国の大学に留学していたらしい。

なぜ、そんな国へ行ったのだろう。研究環境がいいとは思えない。

その大学の医学部のホームページを開く。主な研究内容について調べているうちに、はっとした。急いで先を読み進める。

都市部から離れた渓谷に、特殊な戒律を守って暮らす民がいるという。外部との交流はほとんどない。そこでフィールドワークを行っているという。

狭いコミュニティ。閉ざされた世界。そして限られた家系。

この島にどこか似ている。

検索画面を立ち上げて、国名と「遺伝子研究」と英語で入力する。

ヒットした何本かの記事を読み進めるうちに、興奮がわき上がってきた。

思わず、ソファの上に正座をする。

その共同体では家系図を大切にしているそうだ。家系図は遺伝子研究に役立つ。病気の原因、あるいは体質に関係する遺伝子が割り出しやすくなるのだという。

そこに目をつけたアメリカの大学や、ベンチャー企業が、同地域で人々の協力を得ながら、遺伝子研究を進めていった。その結果、いくつもの重要な遺伝子を特定するのに成功していた。中には、長島が見つけた遺伝子も含まれているらしい。

通島は、キタムラメディカル、あるいは長島にとってその地と同じ意味を持つのだ。違うのは、密かに研究が行われている点だろう。診療所を預かる希世でさえ、遺伝子研究に協力しているという話を知らない。健診に出した血液などを勝手に分析しているのではないか。健康に関するデータ類も、ほとんどが彼らに渡っている。

その噂を聞きつけたとしたら、春美のはしゃぎぶりも分かる。人の遺伝子研究は厳密なルールに基づいて行われるべきだ。業績好調のキタムラメディカル、あるいは有名教授の長島が、禁忌を犯しているとしたら、世界的なスキャンダルだ。法律上、どのような罪に問われるのかはよく分からないけれど、究極のプライバシーとも言える遺伝子情報を勝手に使用したなら、問題になるはずだ。

しかし、そこではたと考え込んでしまった。

ぴんぴんころりのカラクリは、それだけではないような気がする。実際に、島では人が死んでいる。その事実が、遺伝子研究と結びつかない。

また、研究のため、すなわちビジネスのためとはいえ、殺人というリスクを冒すほど、この島に価値があるとも思えなかった。

いずれにせよ、あのジュースを解析し、タブから文献を見つけ出すことができれば、おのずと真相があぶり出されてくるはずだ。

窓を雨が叩(たた)いている。いつの間にか降り出したようだ。そういえば、気圧の谷が明日、この島の近くを通過するらしい。

天候が落ち着いてくれればいいのだが……。高速ジェット船は、海が荒れると接岸できない。和也はそうそう休みを取れないだろう。

とりあえず、キタムラメディカルについて調べたことを菅野と和也にメールで知らせることにする。

メールを書き終え、送信ボタンを押すなり、希世は首をかしげた。送受信の動作が始まらない。

試しにウェブページを開こうとしたが、こちらもダメだ。さっきまではつながっていたのに、どういうことだろう。

携帯電話を手に取る。こちらもつながらない。パソコンに問題があるわけではなく、回線がおかしくなっているようだ。

この島では、固定電話、携帯電話、ネットの全てを一社が担(にな)っていた。大きなパラボラアンテナが宮根にあり、それですべての通信をまかなっている。そのアンテナが、何らかの理由で故障してしまったのか。

こんなことは初めてだ。雨のせいだろうか。でも、赴任した直後にやってきた台風のときの暴風雨は、こんなものではなかった。

今この瞬間、島は外部から、完全に隔絶されている。

心臓が早鐘のように打ち始める。ただの事故ならいい。でも、そうでないとしたら……。

ここに一人でいてはいけない。ペンションへ向かうべきだ。

ナップザックに手早く着替えを詰めると、玄関脇(わき)の物置から、上下のレインスーツを引っ張り出して、ダウンジャケットとジーンズの上に着込んだ。

外に出ると、案の定、雨が降りつけてきた。風がさほどひどくないのが、せめてもの救いだ。

小走りで車まで行き、素早く乗り込むと、ビクビクしながらエンジンキーを差し込んだ。幸い、エンジンはすぐにかかった。

希世はすぐさま車を発進させた。

「希世先生！」

範子は驚きつつも、あたたかく迎え入れてくれた。

談話室のソファに希世を座らせると、タオルを持ってきてくれた。

「脱いだカッパ、拭いといた方がいいよ。臭くなるから」

受け取って、早速、タオルで拭き始める。

「ごめんね、突然押しかけちゃって。電話が通じないもんだから、不安になっちゃって」

「電話が？」

「アンテナが故障したのかな。ネットもつながらない」

「五時頃、東京にかけたときには通じたけど……」

範子がドアから顔を出して、夫の順二を大声で呼んだ。

電話もネットも通じないと言うと、順二はすぐに自分の携帯で電話をかけ始めた。

「つながらないな。こういう離島は通信が命綱だろ？　この程度の雨で、アンテナや中継所がどうにかなるなんて、あり得ないはずだけど」

故障したとしても、バックアップシステムが立ち上がって、早期に復旧されるはずだと順二は言った。

「それに妙だな。回線に問題が発生したなら、村営放送で案内が流れるんじゃないのか？　どうでもいいことまで、でかい音量で流したがるのに、こんなときにかぎって案内がないのはおかしい」

その通りだ。アナウンスがないことが、かえって不気味だ。

「それはともかく、希世先生、大丈夫なの？」

範子が尋ねた。昼間、前田屋で気になる話を聞いたのだという。

「言いにくいんだけど……。登さんがあんなふうに突然亡くなったのは、先生のミスだっていう噂が流れてる」

やはり、と思いながらうなずいた。

順二が呆(あき)れたように鼻を鳴らした。

「バカバカしいことを言うヤツがいるもんだな。運動したって、食事に気をつけたって、死ぬときは死ぬんだよ。死んだから診ていた医者がおかしいって、それじゃあまるでぴんぴんころり教だ」

「ホントよねえ。ま、すぐにそんな噂、消えると思うから、あまり気にしないようにね」

範子は笑みを作りながら、そう言うと、お茶を入れると言って席を立った。

希世はまったく笑えなかった。

葬式のときに浴びた視線には、尋常ではない敵意が込められていた。誰がどこまで真相を知っているのかは不明だが、彼らは希世のことを排除すべき存在と明確に位置づけている。回線をダウンさせたのは故意。今頃、希世の自宅には人が向かっているかもしれない。

自宅にいないことが分かれば、次は必ずここに現れるはずだ。夏ならともかく厳冬期で雨まで降っている。狭い島内で、希世が逃げ込むとしたら、このペンションぐらいしかないことは誰にだって分かる。

ここに来たのは、誤りだったかもしれない……。

藤尾夫妻に迷惑をかけてしまう怖(おそ)れがある。大人数でやってこられたら、三人では太刀打ちできない。

どうすればいいんだろう……。車があるから、移動はできる。でも、逃げ切るということは不可能だ。どこへ逃げたって、所詮(しょせん)、袋のネズミに過ぎない。

茂太や信子を頼るのも危険だ。彼らが、希世の側に立っていることは、まだ知られていないと思う。彼らのところに逃げ込む行為は、裏切り者の首を差し出すのと等しい。

奥歯を嚙みしめた。

甘かった。危ないと感じていたのに、こうなるまで何も気付かないなんて……。駐在所と役場が結託していれば、通信を遮断するなんて簡単だ。

そのとき、表で車の音がした。希世は、はじかれたように立ち上がった。

――いよいよ来た。

順二が目を丸くして、自分を見ている。

「どうしたんだい?」

「車の音が……」

「回線が切れたことについて、知らせに来てくれたんじゃないの?」

のんびりと言う。

裏口から脱出しようかと思ったが、車は表玄関を出たところに駐めてある。車なしでは、どうにもならない。そして、車は見張られているに決まっている。

「藤尾さん、こんばんは。ちょっと話があるで、開けてくんろ」

綿貫の声だった。聞き慣れているはずの声なのに、別人のもののように聞こえる。なのに、綿貫のものであることは分かる。

泣きそうになりながら範子に目をやった。唇を開いてみたものの、言葉が出ない。

範子と順二も希世の様子がおかしいことに気付いたようだ。二人は目くばせをすると、どうしたのかと口々に尋ねた。

希世は覚悟を決めた。無関係のこの二人を巻き込んではいけない。相手には常識どころか事実が通じない。でも勝ち目はある。切り札があるのだ。

——本殿裏桝。

この情報を盾に、のらりくらりと躱（かわ）そう。

誰が企（たくら）んだことにせよ、この島の通信回線が途絶えていることを長く隠しおおせるはずがない。せいぜい、今夜いっぱいだ。

例えば菅野や和也が希世と連絡が取れないことに気付いたら、通信会社に問い合わせてくれる。そうしたら、事は明るみに出る。

明日の朝になれば、きっと外部の目が入る。それまで時間を稼げばいいのだ。

「なんでもない」

希世は無理に笑みを作り、首を横に振った。

玄関先に立っていたのは、綿貫と初めて見る若い女性だった。綿貫は昭圭の娘だと行って希世に紹介した。女性はぴょこりと頭を下げると、「紫織（しおり）です」と名乗った。

くまだ二十歳そこそこだろう。ボブカットというよりおかっぱと呼んだほうがしっくり

くる髪型の素朴な雰囲気の娘だった。

紫織は、ひょろりとした首をすくめながら往診を頼みたいと言った。

「お婆ちゃんが、危ないみたいなんです。夕方から意識がもうろうとしてて……」

電話がつながらないので、希世の自宅に直接出向いたところ、車がなかったため、

見当をつけてやってきたそうだ。

綿貫が付け加えた。

「昭圭さんは、普段、よその医者に診せてるのに、こういうときだけ先生を呼ぶのも

ふうが悪いちゅうてよ。でも、生き死にのことで遠慮はいらねえ。オイが紫織さんと

先生を呼びに行くことにしただ」

「よりによって、そんな日に回線がダウンするなんてねえ……」

範子が気の毒そうに言う。

こんなときにも、口裏合わせや工作は完璧だ。

でも、これでいい。藤尾夫妻に迷惑をかけたくはなかった。

「分かりました。すぐに行きましょう」

外に出ると、自分の車に乗り込んでエンジンをかけた。綿貫が先に車を出す。逃走

しようと思えばできる状況だ。でも、逃げたってどこにも行き場はない。それが分かっているから、あえて同じ車に乗るよう、強制しなかったのだろう。フロントガラスを滝のように雨が流れる。ハンドルにしがみつくようにして、車を進めた。

寺の駐車場に車を駐めると、綿貫と紫織に挟まれるようにして、仁王門から寺の敷地に入った。横殴りの雨に、傘が全く役に立たない。レインスーツもすぐにびしょ濡れになった。視界が悪い上、灯りといえば、綿貫が手にしている懐中電灯だけだ。雨音で耳がおかしくなりそうだ。

本堂の扉は雨を避けるためか閉まっていたが、灯りがかすかに漏れていた。読経の声も流れている。一人の声ではなかった。十人、いや、それ以上の声が重なり合い、まるで複雑な和音のような響きだ。雨の音に対抗するように、それは次第に大きくなっていった。

こんな時間にどうしたのだろう。病人の快気でも祈っているのだろうか。

しかし、そんな暢気な話ではないはずだ。

「先生、実は病人ちゅうのは方便ど。皆が是非とも先生と話したいちゅうもんでよ。いくつか、教えてほしいことがあん」

雨をさけられるひさしの下に入ると、底光りする目を瞬きながら、綿貫が怒鳴るように言う。吊し上げ。こうなると予想はついていたが、いざとなると足がすくむ。明朝までしのげばいいのだと考えてみても、心が折れそうだ。

いつの間にか、紫織は姿を消していた。逃げようと思えば逃げられるけれど、すぐに追っ手がかかり、捕まることは目に見えていた。

「分かりました」

希世が言うのと同時に、本堂の扉がゆるりと開いた。

集まっていたのは、三十人ほどだった。きらびやかな台座に据えられた本尊のほうを向いて正座していた面々が、一斉に振り返ってこちらを見た。

線香の煙が辺りに充満していた。目にしみるぐらいだ。

本尊から近い場所に、湊周蔵と東家の当主の姿があった。その他にも、見知った顔が何人かいる。湊のイワ、ガソリンスタンドの虎雄、前田屋の比呂子、湊の和江……。若い者の姿は見えなかった。茂太の姿もない。

本尊の前には、昭洋が座っていた。紫色の法衣に包まれた小柄な身体をしゃんと伸ばし、威嚇するように希世を見据える。その隣に座っている昭圭は、目を閉じていた。

綿貫に促され、二人の前に向かい合うように座った。背後から注がれる視線が、背中や首筋に突き刺さる。

「先生は、誤解をしとっど」

開口一番に、昭洋が鋭い声で言った。

「何やら嗅ぎ回っとるようだども、ぴんぴんころりにカラクリなどねえ。マツ婆が何やら吹き込んだようだが、あの婆はボケがきとる。婆の戯れ言を信じて、騒ぎ立てるとは迷惑千万なことよ」

背後から一斉に「おおよ！」という声が上がった。腹からひびくような声を三十人もの人間が一斉に出すと、空気が震えた。振動は希世の身体をゆすり上げる。血液が泡立つようで、吐き気がしてくる。屋根を叩く雨音まで、降り注ぐ弾丸のように思えてくる。

昭洋は希世を見据えながら続けた。

「そんなことより、己のことを省みるべきど。今年に入って三人が亡くなった。三人とも、すぐにどうこうなるような病人でもねがった。にもかかわらず亡くなったのは、先生の目が行き届いてなかったせいど」

「おおよ！」

背後の声に対抗するように、昭洋が声を張り上げた。

「そのことをごまかそうと、あることねえことをでっち上げるとは、医者として許されざる行為ど。責任取ってもらいたいちゅうんが、皆の総意よ」

希世は腹に力を込めた。昭洋のペースに飲みこまれてはいけない。主導権を取り、朝まで時間を稼ぐのだ。

「それで私にどうしろと？　まさか、春美のように、私を殺すつもりじゃないでしょうね」

声が震えなかったことを神に感謝する。大丈夫。闘える。祖母が遺(のこ)してくれた切り札がある。

昭洋が、皺(しわ)深い顔を歪(ゆが)めた。

「そもそも、それが誤解ど。あの本宮とかいう男が、身内の自殺を信じられん気持ちは分かる。でも、それをオイらのせいにするのは、迷惑至極よ」

「誤解かどうかは、そのうち判明すると思います。本土の警察がいろいろと調べ始めたようですよ」

ざわめきが起きた。雨音と呼応するように、人々の口から言葉が漏れる。

思い切って背後を振り返った。最前列にいる周蔵と東家の当主は、苦虫を嚙みつぶしたような表情を浮かべているが、その他の者たちの目には、不安の色があった。それに勇気を得て、希世は続けた。

「この島には、いろいろ秘密があるのでしょう。それを守ろうとする気持ちは、分からないでもない。でも、だからと言って、弱った人を次々に殺してゆくのはおかしいでしょう。黙っていたら、この場にいる皆さんも、殺人の共犯ということになりかねませんよ」

「よそもんの妄言に耳貸しちゃいけねえ」

昭洋が叫んだが、希世は構わず続けた。

「コロリという薬について、マツさんから聞きました。去年の秋に亡くなった二人、そして今年亡くなった三人は、コロリで殺されたのだと思います。少なくとも、その可能性は高い。それを黙って見過ごせというほうが、異常ではないですか？」

そのとき、イワが立ち上がった。

「何を下らん話を！　昔はともかく、今、そんなものあるものか。野木の最後の当主がおっちんだ。そいで終いど。そんなことぐらい、年寄りなら誰でも知っとる」

何人もがうなずいた。「おおよ」という声がバラバラに上った。

ジュースのカラクリについて、ここでぶちまけたい。分析結果が出たら事実ははっきりする。

でも、それを今やったら、結果が出る前に、何らかの策を講じてくるかもしれない。

虎雄が口を開いた。

「封印された歴史を蒸し返しても、しょうがねえべえ。過去の事は過去の事として、オイラは、静かに暮らしていきたいだけだ。そもそも、コロリなんてもん、本当にあったかどうか。所詮噂(うわさ)に過ぎねえずら。伝説みたいなもんかもしれねえ。野木が絶えた今、真実なんぞ誰にも分からねえ」

彼の言葉に力を得たように、「おおよ」の大合唱が起きた。

昭洋が勝ち誇ったような目で希世を見る。

「というわけで、先生。おかしな事を口走るのはやめてくんろ。大人しく任期まで診療を続けるか、それとも荷物まとめてとっとと出ていき、島のことを話さないか。そのどちらかにしてくんろ」

「おおよ！」

ひときわ大きな声が上がった。

昭洋の言葉をそのまま受け取るわけにはいかなかった。春美は口封じのために殺された可能性が高い。なのに、自分だけが無事ですむわけがない。

自殺と見せかけて殺すつもりだ。理由など、いくらでも後付けできる。今年亡くなった三人を殺した張本人にされてしまう怖れすらあった。

それが彼らの手口だ。ねじ曲げられた事実を真実に変えてしまう。真実とは、彼らのしきたりを守るための道具であり、事実かどうかは関係がないのだ。

「あの……」

希世は慎重に口を開いた。

「コロリが存在したということは、私が証明できると思います」

虎雄が目を丸くした。

「本当だか？　文献の類（たぐ）いは相当探したども、なんも出てこなかったど」

「祖母が、密（ひそ）かに文献のありかを記していたんです」

譲り受けた白珊瑚の念珠の房にそれが隠されていたことを打ち明けると、どよめきが広がった。

「皆、そのアマにたぶらかされるじゃねえ！」

イワが怒鳴った。しかし、どよめきは収まる様子がない。コロリの存在の有無について、皆、確証を持っていないのだ。切り札の威力は想像通りだった。

それまで黙っていた昭圭が口を開いた。

「それは、どこにあるんですか？」

「もし良かったら、明日にでもご案内しましょう。今日はもう遅いですし、こんな天気ですから、目的の場所にたどり着けるかどうか」

朝になれば、島の外から誰かが来るはずだ。

虎雄が身体を前に乗り出した。

「ということは、御山のどこかか？　野木の家や神社はくまなく探ったが、なんも出なかった。あとは、御山ぐらいかと思ったども、さすがに広すぎて手も足も出なかった。昭洋さん、昭圭さん、ここは一つ先生の言うことを聞いてみたらどうな？」

別の男がうなずいた。

「オイも、コロリが本当にあったのか知りてえ。この際、はっきりさせとこうど。こんところ、人が死にすぎど。背中が薄ら寒くてしょうがねえ」

昭洋が小柄な身体を前にのりだしたが、それを制するように昭圭が口を開いた。

「分かりました。では、そういうことにしましょう」

張りのある声で言いながら、昭洋のほうを見る。

昭洋は、渋々うなずいた。

「ただし、今から行く。先生がなんか細工するかもしれねえ。幸い、雨は小雨になってきたど。カッパ着ていけば、たいしたことねえべえ」

そう言われ、雨音が聞こえないことに気付く。運に見放されたような気分だ。

そのとき、和江が立ち上がった。

「ここは一つ、若い人らあに、行ってもらったらどうです」

勇気を振り絞るようにして言う。

最近、若い人たちの間でも、コロリの噂が囁かれていると和江は言った。

「私んとこにも、町子さんが亡くなったときのことを聞いてくるもんがおったです。昔はともかく、今もそんなことが行われてるちゅう誤解は解いといたほうがええ。年寄りだけで、こそこそしたら誤解を広げてしまうような気ぃがします」

和江は、希世のほうを一瞥もしなかった。それでも、助け船を出してくれたのだと分かった。

茂太が同行してくれるなら心強い。少なくとも、その場でどうにかされることは避けられそうだ。

とにかく、時間を稼ぐこと。明日になれば、きっと援軍が来る。

「そうどな。そいがええかもしれん。そう言えば、オイんとこにも、湊の茂太らあがコロリの話を聞きにきたど。あいつらを連れて行くちゅうのはどうな」

虎雄が言い、「おおよ」という声が上がった。

野木神社は暗闇の中、ひっそりとたたずんでいた。雨は上がっている。落ち葉の匂いが強くした。

綿貫が手に持った懐中電灯が無遠慮に本殿を照らす。

「本殿裏のタブ、ちゅうと……」

目をこらすようにしながら言う。

希世は本殿の背後に広がる森を見た。暗いばかりでなく、そもそも木の種類が希世にはよく分からない。

「黒田さん、もう少し、上のほうを照らしてくんろ」

茂太が言った。

結局、神社までやってきたのは、希世、綿貫、昭圭の他に、急遽呼び出された茂太と駐在所の黒田の五人だけだった。二台の車に分乗して、ここまでやってきたのだ。もう時刻は十二時を過ぎているはずだ。あと、七、八時間もすれば、通信回線が途絶したことを心配した誰かが、島に来てくれるはずだ。そのことだけが心の支えだ。

黒田は、駐在所の備品らしい大型のライトを持参していた。ＬＥＤを使用しているのか、光のパワーが懐中電灯とは段違いだ。

森の中で木を一本一本見て回っていた茂太が振り向いた。

「これだと思うども」

一本の大きな木の幹を叩くと、梢を指した。

「あそこんとこが、洞になっとる」

「茂太、ワレ、登ってみろ」

綿貫が言う前に茂太は幹に取りついていた。濡れた木肌が滑るのか、慎重によじ登って行く。

希世は息を詰めてその姿を見守った。

下から二段目の枝の根元に洞はあるらしい。枝にまたがった茂太は、ライトがまぶしいのか、目を細めながら洞に手を突っ込んだ。

祖母だけが存在を知っていたものが、今、何十年もの時を経て、人の目に触れるのだと思うと、胸が高鳴った。

だが、茂太はやがて腕を洞から抜くと、首を横に振った。

「なんもねえ。空っぽど」

「そんな……」

膨らんでいた気持ちが急速にしぼんだ。切り札だと思っていたものが、存在しなかったなんて……。

だとすると、あの紙は、いったい何だったのだろう。本殿裏の栴とは別の木を指すのだろうか。それとも誰かが洞を先に探ったたか。

「先生、デタラメ言うたな？」

黒田が言う。

「そんなことないです。この後、ウチに寄りましょう。祖母の念珠に入ってた紙をお見せしますから」

「それより、いったん寺に戻るべえ。昭洋さんに報告せねば」

黒田はそう言うと、希世の腕を取った。まるで、連行される容疑者のようだと思いながら、希世はうなだれた。

そのとき、木の上から茂太が野太い声を上げた。

「火事ど！　派手に燃えちゅう！」

素早く枝からぶら下がると、弾みをつけて飛び降りた。

「どの辺りな？」

黒田が緊張気味に尋ねる。

「ペンションの方ど。早う消防団招集せんと、手遅れになるど」

あの周囲に民家はない。電話が通じなければ、助けも呼びようがない。逃げ遅れていなければいいのだが……。

「よりによって、こんな夜に火事とは」

　黒田が腹立たしげに言う。

「黒田さん、文句は後ど。急いだほうがええ。大代の消防団を招集してくんろ。オイは先生を連れて、ペンションの様子を見に行ってくるだ。怪我人がおるかもしれねえ」

　黒田がうなずいた。

「よそもんといえど、見殺しにするわけにはいかねえ。茂太、頼む」

　茂太が希世の腕を引っ張った。

　その車に押し込められるように乗る。あとの三人は、黒田のパトカーに乗り込んだ。

先に行け、というように茂太が手を振ると、パトカーはサイレンを鳴らしながら、発進した。

　茂太はその後を尾けるように、車を出した。パトカーはY字路を右に曲がり、大代方面へ向かった。茂太の車はまっすぐに明戸岬を目指す。

「藤尾さんたち、大丈夫かしら……」

　茂太はハンドルを握ったまま、横目で希世を見ると得意気に笑った。

「火事なんて、真っ赤な嘘ど」

「えっ？」

「呼びに来た和江さんから、寺でのことを聞いただ。このままでは先生が危ないから、逃がしてやれちゅうてた」

春美という女は、やはり殺されたのだろうと茂太は言った。

「このままでは、先生が二の舞じゃちゅうて、心配しとった」

希世は唾（つば）を飲み込んだ。

「和江さんから藤尾さんらに事情を話して、船を用意してくれとるはずど。それで、大島まで行って、なるべく早く助けを連れて戻ってくんろ」

さすがに何人もを始末するのは難しいと思うが、自分も和江も無事ではすまないかもしれないと茂太は言った。

「こんな茶番はもうたくさんど。この際、島の外の人に入ってもらったほうがいい。通島は御三家や年寄りだけのもんじゃねえ。オイやオイの息子のもんでもあん」

頼もしい言葉に涙が出そうだった。

「分かった、そうする」

それ以上の言葉が出てこない。そして、今さらながら、自分が絶体絶命の状況にあったことを悟る。

ペンションは灯りは点いているものの静まり返っている。ドアチャイムを押してみたが、人が出てくる気配はなかった。

「船着き場に降りたんだかな」

そう言いながら、裏庭へ回ろうとしたときだ。ふいに周囲が明るく照らし出された。建物の陰に車が停まっていたのだ。

後部座席のドアが開き、姿を現したのは、法衣の小柄な男だった。若い者を四人ほど従えている。

絶望に希世は襲われた。

「茂太よ。オイのことを見くびってもらったら、困るずら」

ニヤニヤしながら昭洋が言う。

「和江は、ああいう場で物を言うような女じゃねえ。何か裏があることぐらい、すぐに気付くど」

「藤尾さんたちは？」

茂太がパニックになりながら尋ねる。

「なーんも心配いらん。藤尾さん夫婦には、しばらくの間、眠ってもらっとる。目が覚めたら、すーっかり忘れとるはずど」

薬を盛ったということか。

「昭洋さん、こんなことは許されねえ。平成の世の中ど。島は無法地帯じゃねえ」

茂太が震える声で言った。それが合図だったかのように、若者たちが茂太を取り囲んだ。

息を呑む間もなく、そのうちの一人の拳が宙を舞い、茂太は声を上げる間もなく地面に崩れ落ちた。

「茂太さん！」

「心配ねえ。茂太にも、眠ってもらうだけよ。オイが用があんのは先生だけよ」

昭洋はそう言うと、小柄な身体を伸ばすようにして、怪鳥じみた声で笑った。

「さっさと歩け」

背後で黒田が言った。

背中を硬いものでこづかれ、顔をしかめる。おそらく拳銃だろう。

こんな人間に銃を持たせるなんて、日本の警察はどうかしている。

懐中電灯で照らされているとはいえ、暗い山道をさっさと歩けというのも間違っている。しかも、さっきから再び雨足が強くなった。下着までぐっしょり濡れている。体温が奪われているせいか、歯の根が合わない。

心の中で強がってみても、身体はさっきから震えっぱなしだ。そろそろ夜明けが近いようで、鳥の鳴き声が海のほうから聞こえてくる。

前を歩く綿貫は無言で歩を進める。綿貫もまた、疲れているはずだが、まるでロボットのように機械的に足を動かしていた。

もしかしたら、覚醒剤(かくせい)のようなものを摂取しているのかもしれない。

二人に前後を挟まれて、野木神社の脇から、山道に入った。行き先は見当がつく。祠(ほこら)のある断崖(だんがい)だ。

すなわち、春美と同じ運命が待ち受けているということだった。

——まだチャンスはあるはずだ。

そう思おうとしても、全身の筋肉が悲鳴を上げている。レインスーツを通してしみこむ雨が、体温を容赦なく奪っていく。こんな状況ではまともに考えられない。

「トロトロすんな」

苛立(いらだ)った声とともに、硬いものが背中をこづく。

「黒田さん、警察官なのに、なんでこんなことを？　いくらなんでも、違法だって分かってますよね」

そう言うと、黒田は喉の奥で笑った。

「なんだかんだ言う人間はいるが、オイはこの島が好きよ。東京なんぞ人の住む場所じゃねえ。この島を離れていた間の分も、島に尽くすことに決めとる」

それが、この違法行為につながっているわけか。警官としての倫理感などどうでもよくなるほど郷土への思い入れが強いとは……。

生まれた土地につながっている者の思いは、そうでない者には理解できないかもしれないが、それにしてもと思う。

自分は土地にはつながっていない。でも、人とはつながっている。まっ先に思い浮かぶのは母の顔だ。こんな形で先立つなんて、親不孝もいいところだ。

和也の顔も浮かんだ。

あんなに心配してくれたのに、彼が来る前に動いてしまった。仕方のない面もあるけれど、軽率だった。

希世をも死なせてしまったことを悔やむだろう。そう思うと、申し訳ない気分で一杯だった。

綿貫がふいに足を止めた。肩越しに、いつか見た休憩所の屋根が見えた。

とりあえずは、雨を避けられる。そう思いながら突っ立っていると、綿貫が休憩所に向かって声をかけた。誰かがベンチにいるらしい。しかも二人だ。一人は、頭の形から判断して、昭圭だ。

この男がすべてを仕切っていたのだ。

「ご苦労様。皆、屋根の下に入るといい」

張りのある声で男は言った。

綿貫が再び歩き始めた。黒田に促され、希世も歩き出す。

屋根の下に入ると、雨音が耳をついた。

立っていられなくてベンチに倒れ込むように座る。

すかさず黒田がかがみ込み、手袋を嵌(は)めた手で、希世の靴を脱がせた。そのときが近いことを悟り、収まっていた震えが再び来た。

恐怖は収まっていた。心が麻痺(まひ)してしまったのかもしれない。

綿貫はベンチに座ると、頭(こうべ)を垂れていた。山道は相当、きつかったのかもしれない。

彼もまた、被害者なのかもしれないと、ぼんやりと思った。

一方の黒田は屋根の下には入ったものの、片手に拳銃、もう一方の手に懐中電灯を持ったまま、周囲に目を光らせている。

「計画に気付くとは、なかなか優秀だな。予想外だったと言ってもいい」

男が、希世を見下ろすようにしながら言った。

お前はいったい誰なんだと思いながら、ベンチに置きっぱなしの懐中電灯の光に浮かび上がる顔を見た。

どこかで見たような顔だ。すぐに思い出した。昨日、ネットで検索したとき、画像をいくつか眺めた。

半ばはげ上がった眉の濃い、いかにもアクの強そうな顔。何より特徴的なのは、人を人とも思っていないような不遜(ふそん)な笑み。

長島研一だ！

推理は間違っていなかった。この男が背後にいたのだ。

希世の顔に浮かんだ驚愕(きょうがく)を楽しむように、長島は白い歯を見せて笑った。どこまでも人を食った男だ。

希世は悔しさで歯がみした。

あと一日、いや、半日あれば、真相までたどり着けたかもしれない。そうしたら、その憎々しげな顔を恐怖と後悔で歪(ゆが)ませてやったのに。

長島は希世から目をそらそうとしなかった。罠に掛かった動物がもがき苦しむのを楽しんでいるような、残忍な光が目には浮かんでいた。

「一ノ瀬先生は、どこまで知っているんだ？」

昭圭が尋ねた。

答える義務などないが、会話を続けたほうがいい。時間を稼げば、生き延びるチャンスが訪れるかもしれない。

ただ、余計なことをしゃべってはいけない。しゃべれば、その情報に合わせて、裏工作がなされる。

この期に及んでできることがあるとすれば、自分の死が自殺と片付けられないようにすることだけかもしれない。

裏工作や口裏合わせさえされなければ、誰かが真相を突き止めてくれる。明日、来島することになっている和也、あるいは信子……。菅原だって、あんなメールの後で、希世が自殺したら、どこかがおかしいと気付く。

この狂った島は必ず、近いうちに正される。

しくじりはしたけど、自分がやったことは、無駄ではない。

そう思っても救われはしなかったが、少し気持ちが楽になった。

「答えろよ。わざわざこんなところまで、顔を見に来てやったんだ」

　長島は挑発するように言った。

　希世は、慎重に口を開いた。

「ジュースの中に混ぜ物がされていること。それが、コロリかどうかは分からない。サンプルを郵送したかったんだけど、どうせ郵便局で引っかかると思ったからしなかった」

　嘘をついておく。後で、彼らに一矢を報いる材料になればいいのだが……。

「キタムラについては、どこまで知ってる？」

「最初の頃はぴんぴんころりを装って、長患いをしている人を殺しているんだと思った。島には、昔そういう慣習があったみたいだから、島民たちがそうするのは分かる。でも、キタムラに島民を殺す理由はない」

　長島は満足そうに笑うと、昭圭の方を向いた。

「な、泉沢。俺の言ったとおりじゃないか。まだまだ危なくなんかないよ。こいつの始末をうまくつければ、この島はまだ使える」

「使えるって？」

　思わず尋ねていた。

昭圭が首を横に振ったが、長島は得意げに鼻をこすった。

「いろいろある。第一は、遺伝子解析のための資料採取だ。具体的には血液なんだが、遺伝子を解析して、寺が管理している血縁関係図や過去のカルテなんかと照合すれば、病気や体質に関係する遺伝子を割り出しやすい。最初はそれが狙いだった」

やはり思った通りだった。東欧で手がけていたのと同じことを長島はこの島でやっていた。

でも、分からない。

「血縁関係図なんてものがお寺に？　聞いたことがないわ」

昭圭は無表情だった。代わりに長島が答える。

「この島じゃ、単なる過去帳では不十分なんだよ。人が少ないとどうしても血が濃くなる。どの血筋とどの血筋が交わったとき問題が生じるのかを記録する役割を寺は担(にな)っている。そんな妙なことをしているから、本山からは江戸時代に破門されたわけだけどな」

昭圭は長島を軽く睨(にら)んだ。

「コロリが必要だったように、血縁図もこの島には必要だった。島には島の事情があるんだ」

「お前がそう言い張るなら、そういうことにしておいてやってもいいぜ」

長島は、希世に向き直った。

「第二に、薬の効果の検証だ。例えば、朝の体操で配布するジュースには、血圧降下剤が一定割合、含まれている」

これからは薬で病気を予防する時代だと長島は言った。

「血圧やコレステロールなんかは、健康なうちから薬で管理したほうがいい。運動しろだの、食事制限しろだの言っても、素直に聞く連中は少ない。薬でコントロールする方が現実的なんだよ」

ただし、発病前から長期的に薬を摂取したときの影響が分からない。このため、毎朝のジュースに血圧降下剤などを混入して、追跡していた。

「その他にも抗がん剤など新薬の治験なんかにも使える。普通の治験ばかりじゃなく、遺伝子情報がそろってると、いろんなことが分かる」

同じ遺伝子でも、個人によって微妙に塩基配列が異なることがあるのだと、長島は言った。その差が、効果や副作用の有無を分けるのだという。

あらかじめ遺伝子を調べたうえで、投与する薬の量や種類を決めれば、無駄な投薬や副作用を防げる。「テーラーメード医療」と呼ばれる次世代の医療だ。

「遺伝子情報を利用した治験がやり放題というわけだ。この島の有効利用を思いついた当初は遺伝子研究が目的だったが、今じゃ治験の場としての価値のほうが圧倒的に高いな」

「そもそも、治験っていうのは、きちんと届け出をして行うものでしょう。あなた方がやっていることは、ただの人体実験じゃないですか？」

　長島は肩をすくめた。

「手続きを省略しているだけで、やっていることは通常のフェーズ1とたいして変わらんよ」

　フェーズ1では、健康な成人に動物実験をクリアした新薬候補物質を投与する。その物質が体内でどのように代謝されるか、副作用の有無などを調べるのが狙いで、治験の第一段階に当たる。

　フェーズ1で問題がなければ、軽症の患者が対象のフェーズ2、そして、その薬のメインターゲットとなる患者が対象のフェーズ3へと進める。

「ここでまとめてやるほうが効率的なんだ。健康データが常時管理してあって、遺伝子情報までそろってるから、極めて良質なデータが取れる」

　ここで行っていることは、いわばフェーズ1の予備実験だと長島は言った。予備実験で効果や副作用の大きさの見当をつけたうえで、正式にフェーズ1を行えば、フェーズ1で失敗する確率を大幅に減らせるという。

「欧米の巨大な製薬企業には、そのぐらいやらないと勝ち目はないんだよ。厚労省の役人もバカじゃない。薄々、気付いているはずなのに何も言って来ないのは、我々の方針に理解を示しているからだろう」

くらくらしてきた。

長島は、この島の人たちをモルモット程度にしか、考えていない。まさかとは思うが、厚労省も見て見ぬ振りをしているのだろうか。

確かに、治験は医薬品開発企業にとって、大きな負担になっている。だからといってこんな非人道的行為が許されるはずがない。

そう言うと、長島は、ニヤッと笑った。

「島民にもメリットがあるじゃないか。金は十分、支払っている。それが住民に還元され、暮らし向きが良くなる。金を受け取って身体を差し出すフェーズ1の参加者と、どう違うのか分からないね」

うそぶくように言う。

この男は他人に共感する能力がないのだろうか。頭はいいのかもしれないけれど、普通の人間にある感情というものがすっぽり抜けている。

　希世は、昭圭を見据えた。

「住職もそれでいいんですか？　村は潤っても、人の命は脅かされるんですよ。なんでこんな運動を……」

　これでは、昭圭を慕っている島の人たちが、あまりにも哀れだ。

　昭圭は、硬い表情を浮かべながら、淡々と話し始めた。

「このままでは、島は立ちゆかなくなることは、目に見えていました。毒饅頭だと分かっていても、食わなければならぬというのが、父と川元先生の出した結論です。多少のことには、目をつぶろうと……」

「でも、それだけじゃないでしょう。コロリを使っているのかどうか知りませんが、私が赴任してからも、病気と診断されたお年寄りが次々亡くなっています。あれは、何故ですか？　今の話を聞く限り、偶然だとは思えません」

　昭圭は、苦しげに眉根を寄せると、黙り込んだ。代わりに長島が答える。

「コロリなんて過去の遺物が存在するのかどうかは、知らんよ。投薬の影響が残っている人間が他の病院を受診したら我々としては困る。つまりは、そういうことだ」

「そんな！」

希世は声を上げた。

島で行っている人体実験を隠すために、島外の医療機関を受診する前に、毒物を投与して殺してしまうのだと長島は暗に告げている。

乱暴を通り越して、異常性すら感じる。理由なき殺人など世の中にいくらでもあるが、彼の場合はそういう犯罪を犯す人間とは違って、彼なりの理屈があるらしい。金の亡者(もうじゃ)と言われる人々とも違う。医療について、自分なりの理想を情熱的に語っている。

でも、彼を認めることはできない。これまでに何人を葬(ほうむ)って来たのか考えると、吐き気がしてくる。しかも、この男は自分の手を汚していない。島の因襲や迷信に乗っかり、札束で御三家の当主の頬をひっぱたき……。

叫び出しそうになった。

——ここに、医師の仮面を被った殺人鬼がいる。

全世界に向けて、警告したい。

そんな希世を、長島は笑いながら眺めていた。

もはや、隠すつもりもないようだった。長島は得意げに続けた。

「今年の三人については、少々気の毒だった。これは、先生にも責任があることだぞ。

田之倉から、あなたが嗅ぎ回っていると報告を受けた。万一のことを考え、我々の薬の影響を隠せそうにない人間は、始末をしておくことにしたんだ」

言葉も出なかった。

難病患者を治したいという夢が、もしかしたら彼にもあったのかもしれない。でも、今や、長島は化け物だ。

昭圭が口を開いた。

「その点については、私は納得していない。何も殺すことはないんだ。昔は、理由をつけて薬の影響が抜けるまで島にいてもらうようにしていた。それで十分じゃないか」

毅然（きぜん）とした声で言った後に、長島は笑った。

「毒饅頭を食らった人間が、今さら何を言う。お前たち、泉沢だけじゃない。東も湊も金欲しさに見て見ぬ振りを続けてきたじゃないか。それで、島民はぴんぴんころりの島だって喜んでいる。結構なことずくめだ」

「いや、そうじゃない。君が変わったんだ。運動を始めたばかりの頃は、島のことを考えてくれていた。なのに、最近では、まるで島民はモルモットだ。一ノ瀬先生の言うとおりだと、私も思う。遺伝子情報の解析だけならまだしも、この島を新薬の実験場にするというのは、あんまりだ」

そのとき、ふと思った。

春美に情報を提供したのは、もしかしたら、目の前にいる昭圭ではないだろうか。昭洋はともかく、昭圭には常識が残っている気がする。かといって、父の代の人間が島を支配している間は身動きが取りにくい。だから、外部の人間を使って、この島の暗部を表に出そうとしたのではないか。

「泉沢は、生真面目すぎる。ウチの息子のような若造に事情を飲み込めとは言わん。でも、お前はいい年なんだから、理想論では物事は進まないと理解すべきだ」

そう言うと、長島は黒田を呼んだ。話は終わったということらしい。いつの間にか、闇が薄らいでいた。間もなく、海から太陽が昇ってくるだろう。鳥が鋭く鳴いた。

「あなたは、どうしてそんなふうに人の命を……。この島の人たちを、人だと思っていないんですか？」

長島は、初めて戸惑うような表情を見せると、海のほうを見やった。

「俺は一応、この島の人間だよ。それどころか、あんたとは縁続きだ。我々の祖先は、この島のために、神の名のもとに、辛い仕事を引き受けてきた。その仕事を俺が引き継いだつもりなんだがな」

まじまじと長島を見ると、またもや白い歯を見せた。

よく分からない。彼も、野木の縁続きだということか？

そのとき、ようやく思い出した。川元の娘婿は医者だった。

勇一の母親が亡くなった後、川元から籍を抜いて、長島姓に戻ったのだ。昭圭と親しげに話しているのも、幼なじみだからだろう。

「あなたは川元先生の？」

長島は答えなかったが、昭圭が割って入った。

「なあ、研一。もう止めよう」

懇願するように言う。

「これ以上、罪を重ねるな。一ノ瀬先生には他の人たちのように、全てを忘れてもらって……」

長島は首を横に振った。

「いや、野木の忘れ薬にそこまでの力はない。ここまではっきり会話をしてしまうと、記憶は消えない」

長島が黒田に目配せをした。

次の瞬間、鋭い痛みが首筋に走った。手刀で急所を突かれたのか、身体に力が入らない。

ベンチからずり落ちかけた。黒田が身体に手をかける。必死で振り払おうとしたが、身体がしびれていた。まるで水の中にいるように、身体が動かない。

黒田に抱きかかえられた。春美もまた、こんなふうに最期を迎えたのだろうか。

――こんなところで、死にたくない。

わずかに動く右手でその顔を叩いたが、黒田はびくともしなかった。

黒田は、希世を抱えたまま、一歩、一歩、断崖へ向かって歩を進めていく。ふいに、その脚が止まった。断崖の先へ人が入り込むのを防ぐための柵のところまで来たのだと分かった。

そのときの記憶をたぐり寄せながら、首を回して周囲を窺う。

柵は祠の少し先、海に向かって突き出した十メートルほどの岩の先端部分を休憩所がある空き地から分離するような格好で設けられている。岩が先端に向かって傾斜しているため、過って滑り落ちるのを防止する狙いがあるのだろう。柵を回り込んで先端部分へと行くことはできない。

一方、柵から岩の先端までは、五メートルほどあった。いくら黒田が力持ちでも、柵の手前から希世を海へと投げ込むことは難しいだろう。希世をいったん地面に下ろすはずだ。

——最後のチャンスかもしれない。

ところが、黒田は希世を抱えたまま、柵を乗り越え始めた。

最後の力を振り絞って暴れようとしたが、身体はいまだにしびれている。息が荒くなるばかりで、ちっとも手足は動かない。

ふいに黒田の身体ががくっと傾き、希世の身体は宙に浮いた。次の瞬間岩に叩きつけられた。背中に猛烈な痛みが走る。何が起きたのか分からないまま、身体を反転させると、岩のくぼみに指をかけ、渾身の力で顔を上げる。柵の外にいる。内側になんとか戻らねば。力が入らない身体では先端へとずり落ちてしまう。

「泉沢！　何をする！」

声の方に目をやると、昭圭が法衣の袖を振り乱しながら、黒田と取っ組み合っていた。昭圭のほうが体格が断然いいし、柔道でもやっていたのだろうか、その動きは流れるようだ。

綿貫はと思って休憩所のほうを見ると死んだような目をして、ベンチの背もたれに身体を預けていた。

「泉沢！」

長島が昭圭の身体に手をかけようとしたが、昭圭は大きな身体をするりとかわし、その手を振り払った。

次の瞬間、昭圭は気合いとともに、黒田を投げた。鋭い音を立てて祠にぶつかると、黒田はぐったりと動かなくなった。

昭圭が、黒田に歩み寄ると、そのそばにかがみ込む。

――助かった！

そう思ったのはつかの間だった。長島が鬼の形相で柵を乗り越えてきた。希世を自らの手で海へ落とすつもりらしい。捕まったらお終いだ。悲鳴を上げて逃げようとしたが、背骨を強打したせいか、身体の自由が利かない。

身体を丸めながら岩の表面にしがみついていると、長島の靴が、身体に食い込んできた。柵をしっかり握り、希世を蹴り落とそうとしている。

岩のくぼみに指をかけ、必死に身体を丸める。

「お前に生きていられちゃ困るんだよ」

荒い息を吐きながら長島が言う。痛みと恐怖で気が遠くなりそうだ。指先の感覚はもうほとんどない。

「長島！　もう止めろ！」

昭圭の声がしたとき、強烈な痛みが指に走った。岩にすがりついている指を長島が力任せに踏みつけたのだ。

もうダメだ……。

そのとき紫の法衣が視界を過ぎった。長島が叫び声を上げる。と同時に、踏みつけられていた指が自由になった。岩のくぼみに指をかけ直すと首をもたげる。

昭圭が柵を乗り越え長島に組み付いていた。希世に背を向け、長島の身体を柵に押さえつけるようにしている。昭圭は長島より身体が一回り大きい。

「何をする！」

怒りに満ちた声で叫んだものの、長島は身動きが取れないようだった。

「先生、柵の中に入るんだ！」

昭圭に言われ、必死で身体を起こそうとした。柵までは一メートル足らずほどの距離だ。岩肌を少しよじ登れば手をかけることができる。

そう思っても、前に進めなかった。力がうまく入らないうえ、下手に動いたらバランスを崩し、斜面を転がり落ちてしまいそうだ。

「昭圭！　お前、正気なのか？　この女を生かしておいたら、俺もお前も破滅だぞ。この島だってお終いだ」

昭圭は、長島の口を封じるように、再び怒鳴った。

「先生、早く！」

希世は意を決して、指に力を込めたとき、昭圭が女のような悲鳴を上げた。顔を上げて柵のほうを見る。昭圭は右目を押さえていた。

「死ね！」

長島が柵を摑んだまま、昭圭を蹴った。大きな背中が、希世の上に倒れ込んでくる。声を上げる暇もなかった。希世は昭圭とともに、岩を転がり落ちていった。

身体が宙に浮くのを感じた。総毛立つ。

目の端に、水平線から登ってくる朝日が目に入った。スローモーションのように、波が輝いている。

身体に力を込めた。

激しい衝撃の後、全身が海水に包まれた。鼻から、口から塩辛い水が入ってくる。身体が潮流に飲み込まれていく。まるで川の水に流される落葉のように、なす術もない。

——落ち着け、落ち着くんだ。

希世は自分に言い聞かせた。

衝撃で命を落とさなかったのは、奇跡に近い。運に見放されてはいない。

息を止めたまま、身体から力を抜く。

――浮いて待て。

溺れたときの合い言葉を思い出すのと同時に、身体がふっと上昇を始めた。息が苦しく、もがきそうになるのを我慢して、ひたすら力を抜く。どうせ泳げないのだ。浮いて待つしかない。

ふいに海面から顔が出た。と同時に激しくむせた。鼻から入ってきた塩水の焼けつくような痛みに涙を流しながら、必死で身体の力を抜くうちに、ようやく息ができるようになった。肺が酸素で満たされていくのが分かる。なんとか身体を仰向けにする。

荒い息を吐きながら、希世は空を見た。青い。生命の色だ。首をうまく回せないため、自分が陸地からどのぐらい離れているのか分からない。

そのときになって、ようやく水の冷たさが身体に染みた。身体が水の中でガクガクと震え出す。このあたりの潮流は比較的温かいようだが、なんといっても冬の海だ。このままでは、凍え死んでしまう。それ以前の問題として、浮き続けられるかどうか。

弱気になったとき、ボコボコという低い音が聴こえた。幻聴かと思ったが、確かにエンジンの音だ。音のする方向になんとか首を回してみると、水色の船が見えた。塗装がところどころはげたみすぼらしい漁船だったが、その姿は頼もしく映った。船べりから身を乗り出すように、誰かがしきりに手を振りながら、叫んでいる。

「希世！」

和也の声だ。

——どうしてここに？

信じられない思いでいると、軽快な音とともに、浮き輪が身体の近くに着水した。しがみつこうとしたが、腕が折れているのか、うまくいかない。

「無理ならじっとしてろ！」

和也が叫ぶ。

大きな水音がしたかと思うと、ウェットスーツに身を包んだ和也がそばにいた。反射的にしがみつこうとする希世の手を振り払うと和也は言った。

「もう大丈夫だ。力を抜いて」

力強い声とともに、腰のベルトを摑まれた。

「よし、いいぞ。引き上げてください！」

和也が声をかけると、二人の身体はゆっくりと船に向かって動き出した。

うなぎの寝床のような粗末なキャビンの中で目覚めた。

両側の壁に沿って設けられた木のベンチに横向きに寝かされている。壁には魚と漁師たちの体臭が染みついているようで、吐き気をもよおすほど臭い。全身が痛んだ。たぶん、何カ所も骨折している。それでも助かったのは、奇跡としか言いようがなかった。

あの辺りは、潮流が複雑で落ちたら浮かび上がりにくいと聞いていた。だからこそ、自殺の名所となっているのだ。

希世の場合、落ちる前に痛めつけられていたため、もがけなかったのが奏効し、浮かび上がることができたのかもしれない。

「目が覚めた?」

ウェットスーツを身にまとったままの和也が顔をのぞき込んできた。彼の顔色は真っ青だった。

「大島に向かってもらってる。あと二十分ぐらいで着くはずだ。さっき、救急車も手配したから、港に着いたらすぐに乗り込める。あと少しだから、辛抱してくれ」

痛みをこらえながらうなずく。

「水……」

塩水を飲んでしまったせいか、すっかり嗄(か)れてしまった声で言うと、すぐにペットボトルが口元に当てられた。

お茶のようだ。少しだけ口に含み、ゆっくりと飲み下す。信じられないぐらい甘かった。身体の細胞一つ一つに、その甘さが染み渡っていくようだ。

これが生きているということだ。

人心地がつくのと同時に、再び痛みが強くなった。気が遠くなりかけたが、それを我慢して尋ねる。

「昭圭さんは？」

和也が首を横に振る。

「もう一人落ちたようだったから探してみたけど見つからなかった。あれは住職だったのか。通島の港に寄ってあと一人落ちたことを伝えといた。捜索の船が出ていると思うけど、あの水の冷たさではな……」

目を閉じた。

昭圭は海の藻屑(もくず)と消え、自分は助かった。そのことをどう考えていいのか分からない。

希世を助けようと思わなければ、彼は死ななかったはずだ。敵に助けられたも同然だった。いや、そもそも彼は真の敵だったのだろうか……。

「それにしても、何があったの？」

「うん……。話せば長くなるんだけど……その前に、教えて。和也はなんであそこにいたの？」

昨日、大島に泊まる予定だったのだと和也は言った。その日、仕事が午前中に片付いたので、大島行きの午後の飛行機に空席がないか調べたところ、運良く一席だけ、空いていたのだという。慌ただしく飛行場へ向かったため、希世に電話をかける暇がなかったという。

「大島の警察と話をしたかった。どう考えても、おかしなことが起きている。このまま春美の死を自殺だと片付けられたら、たまったものじゃない。できれば、警察官に一緒に通島に来て欲しかった。連中の口裏合わせに付き合うのは、もうごめんだからな」

しかし、警察はなかなか肯かなかった。人が好さそうな生活安全課の女性刑事を拝み倒し、なんとか明朝に一緒に通島に行く約束を取り付けたところで、和也は希世に電話をかけた。

ところが、つながらなかったのだという。

電話会社に問い合わせてみたところ、その直前に通信回線がダウンしてしまったのだという。通島からは自力で復旧できると連絡が入っていたそうだ。ところが、いつまで経っても、電話はつながらない。

何かが起きていると確信した和也は、漁船をチャーターして通島までやってきたというわけだ。

「通島の港に入ったら、人がワラワラ出てきてね。あんな時間に誰が来たんだろうって。その中に和江さんという人がいた」

和江は、ペンションから戻ってきた茂太が、放心状態でぼうっとしていたことから、何が起きたかを悟った。気を揉(も)んでいたところに現れたのが和也だったそうだ。

和也の指が額に触れた。温かい。他人の手の温かさが分かることが、生きているということなのかもしれない。

「ねえ……この後、どうなると思う?」

暗澹(あんたん)たる思いで言う。

昭圭は、おそらく生きてはいまい。長島と御三家は一丸となって、事態を隠蔽(いんぺい)するに決まっている。キタムラメディカルにしたって、こんな不祥事を表沙汰(ざた)にするわけがないだろう。

大多数の島民は、何が起きたのか知らない。事情をある程度分かっている藤尾夫妻や茂太は、薬を飲まされたというから、どれだけのことを覚えているか疑問だ。

和江は、だいたいのところを察している。信子もそうだろう。でも、彼女たちがどこまで頑張れるか……。今後も島で暮らす心づもりなら、下手なことはできないはずだ。口裏合わせによってねじ曲げられた事実に、正攻法で立ち向かうのは難しい。

このままでは、全てがうやむやにされてしまう。

キタムラメディカルは、あの島からひっそり撤退し、御三家は何食わぬ顔で島を支配し続けるだろう。コロリの製法を記した文献も、実物も、結局見つからなかった。

そんなことは、許せない。秘かに殺された人たちのためにも、公にすべきだ。

そして、自分はその材料を握っている。ジュースから毒物でも出れば、証拠となるはずだ。しかし、警察は信じてくれるだろうか……。

ジュースに毒物を混入したなんてあり得ないと口裏合わせをされたら、どうにもならないような気がする。そして、そうなる可能性が高い。

そこまで口にすると、和也が首を横に振った。

「今は、それどころじゃないだろう。ゆっくり休むんだ。後のことは、落ち着いてから考えよう」

船が速度を緩めた。港が近いのかもしれない。
希世は痛みに顔をしかめながら、堅く目を閉じた。

エピローグ

「次のパネリストは、厚生労働省健康局の早川満審議官です。テーマは、通島における『ぴんぴんころり運動』の効果の実証。厚労省が長年、取り組んできた健康大国ニッポンの先進事例について、お話しいただきます」

モニター画面の中で司会者席にいる菅野が告げた。緊張しているせいか、これまでよりも声が少し高い。

「なお、このテーマに関しては、やむを得ない事情によりまして、パネリストが変更となりましたことをご了承ください」

菅野が言い、画面は早川のアップに切り替わった。髪の薄い貧相な男だが、将来の事務次官候補の一人ということだった。

「いよいよだな」

和也が車椅子(くるまいす)の背に手をかけながら言った。希世は軽くうなずく。それだけでも、身体(からだ)に激痛が走った。

二人がいる控え室は、シンポジウムが行われている会場とは、目と鼻の先にあった。すぐ近くに長島がいると思うと、怒りとも怯(おび)えともつかない気持ちが胸に広がる。

両脚の骨折と全身打撲。

車椅子を離れられるのは、一月以上先のことになるらしい。でも、こうして生きていられるだけでありがたい。

大島の医療センターで治療を受けた翌々日、無理を言って高速ジェット船で東京に戻り、菅野の病院に転院した。それが三週間前のことである。恩師には事情を全(すべ)て打ち明けた。警察に訴えるべきだと菅野は主張した。

それが常識的な対応だとは思うが、あの島では常識が通用しない。強固な口裏合わせが行われ、事実がねじ曲げられてしまうだろう。

和也と二人がかりで説得しても、菅野は最初、半信半疑だった。しかし、分析に出したジュースから、心不全を誘発するとみられる薬物が検出されると、考えを改めた。

そして、自ら状況を確認したいと言って、駐在所の黒田に電話をかけたのだった。

菅野は、大島の医療センターから転院してきた希世が肺炎で死亡したと告げた。同時に、事故について尋ねた。たまたま近くを通りがかった漁船の漁師が希世を助けたものの、事情が全く分からないということにしたのだ。

黒田によると、希世は一人でハイキングをしている最中に、脚を滑らせて崖から落ちたことになっているらしい。

早朝に一人でハイキングなどするものかと疑問を呈したところ、実は島でも同じような声が上がったのだと黒田は言ったそうだ。

「自殺した女が一ノ瀬先生を呼んだちゅう話になりまして。なんでも、それ以前から、その女の霊が先生の家に出ていたようですから」

女の霊を慰めようと現場に出向いた住職までも、足を滑らせて亡くなってしまったという。

菅野はあきれかえったが、口裏合わせの実態については、理解してくれた。

そこで、さらに芝居を打つことにしたのだ。

会場には、マスコミが何社もいるらしい。菅野が知り合いの記者に声をかけてくれた。

長島も来ている。菅野は、希世の代わりに厚労省の早川をパネリストとして呼んだ。

早川はぴんぴんころり運動が始まった当初、現地を視察していた。効果が目覚ましいらしいから、再訪問するよう、菅野が勧めた。

早川は最初、忙しいからと言って難色を示したものの、菅野は彼に入れ知恵をした。

――運動は、キタムラメディカルが支援している。官民共同プロジェクトとして引き継ぎ、息のかかった医師を送り込めばあなたの実績になる。国が金を出すならキタムラも歓迎するだろう。

それならば視察に行ってみようと言って、早川は通島に赴いた。そして、現地で出迎えた長島に、運動の素晴しさを吹きこまれたらしい。菅野がパネル討論に出て欲しいと言うと、二つ返事で引き受けた。

モニター画面で早川が話し始めた。

概要をまとめたパワーポイントのページが、スクリーンに映し出される。

「適度な体操と食事療法により、人生の最期まで元気で過ごしてもらいたいというのが、この運動の狙いです」

朝の体操、健康相談会などの取り組みについて説明していく。

そのとき、モニター画面に長島が映し出された。腕を組み、もっともらしくうなずいている。精悍な顔には、自信がみなぎっているようだ。希世と昭圭を葬り去り、自分は安泰だと思っているのだろう。

「この後が楽しみだな」

　和也が言い、希世もうなずいた。

　――必ず吠え面をかかせてやる。

　早川の話が終わると、その後は討論となった。当たり障りのない発言が続くのをじりじりとした気分で聞いていた。

　ようやく討論が終わった。モニター画面は、司会席の菅野を映し出した。

「これで予定されていたプログラムは終了ですが、最後に、特別演者をお招きします。皆様、少々お待ちください」

「出番だ」

　和也はそう言うと、控え室のドアを開けた。

　菅野はもちろん、このシンポジウムに発表者やプログラム委員として名を連ねているのは、そうそうたるメンバーだ。嘘八百を並べる者が、特別緊急講演者として演壇に立つことはないと誰もが分かる。

　マスコミが取材に押し寄せれば、あの島は閉じたままではいられない。島民は口裏合わせのプロかもしれないが、マスコミは嘘を暴き立てるプロなのだ。

　それに、何かがおかしいと気付いている人間が、あの島にも今はいるはずだ。

信子、茂太、多恵、和江……。虎雄やイワだって、あんなことがあった後、希世が突然姿を消したことをいぶかしく感じているのではないだろうか。

キタムラメディカルによる忌まわしい人体実験は中止されるだろう。世界的な事件となり、倒産に追い込まれる公算が大きい。過去に存在したかもしれないコロリの存在についても、暴き立てられるかもしれない。

それが通島にとって、いいことかどうかは分からなかった。ソフトランディングをさせる方法がないかどうか、菅野や和也と考えてみた。

でも、いくら考えても思い浮かばなかったから、強行策を採ると決めた。今後、どんなことが起きたとしても、殺人の隠蔽を続けるよりは、きっとマシだ。この三カ月のことは、くまなく思い出せる。一生忘れることはないだろう。

和也に車椅子を押されながら登壇する。

最前列に長島はいた。驚愕のあまり目を見開いている。言葉が出ないどころか、動くこともできないようだ。

希世は菅野に渡されたマイクを握った。

「先ほど、早川審議官よりお話があった通島の診療所で院長を務めておりました、一ノ瀬希世と申します」

会場にざわめきが広がる。

長島は腰を浮かしかけた。

「一見、素晴らしい取り組みに見えます。有病率も十年間で大幅に低下しました。しかし、それは見かけ上のことであり、その背後にはカラクリがありました。そちらに座っておられる長島教授はよくご存知だと思いますが……」

空気が凍りついた。いつか聴いた長島の講演の後の質問時に似ている。自分が大きくなったような気がした。彼はこういう経験を重ねて、化け物になっていったのではないだろうか。

これでいいのだろうか——分からないけれど、突き進むしかない。

会場を見回し、聴衆の目が十分に自分に集まっていることを確認すると、希世は一度、深呼吸した。

「私は、長島研一を、医学の名を借りた大量殺人の犯人として告発します」

主要参考文献

『伊豆諸島を知る事典』樋口秀司編（東京堂出版、二〇一〇年）
『しまことば集　伊豆大島方言』藤井伸著（編集・出版協力・伊豆大島文化伝承の会、発行者・藤井晴子、二〇一三年）

本作品はフィクションであり、実在するいかなる場所、団体、個人とも一切関係はありません。

この作品は書き下ろしです。

泡坂妻夫著
しあわせの書
―迷探偵ヨギ ガンジーの心霊術―
二代目教祖の継承問題で揺れる宗教団体〝惟霊講会〟。布教のための小冊子「しあわせの書」に封じ込められた驚くべき企みとは何か？

泡坂妻夫著
生者と死者
―酩探偵ヨギ ガンジーの透視術―
謎の超能力者とトリックを見破ろうとする奇術師の対決は如何に？ 「消える短編小説」が仕組まれた、前代未聞驚愕の仕掛け本！

有栖川有栖著
絶叫城殺人事件
「黒鳥亭」「壺中庵」「月宮殿」「雪華楼」「紅雨荘」「絶叫城」――底知れぬ恐怖を孕んで闇に聳える六つの館に火村とアリスが挑む。

有栖川有栖著
乱鴉の島
無数の鴉が舞い飛ぶ絶海の孤島で、火村英生と有栖川有栖は「魔」に出遭う――。精緻な推理、瞠目の真実。著者会心の本格ミステリ。

伊坂幸太郎著
ゴールデンスランバー
山本周五郎賞受賞
本屋大賞受賞
俺は犯人じゃない！ 首相暗殺の濡れ衣をきせられ、巨大な陰謀に包囲された男。必死の逃走。スリル炸裂超弩級エンタテインメント。

伊坂幸太郎著
オー！ファーザー
一人息子に四人の父親!? 軽快な会話、悪魔的な箴言、鮮やかな伏線。伊坂ワールド第一期を締め括る、面白さ四〇〇％の長篇小説。

石田衣良著
4TEEN【フォーティーン】
直木賞受賞

ぼくらはきっと空だって飛べる！　月島の街で成長する14歳の中学生4人組の、爽快でちょっと切ない青春ストーリー。直木賞受賞作。

石田衣良著
明日のマーチ

山形から東京へ。4人で始まった徒歩の行進は、ネットを通じて拡散し、やがて……。等身大の若者達を描いた傑作ロードノベル。

小野不由美著
東京異聞

人魂売りに首遣い、さらには闇御前に火炎魔人、魑魅魍魎が跋扈する帝都・東京。夜闇で起こる奇怪な事件を妖しく描く伝奇ミステリ。

小野不由美著
黒祠の島

私は失踪した女性作家を探すため、禁断の島を訪れた。奇怪な神をあがめる人々。凄惨な殺人事件……。絶賛を浴びた長篇ミステリ。

恩田陸著
六番目の小夜子

ツムラサヨコ。奇妙なゲームが受け継がれる高校に、謎めいた生徒が転校してきた。青春のきらめきを放つ、伝説のモダン・ホラー。

恩田陸著
夜のピクニック
吉川英治文学新人賞・本屋大賞受賞

小さな賭けを胸に秘め、貴子は高校生活最後のイベント歩行祭にのぞむ。誰にも言えない秘密を清算するために。永遠普遍の青春小説。

荻原浩著　**コールドゲーム**

あいつが帰ってきた。復讐のために――。4年前の中2時代、イジメの標的だったトロ吉。クラスメートが一人また一人と襲われていく。

荻原浩著　**噂**

女子高生の口コミを利用した、香水の販売戦略のはずだった。だが、流された噂が現実となり、足首のない少女の遺体が発見された――。

垣根涼介著　**ワイルド・ソウル**（上・下）
大藪春彦賞・吉川英治文学新人賞・日本推理作家協会賞受賞

戦後日本の〝棄民政策〟の犠牲となった南米移民たち。その息子ケイらは日本政府相手に大胆な復讐劇を計画する。三冠に輝く傑作小説。

垣根涼介著　**君たちに明日はない**
山本周五郎賞受賞

リストラ請負人、真介の毎日は楽じゃない。組織の理不尽にも負けず、仕事に恋に奮闘する社会人に捧げる、ポジティブな長編小説。

金城一紀著　**対話篇**

本当に愛する人ができたら、絶対にその人の手を離してはいけない――。対話を通して見出されてゆく真実の言葉の数々を描く中編集。

神永学著　**タイム・ラッシュ**
―天命探偵　真田省吾―

真田省吾、22歳。職業、探偵。予知夢を見る少女から依頼を受け、巨大組織の犯罪へと迫っていく――人気絶頂クライムミステリー！

海堂尊著

ジーン・ワルツ

生命の尊厳とは何か。産婦人科医が今、なすべきこととは？ 冷徹な魔女（クール・ウィッチ）・曾根崎理恵と清川吾郎准教授、それぞれの闘いが始まる。

海堂尊著

ナニワ・モンスター

インフルエンザ・パニックの裏で蠢く霞が関の陰謀。浪速府知事（ドラゴン）＆特捜部（カマイタチ）vs厚労省を描く新時代メディカル・エンターテインメント！

北村薫著

スキップ

目覚めた時、17歳の一ノ瀬真理子は、25年を飛んで、42歳の桜木真理子になっていた。人生の時間の謎に果敢に挑む、強く輝く心を描く。

桐野夏生著

残虐記

柴田錬三郎賞受賞

自分は二十五年前の少女誘拐監禁事件の被害者だという手記を残し、作家が消えた。折り重なった虚実と強烈な欲望を描き切った傑作。

北森鴻著

凶笑面

—蓮丈那智フィールドファイルI—

封じられた怨念は、新たな血を求め甦る——。異端の民俗学者・蓮丈那智の赴く所、怪奇な事件が起こる。本邦初、民俗学ミステリ。

黒川博行著

疫病神

建設コンサルタントと現役ヤクザが、産廃処理場の巨大な利権をめぐる闇の構図に挑んだ。欲望と暴力の世界を描き切る圧倒的長編！

今野敏著 リオ ―警視庁強行犯係・樋口顕―

捜査本部は間違っている！ 火曜日の連続殺人を捜査する樋口警部補。彼の直感がそう告げた。刑事たちの真実を描く本格警察小説。

今野敏著 隠蔽捜査 吉川英治文学新人賞受賞

東大卒、警視長、竜崎伸也。ただのキャリアではない。彼は信じる正義のため、警察組織という迷宮に挑む。ミステリ史に輝く長篇。

近藤史恵著 サクリファイス 大藪春彦賞受賞

自転車ロードレースチームに所属する、白石誓。欧州遠征中、彼の目の前で悲劇は起きた！ 青春小説×サスペンス、奇跡の二重奏。

近藤史恵著 エデン

ツール・ド・フランスに挑む白石誓。波乱のレースで友情が招いた惨劇とは――自転車競技の魅力疾走、『サクリファイス』感動続編。

白川道著 海は涸いていた

裏社会に生きる兄と天才的ヴァイオリニストの妹。そして孤児院時代の仲間たち――。男は愛する者たちを守るため、最後の賭に出た。

真保裕一著 ホワイトアウト 吉川英治文学新人賞受賞

吹雪が荒れ狂う厳寒期の巨大ダムを、武装グループが占拠した。敢然と立ち向かう孤独なヒーロー！ 冒険サスペンス小説の最高峰。

高村薫著
黄金を抱いて翔べ

大阪の街に生きる男達が企んだ、大胆不敵な金塊強奪計画。銀行本店の鉄壁の防御システムは突破可能か？　絶賛を浴びたデビュー作。

高村薫著
神の火（上・下）

苛烈極まる諜報戦が沸点に達した時、破天荒な原発襲撃計画が動きだした――スパイ小説と危機小説の見事な融合！　衝撃の新版。

高村薫著
リヴィエラを撃て（上・下）
日本推理作家協会賞／日本冒険小説協会大賞受賞

元ＩＲＡの青年はなぜ東京で殺されたのか？白髪の東洋人スパイ《リヴィエラ》とは何者か？　日本が生んだ国際諜報小説の最高傑作。

手嶋龍一著
ウルトラ・ダラー

拉致問題の謎、ハイテク企業の陥穽、外交官の暗闘。真実は超精巧なニセ百ドル札に刻み込まれた。本邦初のインテリジェンス小説。

天童荒太著
孤独の歌声
日本推理サスペンス大賞優秀作

さぁ、さぁ、よく見て。ぼくは、次に、どこを刺すと思う？　孤独を抱える男と女のせつない愛と暴力が渦巻く戦慄のサイコホラー。

天童荒太著
幻世（まぼろよ）の祈（いの）り
家族狩り　第一部

高校教師・巣藤浚介、馬見原光毅警部補、児童心理に携わる氷崎游子。三つの生が交錯したとき、哀しき惨劇に続く階段が姿を現わす。

新潮文庫最新刊

乃南アサ著　いちばん長い夜に

前科(マエ)持ちの刑務所(ムショ)仲間——。二人の女性の人生を、あの大きな出来事が静かに変えていく。人気シリーズ感動の完結編。

大沢在昌著　冬芽の人

「わたしは外さない」。同僚の重大事故の責を負い警視庁捜査一課を辞した、牧しずり。愛する青年と真実のため、彼女は再び銃を握る。

道尾秀介著　ノエル　—a story of stories—

暴力に苦しむ圭介は、級友の弥生と絵本作りを始める。切実に紡ぐ〈物語〉は現実を、世界を変え——。極上の技が輝く長編ミステリー。

西村京太郎著　南紀新宮・徐福伝説の殺人

徐福研究家殺人事件の容疑者を追い、十津川警部は南紀新宮に。古代史の闇に隠された意外な秘密の正体は。長編トラベルミステリー。

長崎尚志著　闇の伴走者　—醍醐真司の博覧推理ファイル—

女性探偵と凄腕かつ偏屈な編集者が追いかけるのは、未発表漫画と連続失踪事件の謎。高橋留美子氏絶賛、驚天動地の漫画ミステリ。

仙川環著　隔離島　—フェーズ0—

離島に赴任した若き女医は、相次ぐ不審死や陰鬱な事件にしだいに包囲されてゆく。医療サスペンスの新女王が描く、戦慄の長編。

新潮文庫最新刊

安住洋子著
春告げ坂
—小石川診療記—
たとえ治る見込みがなくとも、罪人であったとしても、その命はすべて尊い——。若き青年医師の奮闘を描く安住版「赤ひげ」青春譚。

中谷航太郎著
シャクシャインの秘宝
—秘闘秘録 新三郎&魁—
舞台は最北の地、敵はロシア軍艦。アクション・伝説・ファンタジー。そのすべてに挑戦した新しい時代活劇シリーズ、ついに完結！

吉川英治著
新・平家物語（十五）
西国での激しい平家の抵抗に苦戦する範頼軍。追討の総大将を命ぜられ、熊野水軍を味方につけた義経は、暴風雨を衝き、屋島に迫る。

池内紀
川本三郎
松田哲夫 編
日本文学100年の名作
1974-1983 第7巻 公然の秘密
新潮文庫100年記念、中短編アンソロジー。高度経済成長を終えても、文学は伸び続けた。藤沢周平、向田邦子らの名編17作を収録。

瀬川コウ著
謎好き乙女と奪われた青春
恋愛、友情、部活？ なんですかそれ。クソみたいな青春ですね——。謎好き少女と「僕」が織りなす、新しい形の青春ミステリ。

知念実希人著
天久鷹央の推理カルテⅡ
—ファントムの病棟—
毒入り飲料殺人。病棟の吸血鬼。舞い降りる天使。事件の〝犯人〟は、あの〝病気〟……？ 新感覚メディカル・ミステリー第2弾。

隔離島（かくりとう）

—フェーズ0（ゼロ）—

新潮文庫　せ - 16 - 1

平成二十七年三月一日発行

著者　仙川（せんかわ）環（たまき）

発行者　佐藤隆信

発行所　株式会社新潮社

郵便番号　一六二―八七一一
東京都新宿区矢来町七一
電話　編集部(〇三)三二六六―五四四〇
　　　読者係(〇三)三二六六―五一一一
http://www.shinchosha.co.jp

価格はカバーに表示してあります。

乱丁・落丁本は、ご面倒ですが小社読者係宛ご送付ください。送料小社負担にてお取替えいたします。

印刷・株式会社光邦　製本・憲専堂製本株式会社
© Tamaki Senkawa 2015 Printed in Japan

ISBN978-4-10-126831-6 C0193